Private Practice
by Samanthe Beck

間違いだらけの愛のレッスン

サマンサ・ベック
阿尾正子・訳

ラズベリーブックス

チャールズに

間違いだらけの愛のレッスン

主な登場人物

エリー・スワン……………………医者。
タイラー・ロングフット……………〈サラブレッド建設〉社長。
ロジャー・レイノルズ………………弁護士
メロディ・メリット…………………ロジャーの元婚約者。
ジュニア・ティルマン………………タイラーの部下。
ルー・アン・ダブルツリー…………ジュニアの恋人。
ジニー・ボーカ………………………メロディの友人。
ジョシュ・ブラッドリー……………消防署長。
フランク・スワン……………………エリーの父。

1

「正直いうと、ロジャーとの婚約を解消してほっとしているの」

うしろのボックス席から聞こえてきた会話の断片に、ドクター・エリー・スワンは、読んでいた医学雑誌から顔をあげた。まばたきしてから、横にある大きな窓に目を凝(こ)らす。窓ガラスには〈デシェイズ・ダイナー〉のにぎやかな店内が映っていた。メロディ・メリットとジニー・ボーカがパイとコーヒーを前に熱心に話しこんでいるボックス席も含めて。

医学雑誌に無理やり注意を戻し、息をつめて話のつづきを待った。よしなさい。メロディが婚約を解消しようと、あなたに関係ないでしょう。それにそう、盗み聞きはとってもとーってもよくないことよ。それでも聞き耳を立てずにいられなかった。なにしろ、エリーが昔からひそかに憧れているロジャー・レイノルズに関する話題だったからだ。

「ロジャーとわたしは合わなかったの。お似合いのカップルに見えたのは知ってる――なにせハイスクールのころからつきあっていたわけだし。だけど、大学でマンハッタンに出て、そのあとワシントンDCでロースクールと実務研修を終えるあいだに、彼、変わっちゃったのよ。都会の味をおぼえちゃったの、つまりその、コホン、ある親密な分野に関して」

ちょっとちょっと。エリーは上唇に浮いた汗をナプキンで拭(ぬぐ)った。たとえばどんな？

「どういう意味よ、それ？」そう尋ねるジニーの声は好奇心にあふれていた。

エリーは雑誌のページをめくりながら、女性向け性欲増強剤の最新の臨床実験に関する記事に没頭しているふりをした。

「彼ったらわたしに――」メロディはそこで口をつぐんだ。エリーがこっそり窓をのぞきこむと、ガラスに映ったブロンド女性が店内にさっと目をやって、詮索好きな誰かの耳目を集めていないか確認しているのが見えた。賢明な行動だ。ケンタッキーののんびりした小さな町ブルーリックは地図上の小さな点にすぎないかもしれないが、驚くべきスピードで噂が広がる情報網を有している。

恥ずかしながらエリーもその詮索好きな誰かの部類に入るわけだけれど、なによりの皮肉はメロディが秘密の聞き役に選んだ相手だった。もしも町のゴシップ好きのなかから会長を選ぶとしたら、ジニーは圧倒的勝利を収めるはずだから。

聞き耳を立てている迷惑な客はいないと納得したらしく、メロディはジニーに顔を寄せてひそひそとなにか囁いた。ジニーの口があんぐりと開いた。エリーは耳をそばだてたが無駄だった。

彫像のように均整の取れたブロンド女性は椅子の背にもたれると、上品に身震いしてみせた。「わたしはその手の女じゃない。そういったことをするつもりはないわ。そりゃ、セックスは人並みに好きだけど、ロジャーが求めているのはセックスマニアの女よ。彼の理想の女性は経験豊富で、どんな要求をされても動じない人なのよ」メロディはため息をつくと、かぶりを振った。「彼のことは大好きだし、友人として大事に思う気持ちは変わらない。でも、結局こうなってよかったんだと思うわ」

数時間後、エリーは自宅のこぢんまりした寝室で窓から射しこむ月明かりを見つめながら、ダイナーで偶然耳にした会話のことを思いだしていた。盗み聞きなどという恥知らずなまねをしたことに気が咎めた。ほかの女性と婚約を解消したばかりの人を自分のものにしたがることは、いうに及ばず。夜中の一時半に何度も寝返りを打っているのは、そうした罪の意識のせいだろうか。

いいかげんにして寝なさい。けれど、頑固な心はいうことを聞かなかった。天井で踊る影を見つめながら、ずっと胸に秘めてきた願いを叶えるにはどうしたらいいのだろう、とつらつら考えた。エリーには物心ついたころからの夢があった。ロジャーに愛される、という夢が。ふたりは結婚して、川が見える古いお屋敷に移り住んで、いつまでも幸せに暮らすの。できたら青い目とはちみつ色の髪をした、ちっちゃなロジャーたちも大勢ほしい。最初の男の子はロジャー三世で——呼び名はトレイにしよう——その次がマイケル。女の子だったらエリザベスでもいいわね……。

バイクの低いエンジン音がおだやかな六月の夜のしじまを破り、エリーは未来の家族計画からわれに返った。エンジン音は不意にやみ、あたりに静けさが戻った。エリーの頭のなかを除いて。

メロディはハイスクールでチアリーディング部の部長をしていた。美人で、しなやかな身体をして……エネルギーにあふれていた。そのメロディがベッドでロジャーを満足させられなかったのだとしたら、勉強の虫で運動オンチで、セックスの経験もけっして豊富とはいえないエリー・スワンにチャンスなどあるわけない。

すぐ近くにいるのに、手の届かない人。ある意味、ふたりのたどる道はぴったり寄り添っているのに。エリーはつい最近、故郷のブルーリックに戻ってきた。一般開業医として診療所を開き、二型糖尿病と闘っている――正確には闘いを放棄している――父親の生活に目を光らせるために。もっとも、週に一度様子を見にいくわたしのことを、父さんはとくにありがたがってはいないようだけれど。ロジャーは家業である法律事務所で働くために帰郷した。どちらも仕事を持つ若い独身男女で、恋人募集中だ。とはいえ、わたしが性的に奔放な女性に変身しなければ（それも早急に）、ロジャーはわたしなんかに見向きもしないはずよ。

ありがたいことに、彼女はもう〝火花のスワン〟と呼ばれていた惨めなほどにどんくさい女子高生ではない。あのころエリーの身体のなかでもっとも丸みを帯びていたのは、近視矯正用の分厚い眼鏡の丸フレームだった。あれから今日までに思春期最後の身体的成熟があり、レーシック手術があり、そして大学時代のルームメイトによる――エリーにはなにより必要だった――ファッション指南があった。だからいまのわたしは〈ヴィクトリアズ・シークレット〉の下着モデルと間違えられることはないにせよ、少なくとももう科学技術体験合宿（サイエンス・キャンプ）からの落ちこぼれのようには見えないはずだ。

いまのロジャーはどんな感じなのかしら？　重たくなってきたまぶたを閉じながら、光り輝く彼の姿を思い浮かべた。ブルーリック・バプテスト教会の四列目のベンチにレイノルズ家の面々と並んで座っていたロジャーの姿が、ありありとまぶたの裏に浮かんだ。よそゆきの服を着たロジャーは背が高く、あごががっしりしていた。彼の瞳はいまも抜けるような青空と同じ色をしているかしら？　アメフトの花形であるクォーターバックのたくましい身体と、ウェーブのかかった豊かなブロンドの髪もあのころのまま？　そうじゃなかったとしてもかまわない。わたしは彼のハンサムな外見だけに憧れているわけじゃないから。エリーは彼のすべてに惹（ひ）かれていた。愛情に満ちた大家族の一員であることも、伝統や義務を重んじ、父親や祖父と同じ道を歩むと決めて、家業である弁護士業に就いたところも。

夢にありがちな脈略のなさでロジャーが振り返り、目もくらむような白い歯を見せて笑いかけてくると、エリーは心臓が止まりそうになった。教会に集まった人々が大きな声で『主の御民（みたみ）よ』を歌いだす。ロジャーがウインクして、エリーの耳元に口を寄せる。「ぼくの秘密を聞かせようか、スパーキー。じつは――」

ガラガラという大きな音につづいて、ロジャーとは別人の声が小さく

「こんちくしょう（ガッデム）！」と罰当たりな言葉を吐いた。

エリーははっとして飛び起きた。心臓が激しく打っている。とっさにベッド脇の時計の赤い数字を確認した。午前一時四十七分。夢のなかの音響スタッフがキューを出し損ねたのだろうか。それとも現実の物音が、いいところだった夢からわたしを引き戻した？ 息をつめ、耳を澄ましたちょうどそのとき、玄関ポーチからふたたび大きな音がして、エリーはあやうく悲鳴をあげそうになった。押し殺した悪態がまた聞こえた。

エリーはベッドから床に足をおろした。ナイトテーブルの上に手を這（は）わせ、電話を探る。ざくっ、ざくっと砂利を踏む音が、彼女のこぢんまりした、そしてぽつんと立つ家のまわりを歩く不審者の存在を暴いている。足音が止まると、高鳴っているエリーの心臓が喉元（のどもと）まで跳ねあがった。寝室の窓の外に誰かいる。

寝室の開いている窓の外よ。エリーは心のなかで叫んだ。窓に鍵（かぎ）をかけずに寝るなんて、いったいなにを考えていたの？ おかげで頭のいかれた強姦殺人犯とあなたを隔てているのは、ちゃちな網戸と薄っぺらい白のカーテンだけになっちゃったじゃないの。外にいるのが蚊（か）ぐらいしか体重のない男でないかぎり、わたしは万事休すだ。

電話をひっつかみながら、落ち着くのよと自分にいい聞かせた。ブルーリックは残忍な暴行事件が起こるような町じゃない。住民はみな顔見知りで、かなりの人たちが親戚関係にある。勇気を出して窓の外を見てみたら、肝試（きもだめ）しをしようと夜なかに家を出てきた、わたし以上に怯えたどこかの子どもだったということになるはずよ。

そのとき、のんびりしているとさえいえる低い声がして、自分をなだめようとしたエリーの虚しい試みを打ち砕いた。「おーい、先生」

その声は子どもらしくもなければ、怯えている様子もまるでなかった。電話を持つ手が震え、単純な警察への番号すら押し間違えた。男がその気になれば、窓から部屋に侵入してエリーの息の根を止めるのに一分とかからない。通報を受けた警察がやってくるころには、冷たくなったエリーの死体のまわりにチョークで線を引くことぐらいしかやれることはないだろう。

「銃を持っているのよ!」ダーティー・ハリーを気取ろうとしたのに、出てきたのはカエルのマペット人形カーミットみたいなしわがれ声だった。

「へえ、そいつはいいな、先生」どことなく聞きおぼえのある声が、のんびりといった。「でも、銃は必要ないよ。もう撃たれているから」

撃たれた? やだ、冗談でしょう? エリーはベッド脇のランプをつけたが、返答に迷っているあいだに男が言葉を継いだ。「なあ、スパーキー、ドアを開けてくれ。聞いたよ、開業するために町に戻ったんだってな。おめでとう、最初の患者をゲットしたぞ」

男が彼女のことを〝スパーキー〟と呼んだからといって安心はできない。このいまいましいあだ名のことは町じゅうの人間が知っているのだから。それでも恐怖が幾分薄れたのは、謎の訪問者の声にまぎれもない苦痛の響きを聞き取ったからだった。

エリーは忍び足で窓に近づいた。「誰なの？」

「タイラ！・ロングフットだ。おぼえてるか？」

タイラー・ロングフットを忘れる女がどこにいる？　エリーより四学年上で、はるかにワイルドで、とんでもなくクールなブルーリックきっての不良は、つねに危険な魅力を放っていた。彼の姿が頭に浮かんできた。罪深いほど豊かな漆黒の髪。向こう見ずな反抗心に満ちた眼光鋭い緑の瞳。よからぬことを考えて歪んだ笑みを浮かべるセクシーな唇。

カーテンを脇へ寄せ、窓の外に目を凝らした。たしかに、彼はそこにいた。ベッド脇のランプの淡い光に、すらりと背の高い姿が浮かびあがった。髪は昔より短くなっていたけれど、相変わらずぼさぼさのしゃっとしている。鴉の濡れ羽色の髪は額にかかっていた。それを除けば、十年という歳月はタイラーをほとんど変えていなかった――それに、不良っぽい魅力も褪せていない。

「夜なかの二時にわたしの家のまわりをこそこそうろつきまわって、いったいなにをしているの？」

「出血多量で死にかけているんだ」タイラーは声を低めようともしなかった。そりゃそうよ。このあたりに住むたったひとりの人間は、とっくに叩き起こされているのだから。「冗談じゃないんだ、先生。助けてくれ」彼は明かりのほうにぐっと顔を突きだした。その目は苦痛に満ちていた。

「どうしてふつうの人みたいに玄関の呼び鈴を鳴らさなかったの？」

「ここの玄関ポーチの地雷原にきみが仕掛けた、いまいましいブービートラップをことごとく作動させたあとだからな。きみが警察を呼ぶか、おれにもう一発銃弾を食らわせるまでに十五秒ほどしか猶予はないと思ったんで、この窓にまわって挨拶することにしたんだ」

電話を持つエリーの手に思わず力が入った。オーケイ、彼の戦略にもたしかに一理ある。彼女は視線を下へさまよわせ、けがの痕跡をさがそうとした。「撃たれたというわりには、足も口もしっかり動いているようだけど」

「浅い傷なんだ。でも、くそ痛くて――」

「わかりました。表へまわって。玄関を開けるから」彼はうなずくと向きを変え、きた道を戻っていった。エリーはガウンをつかんで白いネグリジェの上に羽織ると玄関へ向かった。その途中、意識がいきなり六年生のころにタイムスリップした。

十二歳だったエリーにも、タイラー・ロングフットがフェロモンを――セクシーな男の色気を――発散しまくっているのはわかっていた。もちろん、当時はそういう言葉は使わなかったけれども。地元のブルーリック・バッファローズのホームゲームの最中に、観覧席の裏でタイラーがメロディの姉のメリンダにキスしているところをばっちり見てしまったのだ。彼って〈ダルトンズ・ドラッグストア〉で売っているペーパーバックの表紙の荒くれ者に似てる、とエリーは思った。キスのしかたが、まさにそっくりだった。引き締まったたくましい腕でメリンダの細い腰をぐっと抱き寄せながら、彼女の背中がのけぞるほどの情熱的なキスをしていた。見ているだけで頭がくらくらして、背筋がぞくぞくした。

ハッピーエンドを夢見る年ごろになってから、エリーにとっての白馬の王子(プリンス・チャーミング)はつねにロジャーだったけれども、タイラーのキスを目撃したことで、恋の魔法にかかった恋人たちが白馬に乗って夕日のなかに消えていったそのあとにはいったいなにが起こるのだろう、と考えるようになった。

エリーは玄関ポーチの明かりを点(つ)けて足元に目をやった。明日の朝――ううん、もう今日だ――に私道の先まで持っていこうと玄関脇に出しておいたゴミ袋が横倒しになって中身が散乱していた。そのゴミのなかに、すり減った黒の作業用ブーツがぬっとあらわれた。そのブーツは、穿(は)き古(ふる)して裾がほつれたジーンズから突きだしていた。エリーの目はすらりと伸びたたくましい脚を上にたどり――ジーンズの膝のところがこすれて白くなっていることにぼんやり気づいた――ポケットの近くに寄ったしわを伝って……股間で止まった。そこのボタンをはずそうと躍起になっている女性の指の映像が、いきなり思考に割りこんできた。

厄介なイメージを脇へ押しやり、観察を続行した。広くて厚い胸板に白いTシャツが張りつき、割れた腹筋がうっすらと透けている。Tシャツの襟のところにピンクの口紅らしきものがべっとりついていて、褐色に灼(や)けた首にも同じ口紅の跡がかすかに残っていた。

はっとするほどきれいな緑の瞳にぶつかり、こちらを見返すそのまなざしは、苦痛に耐えながらもどこかおもしろがっているようだった。「銃はどこにあるんだ、スパーキー？」

「最近はドクター・スワンと呼ばれているんだけど」

「銃はどこにあるんだ、先生（ドク）？」口元にからかうような笑みが浮かんだ。

エリーはガウンのポケットに入れていた手を出すと、親指を立てて人差し指を前へ突きだした。「バン！」

タイラーはふざけてうしろによろめいたが、そこで本物の痛みにたじろいだ。「やられた」

「どこをやられたの？」どこをけがしているのかエリーはいまだに見つけられずにいた。

タイラーは答えるかわりに彼女の横をすり抜け、つかつかと玄関ホールに入っていった。

エリーはあとを追おうと身体をめぐらせ、そこで初めて彼のジーンズの尻ポケットのところに黒っぽいしみができていることに気がついた。

大出血ではないけれど、懸念を抱かせるにはじゅうぶんな量だ。「タイラー……」

彼は廊下のなかほどで立ち止まった。「どこへいけばいい？」

「ダウンタウンにあるわたしの診療所」

「笑えるね、スパーキー。いや、先生」

エリーは彼に追いつき、その腕に手をかけた。指の下で筋肉が張りつめた。「わたしは本気でいっているの。どうせなら、レキシントンの救急病院へいくのはどう？」

「いやいや。これはここだけの話にしよう。きみの診療所に駆けこんだりしたら誰かに見られるかもしれない。救急病院へいけば、発砲事件があったと警察に通報される」

エリーはタイラーの腕を放すと彼の前にまわりこんだ。「いずれにしろそうなるわ。銃弾による負傷は最寄りの警察署に報告することが義務づけられているから。報告を怠れば医師免許を剝奪される恐れがある」

出し抜けにタイラーの身体がぐらりと揺れて壁に倒れこんだ。エリーはあわてて彼の腰を支えた。

「タイラー！　タイラー、ここで気を失ったりしないで。ほら、わたしにつかまって」肩にまわされた腕はしっかりして力強く、幸い両脚も体重を支えられるようだった。「キッチンへいきましょう。そこで傷口を調べれば、けがの程度がわかるから。どこで処置すべきかはそのあと決めればいい」

彼女の提案に従えるほどタイラーの頭がしっかりしているとは思っていなかったので、その彼がすたすたと廊下の先にあるキッチンへ向かい、明かりのスイッチを入れたのにはびっくりした。

突然の明るさに目が慣れるまでに一分ほどかかった。目が利くようになるとすぐに患者に焦点を合わせた。顔色は問題なし、瞳孔もしっかり反応している。「おかしいわね、引越し祝いのパーティにあなたを招待したおぼえはないんだけど」

タイラーは口の片端でにやりと笑った。「この家はおれが建てたんだ。部屋のレイアウトはすっかり頭に入ってる」

「ああ」それで思いだした。タイラーが数年前に建設会社を起ちあげたというようなことを、父さんが――それとも、通りで鉢合わせしたひと握りの元クラスメイトの誰かだったかしら――いっていたっけ。

きれいに片づいたキッチンの真ん中に立つタイラーはいかにも場違いで、レモン色のカーテンや同色のディッシュタオルとくらべると、やけに男っぽく見えた。

いやだ、彼って……すてき。エリーのなかの分別をわきまえたおとなの女が、一瞬にして女子高生に戻って、キャーキャーとわめきはじめた。ああ、か・み・さ・ま。札つきの不良でプレイボーイのタイラー・ロングフットが、うちのキッチンでジーンズをおろそうとしています。けれどそこで、その理由を思いだした。一瞬の気の迷いを頭から振り払うと、エリーはじりじりとドアのほうへ後退した。「必要なものを取ってくる。すぐに戻るから」

しっかりしなさい。頭がふらついているのはタイラーのほうで、あなたじゃないのよ。エリーは玄関ホールの戸棚のところへ飛んでいき、診察かばんを取りだした。

軽く息を切らしながらキッチンに駆けこむと、タイラーはジーンズを腰のあたりまで下げた格好で寄せ木造りのがっしりしたテーブルに両手をついていた。

「これでいいか、先生？」

弾を摘出して縫合するだけの比較的簡単な処置になるか、鎮静剤を投与してのＭＲＩ検査のあと、二時間に及ぶむずかしい手術になるかは、弾丸の口径と撃たれた正確な場所によって決まってくる。けがの重篤度を測るまでタイラーには立ったまま、いちおうは動ける状態でいてもらったほうがいい。

「ええ、それでいいわ」エリーは精いっぱい落ち着いた声で、いかにも医者らしく答えた。それから農家風の深いシンクで手をごしごし洗い、かばんからラテックス製の手袋を取りだした。

パチンと音をたてて手袋をつけると、足を使ってタイラーのうしろまで椅子を移動させ、そこに腰をおろした。かばんのなかをあさって必要な器具をテーブルに並べ、準備が整うと、いった。「では、これからジーンズと下着をおろします。できるだけそっとやるけど、傷口に布地がくっついていた場合は少し引きつれるような感じがするかもしれない」

「ええと、先生。じつは洗濯物が溜まっていて、今夜はジーンズしか穿いていないんだ。手間がひとつ省けたんであればいいんだが」そういいながら彼女のほうに顔をめぐらせると、はずみでジーンズが少しずり落ちた。傷口をよく見ようとエリーがジーンズの片側をさらに引きおろすと、一瞬の間につづいて彼がはっと息を吸いこむ音がした。

「ごめんなさい。痛むわよね。やっぱりここでやめておいて、傷口に圧迫包帯を巻いて救急車を呼んだほうがいいと思う」

「大丈夫だ、エリー」タイラーは歯を食いしばりつつもいい張った。「やるべきことをやってくれ」

「わ、わかった。前を向いて、じっとしていて」タイラーが前を向くと、エリーは目下の問題に意識を集中した。細く、ごく浅い傷口を慎重に探ると、すぐになにかに触れた。弾丸？それとも散弾？　わたしは弾薬の専門家じゃないし。それは金属製の小さな弾で、タイラーのお尻の惚れ惚れするようなえくぼのあたり、中臀筋と小臀筋のあいだの四分の一インチほどの深さに埋まっていた。ところが、よく見ようと傷口をそっと手で広げると、患者がひゅっと鋭く息を吸いこんだ。

「くそっ――おれの尻を半分切り落とそうとしているのか？」

「まだそこまでいってない。気が散るから話しかけないで」

「どうぞゆっくりやってくれ」歯を食いしばっていても、皮肉をいわずにいられないらしい。

エリーは注射器に局所麻酔薬を満たした。「悪いけど、三つ数えてもらえる？」

「わかった。一、二――」

彼女は注射針を突き刺し、シリンジを押し下げた。

タイラーの身体が強風にあおられた椰子の木のように揺れた。「こんちくしょう！　三はどうなったんだよ？」

エリーは注射器を抜いてテーブルにおいた。麻酔が効くのを待つあいだに説明する。「三であなたの身体が緊張すれば、こんな細い注射でも時速九〇マイルのナックルボールが当たったような衝撃を感じることになるの」

「へえ、そいつはどうも。おかげでせいぜい時速八五マイルぐらいですんだよ」

「どういたしまして」彼女は傷口の血をガーゼで拭った。「一分ほどして麻酔が効いたら弾丸を取りだすわ。そしたら、うそみたいに元気になるから」

返事のかわりに、疑わしげなうなり声がした。

エリーは細長いピンセットをテーブルから取りあげ、傷口に軽く触れた。患者は反応を示さなかった。「どうしてこんなことになったのか話してもらえる？」

「自分でやった、といったら信じるか？」

エリーは笑った。「無理ね。あなたが飼っている犬か猫か鳥かイグアナが、誤ってあなたの銃を撃ったというのも信じない。それにこんな夜遅くだから、狩猟による事故という線もないわね」

「ダメ元でいってみたんだが」

「本当のことをいって」エリーは促し、ピンセットの先で金属の小さな弾をつかんで取りだすと、勝利の喜びに一瞬ひたった。それから傷口を消毒し、ガーゼを押し当てた。

タイラーがため息をついた。「〈ローリーズ・パブ〉で一杯やりながらルー・アン・ダブルツリーと、えー、そう、話をしていたんだ」

ルー・アンはエリーより学年がひとつ上だったけれど、長身で赤っぽい金髪をした彼女のことはよくおぼえていた。この上級生がとりわけ記憶に残るふたつの特徴を売りものにしていたからだ。「ルー・アン・〝ダブルディー〟？」

「自分のあだ名を嫌っているわりに、他人のあだ名をいうのには躊躇がないんだな」

「彼女は自分のあだ名を気に入っていたもの。あのあだ名がつくきっかけになった身体の部位を自慢にしていたんだから」

「あの胸が想像をかき立てるものだってことはきみも認めるだろう」

「らしいわね」エリーは心のなかで目玉をぐるりとまわした。男の人って、どうしてこう乳房に弱いのかしら。彼女は外科用の針に糸をつけて縫合の準備をした。「で、あなたが〈ローリーズ〉でルー・アンと話をしていたら……」

「彼女はジュニア・ティルマンとくっついたり別れたりしていてね。ジュニアのことはおぼえているか？」

その名前には聞きおぼえがあった。身体が横に大きく、よく響く太い声をして、バッファローズがタッチダウンを決めるたびにビールの空き缶をおでこで叩き潰す癖があったっけ。エリーはひと針目を縫い終えた。「がっしりした体格。あなたと同学年。ハンドマイクを使っているのかと思うほど声の大きい人？」

「当たりだ。ともかく、ルー・アンによれば、ふたりはいまつきあっていないとのことだった。ところが、今夜見るからに酔っぱらって店にあらわれたジュニアの意見はそれとは少し違ったんだ」

「それであなたを撃ったっていうの？　警察にまだ通報していないのが信じられない」興奮ぎみにいいながらも、几帳面に並んだ小さな縫い目に、もうひと針くわえた。こんな完璧なお尻に傷をつけるなんて冒瀆というものよ。

「そうカッカするなって。おれを追いかけてきたときジュニアが持っていたのは、ピックアップトラックの銃架にかけてあったアライグマ駆除用の空気銃だ。やつはおれを殺そうとしたんじゃない、単に自分の権利を主張したまでだ」

「自分の権利って……まったく、男ってみんな救いがたいわ」最後の糸を結んで鋏で切ると、鋏をテーブルの上に放った。

「おれの意見をいったわけじゃないぞ、先生。半分アルコールに浸かっていたジュニアの脳みそのなかで起きていたことを説明しようとしたまでだ。ひと眠りして酔いが醒めたら、やつは心底後悔するはずだ」

「酔いを醒ますなら留置所のなかですればいい」エリーはばっさり切り捨てた。

タイラーは不満げな音を発した。「ジュニアはとんでもなく腕のいい大工なんだ。それにあいつには、別れた奥さんとアシュランドで暮らしている四才の息子がいるんだよ。刑務所にぶちこまれでもしたら養育費を工面するのがとんでもなくむずかしくなる。そうなったら、バーボンに酔った勢いでジュニアがした浅はかな行為の割を食うのはその息子だ」

「彼はあなたを撃ったのよ。わたしには警察に報告する義務がある。これは交渉の余地のないことよ」これで一件落着とばかりに、創部にガーゼを当ててテープで留めた。「終わったわよ」

タイラーは首をひねって尻に貼られたガーゼを見たあと、ジーンズを引っ張りあげてからこちらに向きなおった。あの吸いこまれそうな緑の瞳がエリーの視線をとらえた。唇が上向きにカーブして、とろけるような笑みをゆっくりとかたちづくる。「どんなことにも交渉の余地はある」

エリーの頭にダイナーで耳にしたメロディの言葉がよみがえった。〝ロジャーの理想の女性は経験豊富で、どんな要求をされても動じない人なのよ〟

開業医はちょっとやそっとのことで驚いていては務まらない。だから度胸に関しては問題ない。だけど、経験豊富？　そちらは話がべつだ。ひょっとして、その解決策が目の前にいるのかも。歩いてしゃべる、生きたセックス教本として。医学的に見ると、タイラーは歩いてしゃべる女性向け性欲増強剤ともいえた。

「さあ、先生。今回の件を内密にしてもらうのに、おれはなにをすればいい？」

2

　自分の発した問いが宙に漂い、タイラーは沈黙に耳を澄ました。エリーは一瞬、目を見開いたが、そのあとで値踏みするような視線を向けてきて、タイラーは思わず首が熱くなった。彼女はいったいなにを考えているんだ？

「今夜あなたがルー・アンと、いわゆる〝話をしていた〟のであれば、あなたにはいまつきあっている人がいないと考えていいのかしら」

　じつをいえば、しゃべっていたのはルー・アンひとりだった。タイラーのほうはルー・アンの唇が彼の首筋に焼けるような跡をつけはじめる前から、彼女の気分を害さずにおしゃべりをやめさせる方法をさがしていた。なにしろジュニアは大事な友だちのひとりだし、世間で思われているのとは違って親友の恋人に手を出すような習慣はタイラーにないからだ。彼は腕組みをしてテーブルに腰をあずけようとしたが、寸前にたぶんそれはいい考えではないと思いなおした。「ああ、先生。おれはいまも特別な誰かがあらわれるのを待っているところだ」

「待っているあいだも、ずいぶんと忙しくしているみたいだけど」

　彼女の口調に非難するような響きはなかった。それなのにその言葉が胸にこたえたのは、回転ドアのようにくるくると入れ替わる女性たちとの関係に、タイラー自身がこのところ不満を募らせていたせいだろう。それともルー・アンがべたべたしてきたときに、馬鹿づらを下げてぐずぐずしていたせいで尻に銃弾を食らって目が覚めたのか。いずれにしろ、生きかたを考えなおす潮時がきたようだ。

「そんなふうにいうやつもいるかもな」答えながら、エリーをじっと見つめた。相手がスパーキー・スワンでなくても、こいつはおかしな会話だ。ジュニアのことを警察に通報させないことと、おれがフリーかどうかにどんな関係があるんだ？

彼女はいま丈の短いピンクのガウンの帯に全神経を集中させていた。「じつはわたし、あなたがとても経験豊富なある分野に関して……えー、技能を高めたいと思っているんだけど」

エリーはそこでちらりと彼に目をやり、何気なく下唇を嚙んだ。その仕草に、タイラーは下半身がむずむずしだした。「家の建てかたをおぼえたいのか？」

「わたしはセックスのことをいっているの」話すときに歯は唇から離れたが、すると今度は深みのある茶色のまなざしがタイラーの股間をわしづかみにした。「あなたは十代のころからその才能を磨いてきたでしょう。噂が本当なら、あなたは大抵の男性が夢でしか見たことのないようなセックスライフをエンジョイしているとか」

「おいおい、噂をなんでもかんでも信じるのはどうかと思うぞ」ところがタイラーの野心家の部分は大きな声でそれに異を唱えていた。つるつるしたピンク色のガウンの前を開いて、エリーが夢でしか見たことのないことを教えてやれと切に訴えてくる。

ここにいるのはスパーキー・スワンだぞ。タイラーは自分に思いださせた。本ばかり読んでいた、おずおずした女の子。もっとも、当時の面影はもうないけれども。

「噂の四分の一でも本当ならじゅうぶんよ。タイラー……」彼女はそこでいいよどむと、長く伸ばした焦げ茶色の髪に指を通し、緊張していることを図らずもあらわにした。「ベッドの上でセクシーにふるまう方法を教えると約束してくれたら、ジュニアのことを警察に通報するのはどこかの善良な市民に任せるわ」

たぶん自分は今夜、頭も撃たれたんだ。「聞こえたでしょう。聴力に問題があるのは、きっとそのせいだ。「悪い、いまなんて？」

彼女はつんとあごをそらした。「聞こえたでしょう。わたしはセックスの実地訓練を受けたいの」

「なるほど。話をちょっと前に戻そう。ベッドの上で〝もっとセクシーになる〟必要があると考えた理由を訊いてもいいか？」

バーボン・コーク色のまなざしが、またすっと横にそれた。「それは話したくない」

「なるほど」タイラーはため息をつくと、ブーツのつま先に目を落として彼女の提案を理解しようと努めた。「きみの話をちゃんと理解できているかどうか、ちょっと確認させてくれ。

おれがきみにセックスの個人授業をすると約束すれば、保安官には通報しないということか？」そこでちらりと彼女を見あげた。

エリーがうなずくと、タイラーは笑いだした。「そいつはずいぶんとさばけた話だな、先生。くだらない駆け引きもロマンスも、全部すっ飛ばそうってのか」

「あら。わたしの提案と、あなたとルー・アンが金曜の夜にときどき〈ローリーズ〉で会うことのどこが違うの？　あなたがその気で彼女もその気なら、じゃあ店を出ようか、ということになる。その夜の最後に〝ひざまずいてのプロポーズ〟が待っていないことは、どちらもいやというほど知っているはずよ。肉体的経験を楽しんだら、それで終わり。わたしがいっているのもそれと同じよ。お酒と軽いおしゃべりと、お尻を銃で撃たれる危険がないだけで。だから……」

言葉が途切れ、討論クラブの部長然としていた顔つきがなんともいえない表情に変わると、どういうわけかタイラーは最低の男に成り下がった気がした。

「だけどわたしはルー・アン・ダブルツリーじゃない」ぼそりというと、エリーはガウンの襟をさらにきつくかき合わせて帯をしっかり結んだ。「馬鹿ね、わたし。どうしても無理だと思うなら、いまの話は忘れて」

ああ、くそ。「無理だなんていっちゃいない。本当だ。そういう問題じゃないんだ」

「じゃ、なにが問題なの？」

「あのちっちゃかったエリー・スワンとどうにかなるのは、子どもに悪さをしているような気分になるからだと思う」

「二十八歳は、とても子どもとは呼べないと思うけど」

たしかに。小さいころ、どうやってもいうことをきかなかったくるくるした巻き毛は、いまではゆるやかなウェーブを描く焦げ茶のロングヘアになっている。頰にえくぼのある子どもっぽかった顔つきもすっかりおとなびて、愛らしさとセクシーさというワンツーパンチを放っていた。当時は一週先まで見通せるのではないかというような分厚い眼鏡をかけていたが、いまタイラーを見あげているのはバンビの目のようにうるうるした大きな茶色の瞳だけだ。それにあの唇。リップを塗っていないのに赤くふっくらして、思わずキスしたくなる。

「それについては異論はない、先生」

「だったらなにが問題なの？　倫理的ジレンマだ、とかいういい訳は通用しないわよ。ただ楽しむためだけにダブルディーとやれるのなら、わたしとだってできるはずだもの」

「ひとつはっきりさせておこう。おれは女性とセックスしたことも、口説いたことも、ごくまれにだが愛を交わしたこともあるが、女性と〝やった〟ことは一度もない」ただし、用語の違いを脇へおけば、エリーの意見を論破することはできなかった。もしも彼女が今夜、見ず知らずの美人として〈ローリーズ〉にあらわれていたら、タイラーは酒だろうと、軽いおしゃべりだろうと、彼女の望むものはなんだって差しだそうと列をなす男たちの先頭に立っていたはずだから。

しかし、あいにく彼女は見ず知らずの美人じゃない。彼女はエリーだ。タイラーは昔からエリーに対して特別な思い入れ(ソフト・スポット)があった。彼もエリーも、冷たく硬いひとつの石から刻みだされたような頑固でそっけない父親に育てられた。お仕置きと称し、なにかにつけて息子に拳(こぶし)をふるったビッグ・ジョー・ロングフットと違い、フランク・スワンが娘を殴ったことはタイラーの知るかぎりなかったが、かといってあの男がたくさんの褒(ほ)め言葉や励ましをひとり娘に与えたかといえば、それもまた疑問だった。

エリーのつぶらな瞳と寝乱れた髪、キスしたくてたまらない唇を見つめているうちに、いまでは彼女に対して硬くなる身体の部位(ハード・スポット)があることにもタイラーは気がついた。

ここは〝特別な思い入れ〟のほうを選ぼう。

「わかったわよ」と彼女がつぶやいた。「意味論はどうでもいいから、引き受けてくれるのくれないの?」

ちくしょう、なんでこんな状況に陥ってしまったんだ? ずきずきとうずきはじめた眉間(みけん)を親指で押しながら、タイラーはすがるようにいった。「少し考えさせてくれ。それで、その〝個人授業〟は何回ぐらいを考えているんだ?」

エリーがその質問について考えをめぐらせているあいだ、頭のなかの歯車が高速で回転している音が聞こえるような気がした。「十回は?」

タイラーの一部はさっと勃ちあがって〝乗った！〟と叫んだが、彼の自己保存本能はあえて最低数（ローボール）で揺さぶりをかけた。「二回」

「八回」エリーがやり返し、その絶妙な駆け引きにタイラーは内心舌を巻いた。

「四回」

「五回。これ以上は譲れない。これより少ないと、州の医師会から懲戒処分を受けるリスクを冒すだけの、じゅうぶんな授業を受けられないもの」

「わかった。それで手を打とう」

エリーが笑顔になり、あの懐かしいえくぼが頬に浮かんだ。取引成立の握手を交わそうと彼女が手を差しだすと、タイラーはその手を握ってぐっと引き寄せ、愛らしいくぼみの片方にキスしたいという強烈な衝動と闘った。誰かに個人授業をするのは初めてだが、きっと楽勝だ。エリーを二、三度デートに連れだして、ふたりして楽しめばいいだけのこと。

「よかった」エリーは黒いかばんのなかに手を伸ばし、なにかをつかむと（コンドームではないかとタイラーは思った）、ガウンのポケットにそれを突っこんだ。「じゃ、さっそく――」

タイラーは笑って彼女の言葉をさえぎった。「悪く取らないでほしいんだが、今夜はできそうにないよ、先生。なにせ尻の半分が痺（しび）れているんでね」

エリーはあのぽってりした唇をきゅっと結んで、厳（いか）めしい顔と思（おぼ）しきものをつくった。タイラーの一部がいま直立不動の姿勢を取って、彼がうそつきであることを暴いていると知ったら、彼女はどんな反応を示すだろう。

「悪く取ったりしていないわ」エリーはそういうと、つかつかと戸口のほうに向かった。

「わたしは、抜糸を終えたらさっそくはじめましょう、といおうとしたの」

「なるほど」ジーンズのなかの教員助手がおとなしくなった。タイラーは彼女のあとにつづいて廊下に出た。「いい考えだ。で、抜糸までどれくらい……？」

エリーはポケットに手を入れ、ガーゼが入った小さな袋と太めの絆創膏ふた巻きをタイラーに渡した。「ガーゼは毎日交換すること。来週の木曜に診療所に予約を入れておくから、傷が治ったかどうかそこで判断しましょう」彼女は玄関の前で足を止めた。「経過が良好だったら、スケジュールとカリキュラムを決めればいいわ」

タイラーはジーンズの前ポケットに入れようとしていたガーゼやなにかを、あやうく取り落としそうになった。カリキュラムだって？　やる気満々のエリーに任せていたら、セックスという本能的かつ基本的なものが学術研究になりかねない。その授業計画のことを考えると、ぞくぞくする反面、なぜか恐ろしくもあった。

「やたらと複雑にするのはよさないか。その場の状況に応じてアドリブでやるほうがいいとおれは思う」

彼女が眉根を寄せ——その表情にも、不思議とタイラーはそそられた——それから首を横に振った。「わたしは思わない。すでに知っていることの復習で貴重な授業を無駄にしたくないもの。わたしの目標は知識を拡大することなの」

タイラーは手のひらに浮かんだ汗をジーンズで拭いたい衝動と格闘した。「具体的にはどういうことを考えているんだ?」

「正直いうとまだ決めていないの。少しリサーチする必要があるから」

「好きなだけ〝リサーチ〟してくれてかまわないが、先生、こちらにもきみのいうカリキュラムを拒否する権利はあるからな」

彼女がはっと動きを止めた。「どうして?」

タイラーは玄関ポーチに出たところで振り返った。「それは、おれがその道のプロだからだ」事実だったが、不意にそのことが少し虚しく感じられた。会って三十分もしないうちにエリーは、タイラーが差しだせるもっとも重要なものは股のあいだにぶら下がっていると判定を下した。この町の女性たちの大半が彼女と同じ意見なのではないかとタイラーはひそかに疑っていた。彼自身、その印象を変える努力をしてこなかったのはたしかだが、自分にだってシーツにからまる以外に得意なことはあるのだ。たとえプライドのためだけだろうと、なんとかしてエリーにそれを証明してみせる。

プライドか意地か、あるいは戸口に立つエリーが下唇を噛みながら眉根を寄せてこちらを見ていたことにむしろ関係があるのかもしれないが、タイラーはエリーの魅惑的な茶色の虹彩の微妙な色合いがわかるところまで、ぐっと顔を近づけた。「まずは基本的な適性テストからはじめるのはどうだ？」

「適性テスト？」

彼の唇がエリーの唇に重なる直前に、彼女がはっと息を吸いこむ音がした。エリーを驚かせ、ちょっとばかり動揺させられたらと思っていた。ところが驚かされたのはタイラーのほうだった。ビロードのようにやわらかい唇を味わった瞬間、なにかを証明することなど頭から吹き飛んで、どれだけ早くふたりの服を剝ぎ取ってベッドに倒れこみ、たがいの身体を貪りあうことができるかということしか考えられなくなった。わずかに残った思慮分別も、大量の血液とともに下半身へ流れていく。

どうやらエリーの思考も同じ道を駆け抜けたらしく、彼女はつま先立ちになって彼の首に片手を巻きつけ、天賦の才能のすべてを使ってキスを返してきた。タイラーは尻だけでなく頭まで痺れた。自分でも気づかないうちにエリーのガウンの背中のすべすべした生地を手でつかんできつく抱き寄せながら、彼女の舌を舌でゆっくり舐めあげた。

エリーが喉の奥を震わせて歓喜の声をもらし、さらに身体を押しつけてきた。その無防備なあえぎが、唇と唇が触れあった瞬間にタイラーが迷いこんだ欲望のかすみを切り裂いた。彼はいきなり身体を引き、溺れかけている人のように空気を吸いこむと、傾いた世界の軸が元に戻るのを待った。おれはいったいなにをしているんだ？　尻を撃たれたあとで誘いをかけられ、明らかに正気を失っていたんだ。それ以外に説明のしようがない。

エリーのまぶたが震えながらあがり、まっすぐに彼を見た。タイラーはそこに驚きと畏敬の表情を見て取った。満足してしかるべきだったが、その目はいま彼の頭のなかで起きていることを、怖いくらいそのままに映しだしていた。ふたりのキスで濡れた唇をエリーが舌でちろりと舐めるのを見て、彼はうめき声をのみこんだ。

遅ればせながら、自己保存本能が目を覚ました。タイラーは彼女から手を離すと、うしろに下がり、両脚が協力してくれたことに馬鹿みたいに感謝した。エリーがよろめき、ドア枠にしがみついて身体を支えると、今度ばかりは小さな満足をおぼえた。

「おめでとう、スパーキー」

エリーは頭をはっきりさせようとするように首を左右に振った。「なにが?」たとえ殺されかけていたとしても顔がゆるまずにはいられなかった。エリーはひどく混乱しているように見えた。

「きみは見事にテストをパスした。おやすみ」彼女が玄関のドアを閉めるまでタイラーは笑顔のままでいたが、そのあとはもう頭のなかが、しっちゃかめっちゃかだった。

玄関ポーチにばらまいてしまったゴミを片づけていても、たったいま起きたことがなんだったのか皆目見当がつかなかった。女性にキスしたことならある。何度も。たぶん、そのへんの男たちより多くの女性と。どのキスも大いに楽しんだ。忘れられないキスもあれば、楽しく情熱的な情事の陰に隠れてしまったキスもある。しかしそのどれもエリーとのキスには遠く及ばなかった。新たな冒険に飛びだしていくようでいて、懐かしいわが家に帰ってきたようでもあった。

その事実がタイラーを不安にさせた。彼は長い脚を駆使して自分自身と、尻に銃弾を食らったことにつづく人生最大の事件とのあいだに距離をおいた。自分がなにをしているのかわかっているのは彼のほうだったはずなのだ。それなのにエリーが唇を開いてキスを返してきたとたん、タイラーはこの優等生がまたしても偏差値を上げようとしていることに気がついた。いや、偏差値を上げるどころか、偏差値曲線を突き抜けている。

そろそろとバイクにまたがり、局所麻酔に大いに感謝しながらキックスターターを踏んでエンジンをかけた。いいだろう。取引は取引だから、自分の役割はきちんと果たす。ただし、エリーのいう授業に突入する前に、いくつか予防措置(そち)を講じておこう。まずは、彼女がやりたいと思っているのがどういうことなのかを、あの名医にわからせることだ。どれだけリサーチをして計画を立てようと、その瞬間を迎えたときに気が変わらないとはかぎらない――とりわけ、そうなるようにひとつふたつ考えを植えつけてやれば。それでエリーの気が変わったら、そのときはそう、にこやかに取引の解消に応じるのだ。

次に、彼女がこんな馬鹿げた計画を思いついた、そもそもの理由を探りだす。勉強熱心なこの生徒は、彼から学んだことをよその男を誘惑するために使うつもりでいるのではないか。

タイラーはそんな胸騒ぎをおぼえていた。

エリーは〈ジフィー・ジャワ〉の赤紫色の髪をしたレジ係に、スキムミルク入りモカコーヒーを、とすらすらと注文した。いつもならさらに〝カフェイン抜きで〟とつづけるところだったが、深夜の訪問を受けたあとではカフェインの刺激が必要だった。正式な開業は月曜だったから、幸い土曜の今日は予約が入っていなかったが、丸一日かけて診察室三つ分の備品をセッティングして診療所を調えるつもりだった。そうした作業には誰にも邪魔されない時間と……エネルギーが必要だ。

受け取りカウンターの前に移動しながら、大きなあくびを噛み殺そうとして失敗した。

「スパーキー、帰ってきたばかりなのに、もう死ぬほど退屈しているのかい？」からかうような声がした。

エリーが振り返ると、そこにいたのは……。「ロジャー！　まあ、会えてうれしいわ」〝会えてうれしい〟？　もうちょっと気の利いたことがいえないの？　彼女はぴったりした黒のTシャツの裾を手でならしながら、カーキ色のクロップ丈のカーゴパンツと黒いキャンバス地のバレーシューズなんかじゃなく、もっとおしゃれな格好をしてくればよかったと後悔した。それくらいロジャーはすてきだった。真っ白なポロシャツとテニスパンツが、日に灼けた肌と太陽にさらされて明るい縞の入ったブロンドの髪を引き立てている。これほど完璧な男性がほかにいる？　ところが、そう思うそばからタイラーの姿がぱっと頭に浮かんだ――背が高く、黒髪で、取り乱しそうになるほどのハンサム。頼みもしないのに浮かんできたその映像を、エリーは頭から押しのけた。

「ぼくも会えてうれしいよ、エリー」あたたかな歓迎の言葉と頬をかすめた唇の感触に、エリーの心臓がどきどきと騒ぎだした。「それともドクター・スワンと呼ぶべきかな。開業するために戻ってきたと聞いたよ」

ロジャーの笑顔と、きらきらと輝く吸いこまれそうなほどきれいな青い瞳に目がくらみ、エリーはなんとか言葉を絞りだした。「人の噂は千里を走る、ね」

「ここは小さな町だから千里もないしね」ロジャーはかぶりを振ると、こうつづけた。「それにしても見違えたよ」二、三歩離れて、まじまじと見る。「この十年ですっかりおとなっぽくなったね。すてきだよ、エリー。本当に。元気にしていた？」

エリーは顔が熱くなり、額の生え際まで真っ赤になった。ありがたいことに、ちょうどそのときバリスタが彼女のモカをカウンターにおいたので、つかのまロジャーから顔をそむける口実ができた。「絶好調よ」興奮と緊張で頭がくらくらして、ほとんど支離滅裂だけれど。

「あなたは？」

「元気でやってる」そこで笑顔が揺らいだ。「いや、そっちの方向にもっていこうと努力している、といったほうがいいかな。メロディとぼくのことを聞いたかどうかわからないけど」

「婚約を解消したことは聞いた」彼女は慰めるようにロジャーの腕を軽く叩いた。婚約解消の理由を盗み聞きしたことを認めるつもりはないけれど。「とても残念だわ」

ロジャーが表情を歪めた。「人の噂は千里を走る、だね」

エリーはうなずき、先ほどロジャーがいった言葉をそのまま返した。「ここは小さな町だから千里もないし。でも、白状するとショックだったわ。あなたたちは結婚するものだと、ずっと思っていたから」

ロジャーはため息をついた。「メロディはすばらしい女性だし、いちばんの親友であることはこれからも変わらない。だけどこういう結果になってしまった——全部ぼくのせいなんだ」

ロジャーが気の毒で胸が痛んだ。昨日の午後、〈デシェイズ〉で婚約解消について話していたときのメロディは、ジニーの手前、平気な顔を装っていたのかもしれないけれど、ここまで打ちひしがれてはいなかった。正直いって、すっかり立ちなおっているように見えた。それなのにロジャーは罪悪感に苛(さいな)まれているようだった。

「誰かに話を聞いてもらいたいときはいつでもいって。すぐに駆けつけるから」〝すぐに駆けつける〟? いやだ、ちょっと出しゃばりすぎたかしら。そんなつもりじゃ——。

「ありがとう、スパーキー。やさしいんだね」彼の目がエリーの背後にいる誰かにすっと動いた。「やあ。元気？」

　エリーが振り返ると、今度そこにあったのは午前二時の訪問者の顔だった。

　タイラーは口の片側をゆっくり引きあげ、とんでもなくセクシーな笑みを浮かべた。「彼女はもうスパーキーと呼ばれたくないんだそうだ――エリーかドクター・スワンにしてくれとさ」

「おっと。ごめんよ、エリー。気を悪くさせるつもりはなかったんだ。ただ――」ロジャーは肩をすくめた。「ぼくのなかできみはずっとスパーキーだったたから。コロンブス騎士会が毎年おこなう独立記念祭のときから……あれは、うわ、もう何年前になるのかな？」

　エリーはその質問を適当に受け流そうとしたが、かわりにタイラーが答えた。「二十二年前だ。きみが六歳のときだったよな、先生？」

　タイラーがそんな細かな点までおぼえていたことにびっくりして、いらだちが一瞬薄れた。忘れられたままにしておきたかったあのことを、そんなに鮮明におぼえているってどういうことよ？「ええ、六歳。そんな年で一生消えないあだ名を背負わされるのは酷よねえ」

「でもきみは実際、野外ステージを全焼させたわけだし」ロジャーが申し訳なさそうな笑みを浮かべて指摘する。

「悪いのはバドワイザーとアール・ローリーよ。パブのオーナーなんだから、もうちょっと良識を働かせてほしかったわ。六歳の子どもに手持ち花火（スパークラー）を握らせて火を点けるなんて馬鹿にもほどがある。パニックを起こして当然じゃないの。けが人が出なかったのが不幸中の幸いよ」

「けが人が出なかった、とはいえないんじゃないかな」ロジャーが異議を挟んだ。「きみのお父さんは頭の血管が破裂したと思うよ。あんなに激昂した人を見たのは生まれて初めてだったからね」

そう、たしかに父さんは怒った。ただ、その怒りがアールだけでなく娘のエリーにも向けられていたことを、ロジャーはたぶんわかっていないだろう。当時は彼も六歳で、彼の家族は誰ひとり怒りに声を荒らげるような人たちではないから。エリーが起こしたあの些細な事件のせいで、父さんはもう娘など存在していないというふりができなくなった。娘と関わりを持たざるをえなくなったのだ。タイラーがそうしたことを察しているのは、彼の顔をちらりと見ればわかった。同情か——もっと悪いのは憐れみで、表情を曇らせている。

たとえひとつかみの筋弛緩剤を飲んだとしても、背中がこわばるのはどうすることもできなかっただろう。たしかに父フランクが〝年間最優秀娘賞〟にわたしを指名することはないだろうけど、こうしてブルーリックに戻ってきたからには、なんとかして父とおとなどうしの関係を築くつもりだった。それに、自分でいうのもなんだけれど、わたしの人生はけっこう順調にいっている。自分に高い目標を掲げ、それに向けて精進している。憐れんでもらう必要なんかないわ。

この話題を早く切りあげようと焦るあまり、思ったより無愛想な口調になってしまった。

「あの一件は、お酒と迂闊（レイム・アス）さと危険なおもちゃが合わさったらどうなるかといういい見本よ。そういえば——」エリーはタイラーを見て片方の眉をあげた。「今朝の調子はいかが？」

ロジャーが咳払（せきばら）いし、なにやらいわくありげにふたりを見くらべた。「なにかおもしろいものを見落としているような気がしてならないけど、残念ながら十分後にテニスクラブで父さんと試合をすることになっているんだ。だから、そろそろいかないと。タイラー、じゃあまた。エリー、つもる話はまた近いうちに」

またね。電話して。ゆったりした足どりでコーヒーショップから出ていくロジャーの背中に呼びかける別れ際の挨拶がエリーの頭をいくつもよぎったが、どれにしようか決めかねているうちにタイラーが彼女の肩に腕をまわして耳元で囁いた。

「元気にやっているよ。おれも、おれの不自由な尻（レイム・アス）も。心配してくれてありがとう」

エリーはぶるっと身震いした。耳にかかる彼の息がくすぐったかっただけよ。自分にそういい聞かせる。昨夜のちょっとした〝適性テスト〟でわたしの唇に押しつけられた彼の唇の感触が、不意によみがえったからじゃないわ。タイラーの引き締まったお尻を思いだすと、きわめて個人的な場所がうずきだすことは否定できないけれど。うそでしょう、もうセクシーな気分になっている。まあ、わたしは昔からおぼえが早いほうだし。生徒の興味を引きだしてくれる教師がいる場合はとくに。どうやらタイラーはそういう教師のひとりみたい。

次にどう出たらいいかわからず、結局はふだんの礼儀正しい自分に戻った。「今朝見たら、玄関ポーチのゴミがきれいに片づいてた。そんなことしてくれなくてよかったのに。あなたは安静にしていなきゃいけないんだから」

タイラーは肩をすくめた。「散らかしたのはおれだし。せめて後始末ぐらいはしないと」低い声がエリーの耳をくすぐった。

「とにかく……ありがとう」急にからからになった喉で、なんとかいった。そのとき落ち着かない気分に拍車をかけるように、すぐそばで聞きおぼえのある声がした。「エリー！ 会えないかとずっと思っていたのよ。帰ってきたんですってね」

3

振り返ると、そこにはロジャーの元婚約者の顔があった。

「まあ、メロディ。ハーイ！」冷めた反応を返してしまったことに、エリーは内心顔を歪めた。「相変わらずきれいね」少なくともそれは本心だった。瞳と同じ藍色（シー・ブルー）のサンドレスが、羨（うら）ましいほどのプロポーションを大いに引き立てている。

ブロンド女性はにっこりした。「ありがとう。あなたこそ。その服、いいわね。わたしもカーゴパンツが穿ければいいんだけど、お尻がものすごく大きく見えちゃうのよ。ハーイ、タイラー」

「やあ」タイラーは笑顔を見せたあとで腕時計に目をやった。「会ったばかりでなんなんだが、これから会議でね。じゃあまたな、メル。先生」彼はエリーのほうに身をかがめ、ほつれた髪を耳にかけてから唇で頬を軽くなぞった。コーヒーショップにいる人たちには、それはロジャーがしたキスとまったく同じに見えただろう――気さくでさりげない挨拶のキスに。ところが実際は天と地ほどの差があった。タイラーのキスが引き起こしたさまざまな反応は、〝気さく〟とか〝さりげない〟という言葉であらわせるものではなかった。エリーはよろめくようにしてあとずさり、タイラーは彼女のTシャツのV字のネックラインに指を引っかけてそれを押しとどめた。そして「じゃ、木曜日に」と囁いた。

エリーがうなずくより早く、タイラーはこしゃくな笑みを投げると、さんさんと降り注ぐ朝の日射しのなかへ出ていった。気がつくとエリーはリーバイスに包まれた彼のお尻をうっとりと見つめていた。

「エリー、あなたに訊きたいことがあるんだけど。少し話せない？」

ためらいがちなメロディの声に、エリーはタイラーのお尻からはっとわれに返った。学生のころ、ゴージャスで人気者だったメロディが不安げな声を出すことはめったになかった。ところがいまのメロディは声どころか表情まで不安げで、唇を固く引き結び、探るような目でこちらを見ている。訊きたいことがなんであれ、そのことで彼女が神経質になっているのは明らかで、その不安はドミノ倒しのようにエリーにまで伝染した。

「え、ええ、もちろん。よければわたしの診療所で話さない？　広場の反対側だから」

メロディはうなずいた。「うってつけだわ」

たしかにうってつけだ。大通りを渡りながらエリーは思った。メロディが〝昨日〈デシェイズ〉で盗み聞きしてたでしょう。人のことに首を突っこむのはやめてよね〟と文句をいうのにうってつけの機会。身構えていたエリーは、メロディの次の言葉を聞いてあやうく自分の足につまずきそうになった。「あなたが開業することは聞いたわ。それで事務長はいらないかなと思って」

エリーはまばたきして頭を切り換えようとした。「レキシントンにある人材派遣会社に電話して、月曜に派遣社員をよこしてくれるよう頼んであるけど、できれば地元の人を雇いたいと考えているの。でもどうして？　誰かやってくれそうな人を知っているの？」

ブロンド女性の鈴をころがすような笑い声が、十九世紀の煉瓦造りの建物が並ぶ美しい通りに響いた。「そうともいえるわね」

エリーは診療所に通じる彫刻をほどこした石灰石の階段の前で立ち止まると、上目遣いでメロディを見た。

「わたしよ、エリー。わたしがやりたいの」

「だけど……あなたは〈レイノルズ&レイノルズ〉で働いていたんじゃなかった？」

「ええ。だけど、そろそろ潮時だと思うの。この先ずっとロジャーのところで働くわけにはいかないし。そりゃ、壮大な計画ではロジャーがいずれお父さん・シニアの事務所を継いで、子どもができるまではわたしも彼の仕事を手伝うつもりでいたんだけど」メロディはため息をつき、肩をすくめた。「ロジャーとわたしが別れたことは、たぶんあなたの耳にももう入っているでしょう。つまり、そういうことにはならないわけ。だから新しい計画を立てなきゃいけないの。生活を変えたい……ううん、変える必要があるのよ」

メロディの言葉はエリーの心に響いた。運命は時に失望をもたらす。じゅうぶんに悲しみにひたったら、また前を向いて歩きだそうとする。それが健全な発想だ。壮大な計画が計画倒れだったことをつねに思いださせる人々に囲まれながら〈レイノルズ&レイノルズ〉で働きつづけたくないとメロディがいうのも無理はない。

でも、前に進めない人もなかにはいる。車三台がからむ玉突き事故で最愛の妻を奪われたとき、エリーの父は形見のように悲しみにすがりついた。父がどんどん怒りっぽく辛辣になり、娘の存在を含めた目の前の幸せに無関心になっていくのをエリーは見ていた。そもそも父さんが娘に〝恵まれた〟と思っているかどうかは知らないけれど。

それだけに、前に進むことを選んだメロディは立派だと思う。けれどもロジャーの元婚約者を雇うのは、やっぱりいい考えとは思えない。

「わかるわ、メロディ。よくわかる。ただ、わたしはほら……ロジャーのことが好きだから」

「当然よ。ロジャーのことはみんな好きだもの。わたしだって好きよ。というより、愛してる。結婚したいと思うような愛しかたじゃないってだけでね。ロジャーの気持ちも同じ。婚約解消は完全に合意の上のことなの。別れても彼とは友だちのままよ。だから安心して。どちらの味方につくか、みたいなことにはならないから」

エリーは窓枠におかれたプランターからあふれんばかりに咲いている真っ赤なゼラニウムの花を見つめながら自問自答した。どういったらいい？　〝わたしのはただの好きじゃないの。大、大、大好きなの〟とか。ううっ、だめだめ。中学生じゃあるまいし。

かわりに、なぜだかこう口走っていた。「こうなったのは自分のせいだとロジャーはいっていたけど」いったとたん、口出しする資格もなければ、したいとも思っていない個人的な話を持ちだした自分を蹴飛ばしたくなった。

「まあ、ロジャーならそういうでしょうね。でも〝彼のせい〟というのはいいすぎ。わたしたちは運命の相手じゃなかった。ただそれだけのことよ、エリー。本当に。だからわたしを雇ったとしても、ロジャーがあなたと口をきかなくなったりはしないから」

「これから開業しようという新米医師のところで本当に働きたいの？　給料だって、以前あなたがもらっていたものや、レキシントンみたいな大きな町で稼げる額とはくらべものにならないだろうし」

「地元で働く、というのがいいのよ。遠距離通勤じゃ、人間らしい生活ができないもの。お金に関しては、あなたはいいお医者様なの？」

エリーは医学部での日々と、インターンと研修医としての期間を思い返した。それから、タイラーのお尻にきれいに並んだ縫い目のことも。「ええ、だと思う」

「よかった。わたしも事務長としては優秀よ。だからあなたがあなたの仕事をして、わたしがわたしの仕事をすれば診療所は繁盛する。そうなればお金のことはなんとかなるわ。いまのわたしの目標は、仕事にありついてあなたの役に立つこと。で、どう思う？」

どう思う、といわれても。「月曜の午前九時にきてもらえる？」

メロディはキャーと歓声をあげて、いきなりエリーに抱きつき、通行人たちを振り返らせた。「よかった！　絶対に後悔させないからね」そういいきると、スキップするようにして大通りを去っていった。

「そうね」エリーは小さくつぶやいた。「あなたこそ後悔しないといいんだけど」

タイラーは〈ブルーリック貯蓄貸付組合〉のぱっとしない灰色の小部屋の椅子の上で怒りを抑えつけようとしていた。「融資が断られたってどういう意味だ？　提出した計画書に不備でもあったか？」

グレイディ・ランドリーという名で知られる肉の塊は、ふうっと息を吐きだすと、薄くなりはじめた赤毛を肉づきのいい手でかきあげた。「きみの計画書は立派なもんだったし、建売住宅の建設費用が融資対象になることは融資委員会も認めているんだ。ただ、うちのポリシーに〝顧客を知れ〟というのがあってね。そしておまえさんは既知のリスクなんだよ、タイラー」

タイラーは机のむかいにいる男をにらんだ。グレイディは悪いやつじゃない、自分にそういい聞かせた。五年前、建設会社設立のための融資を求めたとき、口を利いてくれたのがグレイディだった。だからそのローンも完済したいま、新たな融資を断られた理由がよけい理解できなかった。

「おれの実績はそうはいっていないぞ。ブラウニング邸はこの二十年で基礎から腐りかけている。おれとおれのチームなら、あの荒れ果てた古い馬農場を名所に変えられるんだ。それも屋敷を取り壊し、土地を細分化して、馬主の気分を味わおうとニューヨークやフィラデルフィアからやってくる連中のために似たり寄ったりのプチ豪邸をいくつも建てようっていうんじゃないぞ。母屋と納屋を復元して、文字どおり乗馬もできる大邸宅として融資額の三倍の値段で売るんだ——そのことはあんただってよく知っているだろうが。だからいっちゃなんだが、あんたたちがこだわっているリスクってやつがおれにはわからないね」

グレイディは指で机をこつこつと叩いた。「じゃ、おれがかわりに教えてやろう。仮にきみの求めに応じて金を貸したとする。いわせてもらえば、最初の融資よりもはるかに大きな額だ。で、そのあとできみの身になにかあったら。貸した金はどう回収すればいい？　修復途中の屋敷を抵当に入れたところでどうにもならない。こちらの見るかぎり、きみのかわりを務められる人間はチームにいないし、そうなればブラウニング農場に関する壮大な計画も、はい、さよならだ。きみなしでは、会社はローンの金額だけの価値もない。だから会社を整理したところでローンの返済にはまだ足りないだろう」肩をすくめ、両手を挙げた。「うちの人間はみんなきみが好きだし、きみの腕も買っている。それでもこの計画が成功するか——あるいはぽしゃるかがきみひとりの肩にかかっているとあっては、さすがに融資委員会を納得させるのは無理だ」

「おいおい、おれは三十二だぞ。まだ棺桶（かんおけ）に片足を突っこむような年じゃない。身体検査に通らないとだめだというなら――」

「きみはハーレーを乗りまわしている」

ちくしょう、話の先が見えた。それでも戦わずして試合を投げるのは願い下げだ。「事故を起こしたことは一度もない」

「きみは〈ローリーズ〉に入り浸っている」

「よせよ、グレイディ、あんただってしょっちゅう顔を出しているじゃないか」

「おれは融資を必要としていないからな。それにジュニア・ティルマンに小猟獣用ライフルの銃口を向けられるはめになったこともないし。融資委員会からすれば、おまえさんはいつ事故が起きてもおかしくない状況にいるんだ」

くそ。「どいつもこいつもジュニアとの一件を知っているってわけか？」

巨体の持ち主はうなずいた。「残念ながらね。しかも、この件に関しては新たな情報網がいくつか登場している。なあ、タイラー、おれだって力になりたいんだ。うそじゃない。だがそれには、おまえさんは信頼のおけるしっかりした男だってことを融資委員会に示さなきゃならんのだよ」

「冗談じゃない」タイラーは書類を机の上に投げだした。「おれは誠実に仕事をこなし、黒字経営を維持している。おれなら南北戦争以前の馬農場をメーソン＝ディクソン線以南の誰より見事に修復できる。それ以外になにが必要なんだ？」

「いい娘を見つけて所帯を持て。ハーレーをミニバンに換えて、夜な夜な〈ローリーズ〉へ出かけるかわりにPTAに顔を出せ。ただ楽しくやるだけじゃなく、自分の人生に責任を持てる男がするようにな」

歯に衣着せぬ辛辣な真実が胸に突き刺さった。自分はまわりから無責任な遊び人だと思われているのか。会社を興し、事業を成功させるために身を粉にして働いてきたにもかかわらず。チーム一丸となり、つねに納期と予算を守って最高の仕事をしてきたというのに。〝おれの知ったこっちゃない〟とばかりになにごとにも無関心なイメージができあがったのは、認めたくないが身から出た錆だ。しかし、それがいま彼の目標を妨げる分厚い壁になっているとは。

タイラーは月並みなタイルの天井を見あげて、ため息をついた。「いい娘にミニバンにPTA？　そんなのたっぷり十年はかかる壮大な計画じゃないか。残念ながらおれはこの十年以内に金が要るんだ」彼は席を立ち、書類をかき集めた。「なにはともあれ、正直に話してくれたことには礼をいうよ」

「まあ、待て」部屋から出ていこうとするタイラーをグレイディが引き留めた。「一週間もすればジュニアとの一件も忘れられる。そのあいだハーレーは裏道で乗るようにして、馬鹿騒ぎは最小限に抑え、〈サラブレッド建設〉の後継者育成計画をひねりだせ。推定相続人を見せろとはいわない。ただ、ワンマンショーに投資するわけじゃないということが融資委員会に理解できるように、会社の誰がなにをするかわかる簡単な経営組織図を出せ。いいな？そうすりゃ、融資申込用紙をあらためて委員会に提出してやる」

タイラーは言葉をのみこんで握手の手を差しだした。「ありがとう、グレイディ」

「礼をいうのはローン審査に通ってからにしてくれや」

四十分後、タイラーはレキシントンの現場にある作業監督用トレーラーハウスのなかで、汗びっしょりになりながらいったりきたりをくりかえすジュニアを見ていた。「ちくしょう、タイラー、なにもかもめちゃくちゃにしちまって本当にすまない。おまえがルー・アンを口説いたりしていないのはわかっていたんだ。いやまあ、あのときはわからなかった。なにしろ頭がまともに働いていなかったからな。だが酔いが醒めたら、おまえがそんなことするわけないとわかったんだ。おれからグレイディに事情を説明しようか？」

「ありがとう、ジュニア。でもいいんだ。なにをどう話したところで、おれは信用ならないという融資委員会の印象は変わらないだろう。それより〈サラブレッド建設〉は安全な融資先だということを彼らに示す必要がある」

ジュニアはトレーラーハウスの一方の壁際におかれた小ぶりなソファにどさっと腰を落とすと、いつものくせで野球帽をかぶりなおしてから、ビーグル犬みたいな目でタイラーを見あげた。「どうやってこの恩に報いればいい。警察にいかなかったばかりか、通報を留まるようあのかわいい女医先生を説得することまでしてくれるなんて。なにかおれにできることがあったら――」

「あのライフルは処分しろ」

「もう処分した。じいちゃんに渡した」

「賢明な判断だ」ティルマン老人を無責任呼ばわりする人間はひとりもいない。ジュニアの祖父母は、ジュニアの両親が自由気ままな二十代のカップルみたいに――当時のふたりはまさにそれだったのだが――町をうろつきまわっているあいだ、たったひとりの孫の育児を引き受けた。ティルマン家のじいちゃんとばあちゃんはけっして裕福ではなかったが、それでもジュニアがタイラーを家に引っ張っていけばかならず食卓にひとつ席を増やし、あたたかいベッドを用意して、タイラーを迷惑な野良犬のような気分にさせたことは一度もなかった。

「ああ。じいちゃんによる飲酒検査と安全な銃の扱いかた試験に合格しないと、ガンオイルさえ引かせてもらえない。でもおれが訊いたのは、金を借りるために手伝えることはないかってことなんだが」

「奇遇だな。銀行はおれが早死にしても〈サラブレッド建設〉がつぶれることはないという保証をほしがっている。だからおれがいなくても会社は勝手にまわるってところを彼らに見せてやってくれ」

ジュニアが居住まいを正した。「おれが？」

「そうだ。今日付でおまえは〈サラブレッド建設〉の次長だ。次の給料から役職手当を上乗せするよ」

「おれが？」

「そう、おまえがだ。おまえは工事の入札から残工事リストまで、この業界のことに精通している。スタッフとも顔見知りだし、建築許可が早急に必要なときに連絡できる検査官の知りあいもいる」

「そりゃまあ、図面をよこして現場を示して、〝建てろ〟といわれりゃ、なんだって建てるよ。でもおれはビジネスマンじゃない。施主や……ほら、銀行員の前でなにを話したらいいかなんて見当もつかない」

「だったら、いまからおぼえればいい」タイラーはPCバッグから融資申込書を引っぱりだし、ジュニアにひょいと投げた。「近いうちに〈ブルーリック貯蓄貸付組合〉で融資委員会の面接を受けることになる。そこでわが社の幹部の底力を見せつけるんだ。その書類の内容を頭に叩きこんでおいてくれ」

ジュニアは書類の束をうさんくさそうに見つめていたが、やがてなかにヘビでも潜んでいるのではないかというようにおそるおそる表紙をめくった。そしてつやつやした表紙をつかのま見つめたあと、首のうしろをぽりぽり掻きながらタイラーを見あげた。「なあ、相棒、話す相手を間違っているって。プレゼンなんておれには向いてない。言葉巧みに誰かを説得するなんて無理だよ」

「そんなことないさ。金曜の晩、警察は呼ばないでくれとおれを説得しただろうが」

「ああ、そうだったな」ジュニアは受けた恩の重さに肩を丸めると、ため息をついて書類に注意を戻した。「言葉巧みといえば、どうやってエリーに口止めしたんだ？」

　タイラーはかぶりを振った。「話したところで信じちゃもらえないだろうよ」

4

エリーは最後の糸を引き抜くと、癒えつつある傷のわずかに盛りあがった縫合線に親指の腹をすべらせた。診察室のこうこうと明るい蛍光灯の下でも、縫い目のあった場所はほとんどわからなかった。「きれいに治ってきている。傷跡はほとんど残らないはずよ」お尻全体を手で撫でまわしたいという、まったくもってプロらしからぬ衝動を抑えこんだ。タイラーの臀筋を触診する、医学的に正当な理由はひとつもなかった。

「それを聞いて大いにほっとしたよ、先生」ゆっくりした話しぶりでタイラーがいった。

「なにしろ、そっち側の尻は自慢の種なんでね」

エリーはキャスターつきスツールで二フィートほどうしろに下がって、処置が終わったことを伝えた。「だったら、もうジュニアの銃口の先には立たないようにすることね」

「そのつもりだ」タイラーはジーンズの前ボタンを留めると彼女のほうに向きなおり、診察台によりかかった。「こんな遅くに時間を取ってくれてありがとう」

「いいのよ」うそでしょう、彼ってこんなに背が高かった？　たしかに五フィート三インチしかないエリーは、たいていの人を見あげることになるのだけれど、それにしてもタイラーは群を抜いていた。それに、あの広い肩ときたら。診察室が急に閉所恐怖を引き起こしそうなほど狭くなったように思えるのは気のせいかしら。エリーは椅子から立ちあがると、彼のカルテがおいてある部屋の反対側のステンレス製キャビネットのところまで退いた。「あなたがこの件を秘密にしておきたいと考えているのは知っていたから、メロディが仕事を終えて帰ったあとにきてもらうのがいいと思ったの」

「メロディを雇うなんて、きみはいい人だな。彼女はきっと気分を一新したいと思っていたところだろうから」

「あら、いい人なのはメロディのほうよ。おかげでこっちは几帳面でまめな事務長を従来よりはるかに安い給料で雇うことができたんだもの。彼女にとっては慈善事業みたいなものだわ」

「ほら、そんなふうに謙遜して、反対にメロディを褒めるところ。そこがいい人なんだって。おまけに夜なかの二時に親切にもおれの尻から銃弾を取りだし、そのうえジュニアのことを警察に通報せずにいてくれた。だから」タイラーはセクシーな笑みを彼女に向けた。「きみはいい人だという事実を認めたほうがいいんじゃないかな」

「警察に通報しなかったのは、そういう約束だったからよ」

「だからこっちも約束を守れって？」

タイラーはわたしをからかっているの？　それとも手を引きたがっている？　彼の真意がつかめず、エリーはふーっと息を吐いてからこういった。「いいえ。金曜の晩にわたしがいったことはいまでも有効よ。もしもその気になれないなら、全部なかったことにしましょう」

　セクシーな笑みが、かつての不良少年のにやにや笑いに変わった。「いやいや、その気ならあるよ。安心してくれ」

　エリーはタイラーのカルテに書きこみながら、どきどきするのはやめなさいと心臓に命じた。彼女が返事をするより早くタイラーは真顔に戻った。「とにかく、きみには感謝している。隠密に事を運んでくれてありがとう。ジュニアもよろしくといっていた。あのライフルは祖父(じい)さんに預けたと、きみに伝えてほしいと頼まれた。もう車に銃をのせて走りまわるようなことはないと思う」

「お礼なんていいのよ。でも、ジュニアが銃を処分したのはうれしいわ」

「おれもだ。それじゃ――」彼はカルテのほうに頭を振った。「もう授業をはじめても差し支えないってことか？」

　エリーの胸がざわつきはじめた。彼女はちらりとタイラーを盗み見た。「ええ」

　タイラーの長い脚(ロングフット)の二歩でふたりは向かいあった。彼は無言でしばらくエリーを見つめたあと、片手をあげて彼女の髪を肩のうしろに払った。「そうか。約束は約束だからな。第一回目の授業は金曜の午後七時に開講する。きみの家にいくよ」

　彼の力強く巧みな指が首の付け根の凝った筋肉を的確に見つけて揉(も)みはじめるとエリーは

ごくりと喉を鳴らし、自分の唾であやうくむせそうになった。これはあなたがいいだしたことでしょう、自分にそういい聞かせてからうなずいた。「わかった。授業計画を立てておく」

「頼んだよ、先生。だがその前に……抜き打ちテストだ」

「えっ――」とだけいったところでタイラーの唇に口をふさがれた。唇と唇が触れあっただけで、またしても一瞬で身体に火がついた。彼の舌が上唇の感じやすいカーブをなぞると、エリーの息が止まった。その動きに骨がとろけていく。支えを求めて、あたたかくたくましい彼の身体にもたれかかった。タイラーの両手が背中を這いあがると、冷静で論理的な理性の声がぷつっと途切れ、まぶたの裏に大きく〝イエス！〟の文字がネオンサインのごとくひらめいた。

　頭で考える前に自然と両手を彼の髪に差しこみ、ぞくぞくするほどすばらしい彼の口が離れていかないようにしかと押さえつけた。タイルとステンレスからなる診察室のどこかで、低くうめくような切なげな声がした。それが自分の喉からもれた言葉にならない懇願の声であることに、エリーは遅まきながら気がついた。

　タイラーはそれを察したらしく、大きな手でエリーの頭のうしろを包みこみ、彼女の口への豪華ツアーに舌を送りこんだ。彼の舌が動き、口のなかを舐めあげ、探るように奥深くまで入ってくると、全身のパルスポイントがどくどくと脈打った。いままであることも知らなかった場所が、いきなり息づきはじめた。ＤＤカップにはほど遠い胸が硬く尖って、急にブラがひどく窮屈に感じられた。おへその下あたりが締めつけられた。脚のあいだがうずきだし、エリーは太腿をこすり合わせたい衝動と闘った。

どうしてかわからないが、タイラーは奇跡的にそれに気づいたようだった。太くたくましい太腿をエリーの脚のあいだに割りこませ、彼女のお尻をつかんで抱えあげた。エリーはうれしさのあまり、すすり泣きそうになった。

「ごめん、エリー、ちょっと忘れもの……うわっ！」メロディの声が静かな部屋に響き渡った。

エリーはぱっと身を引き剝がし、思わぬ邪魔が入ったこととタイラーのキスへの自分の反応の両方に心底震えあがった。こんなふうにキスにわれを忘れたのはタイラーが初めて。生まれて初めてのことだった。彼もわたしと同じ……うーん、なんていうか……強烈な衝撃？感覚の目覚め？骨身にしみるほどの欲求？みたいなものを感じていた？

わからなかった。タイラーの顔に浮かんでいるのは、おもしろがっているような気怠げな表情だけで、彼はエリーの腰にまわしていた腕をゆるめ、彼の身体からゆっくりすべり降りる彼女の足が床についたところで、一拍おいてから腕をほどいた。その目にいたずらっぽい表情がよぎるのを見て、エリーはたちまち冷水を浴びせられたようになった。

「ごめんなさい」メロディはいったが、その声はすまなそうというより興味津々だった。

「お客さんがいるとは思わなかったものだから」

「かまわないよ、メル」タイラーはまったく動じていなかった。「もう帰るところだったから。じゃ、エリー、金曜にまた」意味ありげな目くばせを最後にひとつ残して、診察室から出ていった。

メロディは表玄関のドアが閉まるまでなんとか口をつぐんでいたが、そこで限界に達した。

「ちょっと、スパーキー・スワン!」

「なあに?」エリーは髪を撫でつけながら涼しい顔をしようとしたが、湿った下着とぴんと立った乳首は彼女の演技力をもってしてもどうにもならなかった。タイラーのキスのうまさに身体が反応した――ただそれだけのことよ。豊かな黒髪と、うっとりするような緑の瞳と、口元にゆっくり広がる自信に満ちたほほえみの組み合わせが、ただのキスを魂の融合と女性に勘違いさせる大量のエストロゲンを分泌させるしくみを、研究者ならたぶん説明できるわ。

「なあに、じゃないわよ。あなたがブルーリックに戻ってまだひと月にもならないっていうのに、いまわたしはタイラー・ロングフットという大きな悪いオオカミとあなたが終業後の診察室で熱烈なキスをしているところを見つけたのよ」メロディは胸の前で腕組みをした。

「いつからこういうことになっているわけ?」

「この部屋、ちょっと暑くない?」エリーは青と白のストライプのトップスの襟ぐりをいじり、さらにごまかすように白の麻のパンツを手のひらで撫でつけた。「べつにどういうことにもなっていないわ。これはあなたが考えているようなこととは違うの。彼はただ……」ああもう、こんなことどう説明しろっていうのよ。「ある個人的なプロジェクトに協力してくれているだけ」

メロディがにんまりした。「へええ、そうなんだ。自分の扁桃腺が見つけられないあなたのために、タイラーが手伝いにきてくれたわけね。で、このつづきは金曜にやる、と。ひとつ忠告しておくと、どうせタイラーに頼むなら、なにか本当に重要なものをさがしてもらうほうがいいわよ。たとえば、あなたのGスポットとか」

「あはは」メロディのからかいは、怖いくらいに核心をついていた。「あなたがそんな憎まれ口をきくなんて、高校のクラスメイトだったころは一度もなかったと思うけど」

「あなたはこのきれいな顔に騙されていたの。でも心配しないで、エリー」メロディはいたずらっぽい笑みをひっこめた。「これでもわたしは口が固いから。個人の私生活は個人のものので、それをひけらかすか秘密にするかはその人の自由だと思っているの。だからわたしの口からあなたとタイラーのことが誰かの耳に入ることはいっさいないから」

この話をさっさと終わらせたくて、エリーはそそくさとメロディの脇をすり抜けた。「それを聞いて安心したわ。なにせ、話すようなことはなにもないんだから」

「あら、それはどうかしら。さっきのあなたたちは絶対に〝なにかある〟ように見えたけど」

5

エリーは寝室をぐるりと見まわし、頭のなかのチェックリストをもう一度確認した。清潔なシーツ。よし。コンドーム。よし。五つの章にていねいに付箋をつけた、図解入り『セクシーな女性になるためのセックスマニュアル／男性を虜にするテクニック』。よし。本は届いてすぐに——それもお急ぎ便で。ほっとしたことに、なんの変哲もない茶色の封筒で届いた——熟読し、すでにテクニックのひとつは実践していた。エリーはオーク材を用いたアンティークの化粧台の楕円形をした鏡を振り返り、ガウンをするりと脱いで、〝勝負下着〟姿でこちらを見返している女性を客観的な目でしげしげと眺めた。

サテンにレースをあしらった黒いブラのおかげで、ふだんはどうということのない胸にくっきりと谷間ができている。少しでも身体を動かすと、そのたびに輸入物のレースが乳首をこすってくすぐったい。これほど着け心地の悪いものはたぶん初めてかも。ううん、待って……エリーの視線が下に落ちた。その栄光に輝くのは、ブラとお揃いのTバックのほうね。

お尻に両手を当てて身体をひねり、うしろ姿をチェックした。お尻をふたつに分けているサテン地の細い線は正しい位置にあるようだけれど、どうしても下着を食いこませるいたずらをされているようにしか見えなかった。

ふたたび身体をひねって鏡に向きなおった。本には、セクシーな女になりたければプッシュアップ・ブラとデンタルフロス並みのTバックに慣れること、とあった。なぜなら……じゃじゃーん……その組み合わせが男たちを〝虜にする〟から。

エリーはガウンを羽織って帯を結んだ。ほかの男たちはどうでもいい。関心があるのはロジャーのことだけ。彼のためなら、この不快感に耐える価値はあるわ。それにわたしはメロディ・メリットやルー・アン・ダブルツリーみたいに生まれつき容姿に恵まれてはいない。だから使えるものは猫の手だって使わなければ。

幸い、タイラー・ロングフットという名の大きな〝猫の手〟が、もうじきやってくる。その予想を裏づけるようにバイクの音が近づいてくると、胸のどきどきが胃のきりきりに変わった。エリーは化粧台の上にあるリップグロスをつかみ、震える手でリップを塗りなおした。

なにをそんなに緊張しているのよ？　セクシーに見せようとしたことをタイラーに笑われるとでも思っているの？　ええ……たぶんそうかも。馬鹿ね。タイラーのことはよく知らないけど、わざとわたしの気持ちを傷つけるような人じゃないことは知っているでしょうに。本当に怖いのは、わたしが最初の授業に選んだことをふたりで実践したあとで、処置なしとタイラーに匙（さじ）を投げられること。

きっと大丈夫よ、そう自分にいい聞かせた。第三章は熱心に読みこんであるんだから。たいていの男性はいつでもどこでも、技術力のあるなしにかかわらず、第三章をされるのが大好きだと本には書いてあった。だからしくじりようのない第一歩になるはずよ。たぶんだけど。それとも、オリジナリティがなさすぎるかしら？　十三章からはじめるべきだった？

そんな後知恵を玄関チャイムの音が断ち切った。エリーは走って玄関へ向かい、ドアを開けたところで立ちすくんだ。どういうわけか、タイラーは仕事現場から直接くるものと思っていた。作業用ブーツにほこりまみれのジーンズという姿を想像していた。ところが目の前にいる彼はシャワーを浴びてさっぱりし、ひげもきれいにあたって、澄んだ緑の瞳にいたずらっぽい光を宿していた。アフターシェーブローションの爽(さわ)やかでスパイシーな香りと相まって、彼のすべてがエリーをくらっとさせた。

「ああ、よかった。時間どおりね。助かるわ、今夜はやらなきゃいけないことがたくさんあるから」無意味なおしゃべりを止められそうになかったので、なかに入るよう手ぶりで示した。「たぶんすぐにはじめたほうがいいわね。寝室はこっちよ」そこで、少しねじがはずれたような声で笑いだした。「いわなくてもわかっているわよね。うちのレイアウトはすべて頭に入っているんだから」

「まあまあ、スパーキー。落ち着いて」タイラーが彼女の腕をつかんでくるっとうしろを向かせると、胸と胸がぶつかった。

心臓が肋骨(ろっこつ)にあたりそうなほど激しく打っていた。エリーはあとずさり、なにをそんなに急いでいたのか思いだそうとした。「ごめんなさい。ええと、まずは……」なに？　男の人がセックスの前にしたがることってなんだっけ？　「シャワーを浴びる？　それともほかになにかほしいものはある？」

タイラーの口元にゆっくりと笑みが広がると、エリーは胃が締めつけられたようになった。「まずはワインを少しと、それにキャンドルの明かりもほしいかな」彼の指がエリーの毛先をもてあそんだ。「ほら、おれはゼンマイ仕掛けのおもちゃじゃないからね」

タイラーはきっとからかっているのよ。だとしても、もてなし上手なところを見せるのもいいかもしれない。「ええと、よければ冷蔵庫にシャルドネがあるわ。でもキャンドルの明かりは来週にしてもらってもいいかしら。最初の授業でやりたいことは部屋があまり暗くないほうが――」

タイラーの笑い声が彼女の言葉をさえぎった。低くて張りのある笑い声に嘲（あざけ）るような響きはまったくなかったが、それでもエリーはムッとなった。せっかくわたしがあれこれ準備して、すぐにでも取りかかれるようにしてあったのに、タイラーときたらふざけてばかり。

「冗談をいったわけじゃないんだけど」

タイラーは彼女の怒りを受け流した。そしてエリーの肌の感触を楽しむかのように指先で腕をなぞった。「そうだろうな。なあ、先生。おれは一日働いて、家に帰ってシャワーを浴びて、すぐにここへきたんだ。だから食べものが必要だ」

食べもの？　「お腹がすいているの？」

「きみはすいていないのか？」

ええ、といおうと口を開いたところで、お腹が鳴った。

タイラーの笑みが大きくなった。「ほらエリー、服を着ておいで。気持ちのいい夜だ。川までドライブして、なにか食べよう。きみかおれが空腹で気を失いでもしたら、セクシーどころの話じゃないからな」

「だ、だけど、すっかり準備してあるのよ。セクシーな下着だってつけてるし、ほかにもいろいろ」

タイラーは太い眉の片方をあげた。「そうなのか？」大きな両手がエリーの肩をつかんでまわれ右をさせた。耳元に口を寄せる。「食事をしながら、その〝いろいろ〟を聞くのが待ちきれないな。ちょっとした服に着替えて、ジャケットも忘れないように。リビングで待っているから」片手でエリーの背中を撫でおろし、お尻をぎゅっとつかんだ。

「タイラー――」

「ほら急いだ」彼はふざけてエリーのお尻を軽く叩くと寝室のほうへ押しやった。

エリーがつかつかとリビングルームへ入ってくると、タイラーは上品なブルーのソファから立ちあがりながら、頭の血が一滴残らず記録的な速さで下半身に流れこむのを感じた。

エリーが着替えてきた濃紫色のドレスは上半身にぴたりとフィットしたデザインで、大きくくれた襟元から魅力的な谷間がちらりとのぞいていた。フレアのミニスカートは長い脚を惜しげもなく披露（ひろう）していて――そのほっそりとつややかな脚が彼の腰に巻きつき、一マイルはありそうな高く尖ったサンダルのヒールが拍車のように尻に食いこんでいるところが、瞬時に頭に浮かんだ。

「すてきだよ」タイラーはなんとか言葉を絞りだし、薄手の黒いカーディガンを羽織るエリーに手を貸した。

「ありがとう」エリーは少し息を切らしていた。「じゃ、いきましょうか」

「お先にどうぞ」

ハイヒールのサンダルでは速く歩けないらしく、タイラーは玄関ポーチのステップをおりるエリーのうしろで、彼女の脚をたっぷり鑑賞させてもらった。エリーがガレージのほうへいきかけると、タイラーは彼女の腕に手をかけた。

「おれのでいこう」

エリーは彼のバイクに目をやり、次に彼を見た。「冗談よね？」

「なんだ、先生？　バイクに乗るのが怖いのか？」

エリーの表情は〝当たり前でしょう〟といっていた。「研修医時代に救急治療室（ER）のローテーションについたことがあるの。予定どおりにいかなかったツーリングの結果を山ほど見たわ」

「なら、予定どおりのツーリングがどういうものか学ぶべき時機だ。今日はすぐそこまでいくだけだし。きっと気に入るよ。うそじゃない」議論の余地を与えまいと、タイラーはエリーに背を向けて大きなマシンにまたがった。それから彼女を振り返り、ヘルメットを渡した。エリーはためらっていた。

「ほら、先生。ベッドのなかでもっと冒険したいといったのはきみだぞ。その第一歩は――ベッドの外でももっと冒険することだ。気持ちのいい六月の夕暮れ時に田舎道をバイクで走ることもできないなら」彼は肩をすくめた。「〈マグノリア・グローブ〉に電話して、空きがあるかどうか訊いたほうがいい」

「〈マグノリア・グローブ〉って?」

「ここととレキシントンの中間にある高齢者コミュニティだよ。とても安全でのんびりした施設らしいが、なんでもエクストリーム・ビンゴが人気だとかで、それならきみにもできるかもな」

その挑発が功を奏した。エリーはヘルメットをかぶるとタイラーをにらみつけた。「この馬鹿でかいものにどう乗ったらいいの?」

エリーが三度の挑戦をするあいだ、タイラーは彼女の新しい下着をたっぷりチラ見させてもらったが、それでもついにエリーは彼のうしろにまたがり、ほっそりした太腿がタイラーの腰を挟み、身体の前面が背中に押しつけられた。シートが前傾しているので、どうしてもそうなってしまうのだ。たちまち密着することに。

「しっかりつかまって」彼女の両手をつかんで自分の腰に巻きつけたタイラーは、エリーが指の関節が白くなるほど手をきつく組むのを見て、にやつきそうになるのをこらえた。「準備はいいか？」

「え、ええ」エリーはしぶしぶ答えた。

よし。タイラーは右脚でキックスターターを強く踏みこみ、アクセルグリップをまわした。エンジンが息を吹き返したが、エリーの悲鳴のほうが大きかった。彼女がタイラーにしがみつくのと同時にバイクは私道から飛びだした。

それからはエリーが悲鳴をあげていたとしてもエンジン音のせいで聞こえなかったが、彼女がタイラーのお腹に爪を食いこませて必死でしがみついていることはさすがに隠せなかった。ふつうならデートの相手が紙切れ一枚入らないほど身体を密着させてくるのは大歓迎だし、タイラーにされていることに夢中になった女性から肌に爪を立てられるのはうれしいかぎりだ。しかしどうせならもう少し違う行為で乱れさせたかった。だから彼はきつく組みあわされたエリーの手に片手をおいて強く握った。それが少しは役に立ったようだった。

それに、エリーが不安を感じる理由もわからないではなかった。それどころか、よくわかった。彼女もタイラーも親のせいで簡単に人を信頼できないところがあるし、そしてエリーとアスファルトの接近遭遇を防ぐことができるのはバイクを操るタイラーのテクニックだけ、という状況で一般道を疾走するには相当な信頼感が要求される。それだけに、一マイルほどいったところで腰にまわされた彼女の腕がわずかながらゆるみ、背中に押しつけられた身体から力が抜けたときは、うれしさもひとしおだった。じきにエリーはバイクとタイラーの動きに合わせて本能的に身体を傾けるようになった。知らず知らずに緊張していたタイラーの首と肩から力が抜けていった。いいぞ。このほうがずっといい。これでふたりともゆっくりドライブを楽しめる――気持ちのいい風、空気に薫るスイカズラ、夕日がすべてをオレンジ色とゴールドに染めていくところも。

そうした罪のない喜び以外にも楽しみはあった。曲がりくねった道のカーブでバイクを傾けるたび、エリーがしがみついてくるのだ。腰にまわした腕でタイラーをぎゅっと抱きしめ、熱く硬い乳首が背中に当たる。タイラーがスピードをあげるとエリーが身をくねらせ、両腿で彼の腰を締めつけてくるのは、バイクの力強いエンジンの振動をしかるべき場所に感じている証拠だった。

〈ザ・キャッチ〉のブリキ屋根と風雨にさらされた板壁が見えてくるころには、エリーの身体は熱々のパイにのせた四角いチェダーチーズみたいにとろけていた。

レストランの込んだ駐車場にバイクを入れてエンジンを切ったとき、彼女が擦れたため息を小さくもらすのが聞こえた。やっぱりな、エリーはこれが気に入ったらしい。

タイラーは片脚でバイクを支えながらエリーの太腿に手をすべらせた。「うまく乗れたじゃないか、先生」

エリーはヘルメットを脱いだ。用心深い面持ちでこちらをじっと見つめているのがサイドミラーごしに見えた。まるでタイラーと交わした契約について迷っているかのように。気がつくと彼は息を詰めていた。

ついに彼女はうなずいた。「当然でしょ。こんなの楽勝」あごをつんとあげてタイラーに笑いかけた。

「そいつはよかった。じゃ、つかまって」

「なに――？」タイラーがキックスタンドを立ててバイクを引きあげると、語尾が悲鳴のように裏返った。エリーは両手で彼の肩をつかんだ。

タイラーは彼女がバイクから降りるのを待った。かぎられた視界から判断するかぎり、エリーの下着がアンコールに応えてふたたび顔を出すことはなかったが、タイラーの身体を梯子がわりにしてバイクを降りるエリーの姿も、同じくらいに彼の想像力を掻き立てた。タイラーの邪魔にならないようにうしろへ下がろうとして、エリーは少しよろめいた。タイラーはバイクを押しやってエリーの横に並ぶと、腰に腕をまわした。「それほど悪くなかっただろう？」

「ええ」とエリーは即答し、自分の言葉に少し驚いたようだった。そのひと言が意外なほどうれしくて、タイラーはレストランの正面玄関に通じる短い桟橋へと彼女を導いた。

ドアを開けてやり、エリーのあとから店に入ったところで、急に立ち止まった彼女の背中にうっかりぶつかってしまった。はずみでよろけたエリーを支えようと、とっさに腕をつかんだが、その肌があまりに芳しく、さわり心地がたまらなかったものだから、思わずエリーをこちらへ向かせ、胸と胸が軽く触れあうところまでゆっくりと、焦らすように引き寄せた。エリーはとまどいともいらだちともつかない表情で彼を見あげた。タイラーはとっておきの爽やかな笑みをエリーに向けたが、彼女の喉元の脈が激しく打っているのは見逃さなかった。ドライブはまだ終わっていないよ、スパーキー。

「飢え死にしそう?」

「ええ」告白のように飛びだしたその言葉は、食事のことを指しているのではないような気がした。「だけどお客さんでいっぱいよ。かなり待たされそう」

「すぐに案内してもらえるよ」タイラーは彼女の手を取ると人込みをかき分けた。

ふたりが受付カウンターにたどり着く前に支配人のダイアンがタイラーに気づき、盛大にハグしてきた。「あら、シュガー！　今夜くる予定だったとは知らなかったわ」抱擁を解き、物珍しそうな目でエリーのことをちらりと見てから、タイラーに片眉をあげた。「二名様?」

「なんとかもぐりこませてもらえるかい?」

ダイアンは笑い声をあげ、ストロベリーブロンドの髪を手で撫でつけた。「シュガー、あなたのことなら、いつだってもぐりこませてあげる。あなたのお友だちもね」

「エリーだ」タイラーは腕をすべらせてエリーの腰にまわした。「エリー、こちらはダイアン」

「はじめまして」エリーはいった。

「タイラーのお友だちはいつだって歓迎よ。このあたりの人間は、みんな彼に惚れこんでいるから。どうぞこちらへ」ダイアンは受付カウンターからカップル向けメニューを取ると、オハイオ川に浮かぶ屋外デッキの端にある静かなテーブルにふたりを案内した。

ふたりが席に着くと、ダイアンは〝忘れられない〟夜になりますようにといってエリーにウインクしてから立ち去った。デッキの杭を叩く規則正しい波音が沈黙を埋めてくれた。

「いい人みたいね」ついにエリーが口を開き、白いリネンのテーブルクロスの上におかれた小さいキャンドルを手でぼんやりいじった。

「ダイアン？　いい人だよ。彼女とは長いつきあいなんだ」エリーの口とも真剣につきあえるが。

「〝長いつきあい〟というのは〝彼女とつきあっていた〟の遠まわしないいかた？」エリーの唇に見とれていたタイラーは、その質問にびっくりしてわれに返った。ところが彼が答えるより早く、エリーは顔をしかめた。「ごめんなさい、いまのは忘れて。あなたが誰とつきあおうとわたしには関係ないことよね。次の話題——」

「ダイアンは友人だ。彼女が開いた最初のレストランの改装を請け負ったときに知りあった」エリーの質問と、そんな質問をした自分に明らかにいらだっている様子に、タイラーはなぜだか胸が騒いだ。そして〝セックスの個人授業〟の話が出た、そもそもの理由への好奇心をあらためて掻き立てられた。「ほかに知りたいことは？」

エリーはかぶりを振ってメニューを開いた。「ないわ。どうも」

「なにせ誰かさんと違って、おれには隠し立てするようなことはなにもないから」

彼女はメニューを閉じた。「それ、わたしのこと？」

ちょうどそのときウェイターが飲みものの注文を取りにきた。ウェイターが立ち去ると、エリーは腕組みして椅子の背にもたれ、タイラーの顔をじっと見た。

タイラーは、受けて立つとばかりにその目をまともに見返した。

最初にまばたきして目を伏せたのはエリーのほうだった。「バイクに乗りはじめてどれくらい？」

「これまた、ずいぶんと個人的なところを衝いてきたな。もう長いこと乗ってる」肩すかしを食わされた気分を払いのけ、言葉を継いだ。「もしかしたら長すぎるほど」

「オートバイに乗るのに期限みたいなものでもあるの？」

「そう考える人間もいるらしくてね。だがその話はまた今度にしよう。この店にきたことは？」

「いいえ、初めて。でもいい店ね」エリーは川の対岸に沿ってきらめく光に目をやって深々と息を吸った。「大学に入るためにここを離れる前、背ばっかり高くておっぱいの小さい、赤いチェックのオーバーオールを着た女の子を連れていくブルーリック版のおしゃれなレストランは〈ローリーズ〉くらいしかなかったから」

タイラーは笑った。「オーバーオールを着た女の子に会うのは二度目のデートに取っておくよ」

「これはデートじゃないわ」

「誰がそんなことをいっているんだ？　きみは魅力的な独身女性で、おれは決まった相手のいない独身男性だ。月明かりにキャンドル。デートと呼ぶのにこれ以上なにがいる？」

「わたしたちは契約を結んでここにいるのよ」エリーは堅苦しい口調でいって椅子にしゃんと座りなおしたが、タイラーはむしろ頭がおかしくなるほど彼女にキスしたくなった。

「契約とデートが相容(あいい)れないものだとは知らなかった。今回の契約の本当の目的がなんなのか教えてくれたほうがいいと思うんだが」

「その話はすでにしたはずよ。次の話題」

「エリー」

「次の話題」エリーはくりかえした。「この店はいつからここにあるの？　荒れ果てた古い建物しかなかった記憶があるんだけど」

タイラーはウェイターがふたりの前に飲みものをおくのを待って、アイスティをひと口飲んでからその質問に答えた。「約三年だ。うちのチームが建物のリノベーションを請け負ったんだ。かなり大がかりなものだったよ、なにせもともとは放置されたままになっていた百年前のたばこ倉庫だったからね。元の建物の約六割を復元することに成功した」

エリーはあらためて周囲を見まわした。「すごい。あなたは奇跡を起こしたのね。壁は歴史を感じさせるけど、それでいて居心地がよくてくつろげる。それに……この景色。人気があるのもうなずけるわ」

「景色のよさに加えて、ここのシュリンプとポークリブは最高にうまいんだ」

ウェイターが戻ってきて、ご注文はお決まりですかと訊いた。

タイラーはエリーを見て片方の眉をあげた。エリーはうなずいた。「ここのシュリンプは最高だと聞いたんだけど」

「シュリンプとポークリブだ」タイラーは訂正し、近くのテーブルに運ばれてきた、串に刺したバーベキュー・シュリンプとポークリブが山と盛られた皿を指差した。「シーフード添えステーキ。ブルーリック・スタイルだ」

エリーのゴージャスな口があんぐりと開いた。「うそでしょう。あんなにたくさん食べきれないわ」

「おれが迎えにいったとき、きみは空腹を訴えていた。そのうえおれとバイクに乗ったんだ、いまはたまらなく飢えているはずだ」

エリーは彼のほうをちらりと見てから椅子の上で身じろぎした。そのちょっとしたしぐさで、彼女がドライブのあらゆる局面を細部に至るまで思いだしていることがわかった。タイラーはといえば、エリーのスカートの下からちらりとのぞいた黒いシルクを思いだしていた。彼は誘惑するような、ゆったりしたしゃべりかたをわざとつづけた。「おれはきみの欲求をすっかり満たしてやりたいんだ」

ウェイターがコホンと咳払いした。「シュリンプとポークリブの盛り合わせをおふたつでよろしいですか?」

タイラーはうなずいた。若い男は上品にほほえむとテーブルから離れていった。

エリーがふたたび身をくねらせ、ちらっとタイラーを見た。

タイラーはテーブルごしに身をのりだし、彼女のつけている香水がかげるほど近くに顔を寄せた。「なあ、先生。例の下着はどんな感じだ?」

エリーはワイングラスの脚をそわそわと指でいじりながら川のほうに目をやった。「ひどく、その、落ち着かない感じ」

「それもスリルのうちなんだろう。気休めになるかどうかわからないが、きみが下着のことを口にしてからおれもずっと落ち着かない気分だ」

キャンドルの淡い光が彼女のふっくらした頰の上でちらちらと躍り、暗色のカーテンのような髪をきらめかせている。その髪をうしろに払ってエリーの目を見たいという衝動にタイラーは屈した。

「正直いうと、きみがおれのためにドレスアップしてくれてうれしかった」

「だって、わたしはルー・アンじゃないから。あらゆる手を使って女らしさに磨きをかけないと」

タイラーは椅子をぐっと前に寄せた。テーブルの下に手をすべらせ、彼女の膝におくと、エリーがびくっとした。「そんな必要はないよ」タイラーはそっといった。

エリーは大家の言葉を引きあいに出した。「わたしが注文した本に、こういう場にふさわしい服装について事細かに書いてあったけど」

「本？」彼女が間違っていることを証明するべく、タイラーはエリーの膝のあいだに手を割りこませた。

「なにをしてるの？」エリーの声がわずかに高くなる。

「きみにわからせようとしているんだ」手を膝の裏側にすべらせ、ふくらはぎをゆっくり撫でおろしながら脚を持ちあげた。「きみは見聞を広げたいんだったよな？　質問に答えるんだ。なんの本だ？」

「ハウツー本を注文したのよ。そうすればなにを学ぶ必要があるかわかるから。それに

「……」ほっそりした足首を手で包みこんでハイヒールサンダルのストラップをはずすと、エリーの声が小さくなった。「……予習もできるし」

「ちょっと話を整理させてくれ。きみは自分のセックスライフをもっとアクション・アドベンチャーにしたいと思った。で、最初にしたのが本を買って、じっくり読みこむこと？　矛盾(むじゅん)していると思わないか？」親指を使い、絶妙な力加減で土踏まずを刺激すると、エリーの口からうめき声がもれた。

「むしろ……論理的よ」なんとかそれだけいった。

「論理的？」笑ったらだめだ、そう自分にいい聞かせたが唇がひくついてしまった。

「もう、タイラー。我慢しないで、笑いたければ笑いなさいよ。正直いって、なにがそんなにおかしいのかわからないけど。なにかを向上させたいと思ったら、その分野についてできるだけ学んで、学んだことを実践する。それのどこがおかしいの？」

　彼女のいらだちとその直線的な思考パターンに、タイラーはこらえきれずに噴きだした。エリーが足を引き抜こうとしたが、タイラーは離さなかった。

「そう熱くなるなって、先生。いまから理由を説明するから」タイラーはそういうと、彼の主張を裏づけるきわめて有力な証拠がはっきりわかるように、彼女の足の裏を自分の股間のVゾーンに当てた。「そのままのきみがおれをこんなふうにしたんだ。セクシーな下着もハウツー本も必要ない」

エリーは目を丸くし、それから——いいぞ——顔を朱色に染めた。

「きっとワインとキャンドルのせいよ。あなたの場合は紅茶とキャンドルだけど」冗談めかそうとしながらも、彼女はつま先を丸め、そのちょっとした探求心でタイラーを責め苛んだ。

彼は手でつま先を包みこんで動かなくさせた。「キャンドルのせいじゃない」彼女の足を強く握ってから、親指でくるぶしをなぞった。「きみひとりがやったことだと信じるのがなんでそんなにむずかしいのか、その理由をぜひとも知りたい。男をその気にさせるためのレッスンが必要だなんてどうして思ったんだ？　教えてくれ、先生」

6

エリーは口がきけるかどうかわからなかった。タイラーは片手で彼女の足をぴたりと彼に押し当てたまま、反対の手でふくらはぎを撫であげている。仮にしゃべれたとしても、本当のことをいうつもりはないけれど。ロジャーの好みと、その好みを満たしたいというわたしの望みは吹聴（ふいちょう）するようなことじゃないから。

「こんなにいかがわしいディナーは生まれて初めてだといったらどうする？」そう問いかけた。

「まだ終わっていない、というね」その言葉を証明するように、巧みな指が膝の丸みをぐるりとなぞり、そのまま太腿を這いあがった。

太く無骨な指が、彼女が完全に陥落するのをかろうじて食い止めている薄っぺらいシルクの布切れに危険なほど近い場所を撫でると、エリーはテーブルをつかんで小さくうめいた。

「まだまだこれからだ」タイラーはふたたび彼女の肌を撫でた。

「やめて」エリーはあえぎ、テーブルの下に手を入れて彼の手首をつかんだが、その一方でお尻を椅子の前までずらした。自分がちぐはぐなメッセージを送っているのはわかっていたけれど、どうしようもなかった。

「やめてほしいのか？」口ではそういいながらも、指は小刻みに太腿を這いあがっていく。頭がまともにまわらなかった。心臓が狂ったように打ち、喉が、胸が、脚のあいだが、どくどくと脈打っている。

「わたしは……ええ……そのほうがいいと思う」

タイラーがぐっと身を寄せてきて、エリーは彼の瞳に溺れそうになった。「わかった」そう囁くと、彼の手はやわらかく繊細な彼女の太腿をゆっくり下へ戻りはじめた。エリーは身震いした。

タイラーはほほえんだ。「いまきみが感じているもの。それこそおれがきみを見て感じるものだ。きみは最高にセクシーだ。だから頼む、自分をルー・アンとくらべるのはやめてくれ。いいね？」

ああ、わたしはいますごくセクシーな気分になっている。タイラーと見つめあい、彼に触れられた身体（からだ）はいまもわなないている。それに丸裸にされたような無防備な気分でもあった。長いこと心の奥底に隠していた不安をタイラーに見抜かれたような気がしたからだ。

エリーの父親は、褒めるということをしない人だった。父にとってエリーは面倒な義務であり、早すぎる死を迎えた妻のことを思いださせる痛ましい存在でしかなかった。彼は娘に甘えられるのを嫌った。学校の教師たちは成績のいいエリーに肯定的な反応を示した。褒め言葉に飢えていたエリーは勉強に全力を注（そそ）いだ。学究的探求に果敢に挑むことができるのは、だからかもしれないが、それ以外のこと――自分の容姿や性格、女らしさ――については大きな疑問符が残ったままだった。タイラーにいわれるまで、自分がその答えをどれだけ気にしていたか気づかなかった。ありがたいことにそのときウェイターがテーブルに近づいてきたので、エリーはすぐに返事をしなくてすんだ。

ウェイターは料理をテーブルにおくと下がった。エリーは自分の皿を見つめ、山と盛られた料理に一瞬気を取られた。

「いいね？」タイラーは返事を促し、彼女の口元にシュリンプをもっていった。

「いいわ」エリーはつぶやいた。それから視線を下げ、シュリンプを口にくわえて、タイラーが手を離すのを待った。ところが彼はそのまま手をゆっくり引いて、するとおいしい身が尻尾（しっぽ）からぽんとはずれた。おどけたような彼の笑みに、エリーは思わず笑みを返した。

「あなたに抵抗できる女性なんかいるの？」

「なかにはね。だが今夜のおれは張り切っているから」

「食べるほうでも張り切ってくれるといいけど。だって、こんなにたくさんあるんだから」

「心配するな、先生。これくらい楽勝だ」

エリーはポークリブにかぶりつき、スパイスのきいたソースを唇から舐め取った。「頼りにしてるわ」

エリーの家へ向けてバイクを走らせながら、タイラーは、女性とのディナーがこれほど官能的ですばらしく、それでいて気楽で楽しかったのはいつ以来だろうと首をひねっていた。エリーは思いもよらないところで彼を魅了した――たとえば、彼があのレストランにした仕事の真価を理解してくれたこととか。一からものをつくるのは好きだし、革新的で耐久性のある建物を建てるのも楽しいが、古い建築物を修復し、よみがえらせることには格別の魅力があった。むずかしい仕事でもある。なにせすべての壁の裏、床板の下に思いがけない驚きが潜んでいるからだ。それだけにやりがいがあるし、すべての作業を終え、誇らしげにそびえる歴史の断片を見るときの満足感は計り知れない。

タイラーが仕事の話をすると、女性たちはたいていうつろな目をするものだが、エリーは心からの興味を示し、彼女の仕事との類似点を見いだした。エリーにいわせれば、タイラーは古い建物を診察し、病気の原因を突き止め、元気になるよう治療しているのだそうだ。その言葉はタイラーをほほえませた。そんなふうに考えたことはなかったが、エリーの見解は彼の仕事の本質をついていた。頭の回転が速いところと、そしてそう、うっすらと浮かぶあのえくぼもタイラーの心を大いに魅了し、おかげで彼はブラウニング農場に関するプロジェクトで窮地に陥っていることを打ち明けそうになるのを、ぐっとこらえなければならなかった。

もちろん、背中に押しつけられている乳房の重みや、腰を締めつけてくる脚にもぐっとくるが、それは完全に想定内だ。だからエリーがもっとセクシーで、もっと……経験豊富になる必要があると考えた理由がいまだにわからない。それでも彼女の見聞を広める手伝いをするのは楽しみだった。ゆっくり事を進めようと考えたのは、あるいは間違いだったろうか。エリーが彼に求めているものは、とてもはっきりしているように思える。なにか隠れた動機があるのではないかという思いはいまも変わらないが、それがなんだ。ふたりは人生をともにする伴侶(はんりょ)というわけじゃない。単にこれからしばらくのあいだベッドをともにする相手というだけだ。だったらその相手がタイラーは寝室でこそ本領を発揮(はっき)すると考えていたとしてもかまわないじゃないか。

タイラーがエリーの自宅の私道でバイクを止めると、エリーは今度は彼のほうに身を傾けてバランスを取りながら、やすやすとバイクからすべり降りた。のみこみが早いな。タイラーは玄関前のステップをあがる彼女を見ながら、ミニスカートの裾が太腿の高い位置で揺れるさまを楽しんだ。エリーは小ぶりのショルダーバッグから鍵を取りだし、鍵穴に差しこもうとしたが、手が震えてなかなか狙いが定まらなかった。

「ああもう」小声でつぶやいた。

タイラーはゆっくりと彼女の背後に近づき、胸が彼女の肩胛骨(けんこうこつ)をかすめるぐらいのところに立った。エリーの髪と肌からクチナシとバニラの香りがふわりと立ちのぼった。彼女はいいにおいがした。女らしく、とても……おいしそうだ。

「どうかしたか？」

「なんでもない」エリーが前かがみになると、波打つ髪が顔を隠した。彼女は鍵穴に鍵をつっこみ、ノブをまわしたが、ドアがびくともしないと小さくまた毒づいた。

タイラーは笑いたいのを我慢しながら人差し指で邪魔な髪をどかし、彼女の顔をのぞきこんだ。「ほんとに？」

いらだちをはらんだ大きな瞳が彼を見返した。タイラーは彼女の手を手で包みこんでドアノブを反対にまわした。ロックがはずれ、ドアは開いた。解散しろ。帰りのドライブのあいだに股間に集まってしまった血液にタイラーはそう命じた。エリーは心臓が喉から飛びだしそうなほど緊張していて、残念ながらそれは彼の最初の直感を裏づけていた。やっぱりゆっくり進めよう――エリーの大事な授業計画よりずっとゆっくり。

エリーは、蹴飛ばしてやりたいとばかりにドアをにらみつけていたが、やがてふーっと息を吐きだし、恥ずかしそうに彼を見た。「ちょっと緊張しているみたい」彼女は視線をはずすと、とりとめもなくしゃべり出したが、それもまた緊張のあらわれであることにタイラーは気づきはじめていた。「どうしてかしらね。だって、今回のことは全部わたしが考えたことなのに。しっかり計画を立てて、精いっぱい準備して。寝室だってすっかり調えてあるのに」

まいったな、緊張しているときのエリーはたまらなくかわいい。「なにか飲ませてくれないか、先生」

「ああ、そうね。どうぞ入って」彼女は急いで家のなかに入り、タイラーが玄関ドアを閉めたときにはキッチンへつづく廊下のなかほどまで進んでいた。だがそこで足を止め、顔を真っ赤に染めて、ひどくあわてた様子で彼を振り向いた。「シャルドネでいい？　それとも……ごめんなさい、ビールはおいてないの。もっと強い(ハード)ものがよければ、引っ越しパーティのときにもらったメーカーズマークがあるけど」

ありがとう、おれならもうじゅうぶんに硬く(ハード)なってるよ。しかしエリーはたしかに緊張をほぐす必要がある。「バーボンをもらうよ。ただし、きみもつきあってくれるなら」

するとエリーがためらいの表情を見せた。「それはどうかしら。わたしは食事のときにワインを一杯飲んでいるし、お酒はあまり強くないの。酔っ払っちゃうと困るし。ほら、アメリカ人の交接行動にアルコールは不可欠だけど、じつをいうと鎮静作用のあるアルコールはセックスにおける女性の遂行能力にはあまりよくないのよ。それをいうなら男性もだけど」キッチンに向かいながら、さらにつづけた。「あなたの飲みものには氷とお水をたっぷり入れたほうがいいかもしれないわね」

これにはさすがに笑ってしまった。タイラーはいま玄関の真ん中で、ジーンズの前をスチール製の梁(はり)みたいに硬くして舌なめずりしているのに、エリーは彼が勃起(ぼっき)するかどうか心配している。

彼がぶらりとキッチンに入っていくと、エリーは高い戸棚の前でバーボンを取りだそうとしていた。タイラーは彼女の頭の上から手を伸ばして瓶をつかみ、カウンターにおいた。

「いいバーボンは、絶対に水で薄めてはいけない。それは酒に対する冒瀆だ。きみがこれまでにつきあった男たちはどうか知らないが、おれはね、先生、酒の一杯ぐらいで萎れたりしないんだ」そのときあることに思い至り、タイラーはツーバイフォーの角材で頭を殴られたように、あやうく床に膝をつきそうになった。彼はエリーのあごをつまんで上を向かせた。

「ええと、こういうことは前にもしたことがあるんだよな？」

彼女は眉をしかめた。「当たり前でしょう」

「一度や二度じゃなく？」

エリーは五フィート数インチの身長でめいっぱい胸を張り、腕組みをして、怖い顔で彼をにらんだが、どういう屈折した心理からか、タイラーはありとあらゆる破廉恥なことを彼女にしたくなった。「あなたにはまったく関係ないことだけど、タイラー、セックスなら何度もしているわ。医大のときにつきあっていた人がひとりいるし、研修期間の最後の年にもべつの人と交際していたんだから」

「すごいな、スパーキー。きみが教師でおれが生徒になったほうがいいんじゃないか」

「あはは」彼女はべつの戸棚から背の低いグラスを二個取りだし、氷を入れてからカウンターにおいた。

タイラーはそれぞれのグラスに指二本分のバーボンを注いで瓶のキャップを閉めた。それから自分のグラスを取りあげ、彼女のグラスに軽く当ててから、バーボンをひと口飲んだ。

「で、過去にそれだけ幅広い経験があるのに、なんだって個人授業が必要だと思うんだ？」

エリーは肩をすくめたが、答えるときに目をそらしたので、洗いざらい話すつもりはないことがわかった。「これまでのつきあいは、なんというか、すごく平凡だったんだと思うの。正直いうと、セックスは医学部での講義や研修医の仕事とくらべるとあまり重要じゃなかった。勉強の合間のいい息抜き――ストレス解消の手段という感じだったの。だけどいまはもっと刺激的なセックスがしたい。小説にあるみたいにまぶたの裏で火花が弾けて、頭が真っ白になるようなセックスが」彼女はそわそわと窓の外に目を向けた。

セックスが〝息抜き〟だって？　おいおい。「きみがつきあったその男たちは……やるべきことをやったんだよな？」

彼女はちらりと彼を見て、すぐにまた視線をそらした。「ええ、まあ」

「まあ？　いまのはイエスかノーで答えられる質問だぞ、先生」

「当たりはずれがあったってことよ」そっけなくいったが、その口調は言葉より雄弁に、ほとんどがはずれだったと告げていた。エリーはグラスの半分を喉に流しこみ、胸を叩きながら飲みこむと、こうつづけた。「今回の目的はそこじゃないのよ、タイラー。わたしは男性の願望を満たす方法を学びたいの」

なるほど。エリーにエリーの目的があるなら、おれにはおれの目的がある。〝当たりはずれがある〟のは彼の流儀じゃない。タイラーはグラスを脇におくと、しばし考えをめぐらせた。「きみの目的は根本的に間違っていると思う」

エリーは眉間にしわを寄せた。「どうして？」

「おれの経験からいうと、ちなみにきみよりほんの少し豊富なだけだが、パートナーが最低でもおれと同じくらい楽しんでいなければムードがぶち壊しだ」

エリーの眉間のしわが深くなり、どうしておれはあの尖らせた下唇にかぶりつかずにいられるんだろう、とタイラーは訝った。「本によると――」

「きみのその本とやらを見せてくれ」

「いいわよ」彼女は残りの酒を飲み干し、空いたグラスをカウンターにおいた。「ああよかった、これで授業計画の話に戻れる。ついてきて」

エリーは向きを変えようとしてふらついた。タイラーは彼女の肘をつかんで支え、ふたりして寝室へ向かった。寝室に入るとエリーは真鍮製のベッドに近づき、ふわふわした白い羽根布団の上にどさりと腰を落とすと、肩を揺するようにしてカーディガンを脱いだ。いかにもエリーらしい部屋だった。またとないほどシンプルだが、それでいてまぎれもなく女性らしさが感じられた。淡い色合いにアクセントとしてウッド素材を使うのが好みらしい。彼女はベッド脇のランプのほうに手を振って、誇らしげにほほえんだ。「必要なものは全部揃っているから」

「余計なものまで揃っているな」タイラーは彼女の横に腰をおろした。

「どういうこと？」

彼はローションのチューブを指差した。「おれには両手と舌があるから、〈アストログライド〉は必要ない」

エリーはサイドテーブルの上の本を手で叩いた。「このマニュアルで推奨されていたブランドなのよ」

「はいはい、マニュアルね」タイラーは表紙にざっと目を通し、本の横から緑色の付箋が五枚、整然と顔を出していることに気がついた。「見せてもらっても？」

エリーはうなずき、本を渡してきた。「ちょうどいいわ、異存があったら教えて。あなたに協力してもらいたい章に付箋を貼ってあるから」

「だろうね」本を手に取り、ぱらぱらとページをめくった。もしも蛍光ペンでマークされた文章や余白に書きこまれたメモを見つけたら、善意はひとまず脇へおいて、彼女の頭でっかちな脳みそがぶっ飛ぶほどのセックスをいますぐ味わわせてやらないと。「さてと……」タイラーは最初の付箋が貼られたページを開いた。「三章は、問題ない」

「よかった」

彼は次の付箋までページをめくった。「六章もオーケイだ。ただし、買いものに出かける必要があるな。もう買ってあるというなら――」

「いいえ、その……えー、用具はまだ買っていない」

「女性ってのはセックスという大切なことのための買いものにも言い訳が必要なんだな。レキシントンに知っている店が――」

「ネットショップのほうが、プライバシーが守られていいかなと思っていたんだけど」

タイラーは首を横に振り、それから本を少し傾けてイラストをじっくり眺めた。「いや。それよりレキシントンで課外授業だ。この手の商品は、買う前に実物を手に取ってみることが肝心だからね」

「わかった」エリーは息を吐いた。「レキシントンいきをスケジュールに組みこめばいいのね」その口ぶりにタイラーは頬をゆるめた。彼女の大事な計画をまたしてもだいなしにしてしまったようだな。

「ほかには？」

「まだわからない」タイラーは次の付箋までページを進めた。「九章はおれが個人的に気に入っていることのひとつだ。それに……十章も」そうつけ足してから、さらにページをめくる。しかし次に付箋がついている十三章までくると手が止まり、見出しを読みなおしたあとで本文とイラストにざっと目を通して誤解がないことを確かめた。本気か？　ちらりとエリーに目をやると、本気であることがわかった。「この章には拒否権を行使する」彼は人差し指でページをとんとん叩いた。

「どうして？」

「そうだな、まず最初に、きみがこれを気に入るとは思えない。仮に気に入ったとしても、おれはきみにこんなことをさせたくない」

彼女はタイラーから本を奪うと、猛烈な勢いで読みはじめた。「冗談でしょう。だって、わたしはなにもしなくていいのよ。あなたがわたしにこれをするんだから。専門家によれば、男性は十三章が大好きなんだって。ほらね」彼女はタイラーの面前にそのいまいましい本を突きつけ、章の最初のページを飾る五つ星をこれみよがしに指差した。

タイラーは手で本を払った。「本にどう書いてあろうと知ったこっちゃない。いいか、その〝専門家〟とかいうやつはなにもわかっていない――」

「ねえ、わたしが選んだ章はどれも星五つのお薦めで、十三章もそのひとつなのよ。あなたが協力してくれないなら、べつの誰かをさがさなきゃならない」

それを聞いたとたん、口にするのもいやな、およそらしからぬ感情が燃えあがった。タイラーは本を窓から投げ捨て、エリーをベッドに押し倒して、男を虜にする方法をきみはとっくに知っているといってやりたい衝動と闘った。

タイラーの神経を逆撫でするようなことをいってしまったらしいと察したのだろう。エリーはあの長いまつげを伏せ、上目遣いで彼を見た。「どうしてもだめ？」

ああ、くそ。「それについてはあとで考えよう」タイラーはしぶしぶ答えた。エリーに十三章への興味をなくさせるのに数週間の猶予がある。「この書きこみを見ると、最初の授業は三章からか？」

エリーはうなずいた。「さっそくはじめましょうか」そのロマンチックな前置きとともに、タイラーのジーンズの前に手を伸ばした。タイラーはそれを阻止した。だめだめ、ゆっくり進めるんだ。エリーがこうした授業を受けたいと考えた理由はいまだに謎だが、彼自身についてならわかったことがひとつある。すなわち、あれやこれやを取り除いた単純な身体だけの関係には興味がないということだ。とにかく、エリーに対しては。

「まずはべつのことをやってみよう」タイラーは返事を待たずに彼女のあごに手を添え、唇を重ねた。

ゆっくり、深く、丁寧（ていねい）に余すところなく彼女の口を探り、味わってから、顔をあげてエリーを見た。

エリーがあの大きな茶色の目をゆっくり開けると、瞳が広がっているのがわかった。大きく見開いた目がじっと見つめている。

「〝第二章――キスのあれこれ〟？」小さな声で訊いてきた。

くそ、手強（てごわ）いな。「基本を押さえるのも大事だと思わないか？」

エリーがうなずき、タイラーはそれに応えた。彼女のやわらかな唇を歯でなぞり、上唇に軽く触れ、ふっくらしてみずみずしい下唇を軽く噛むと、エリーの喉の奥から切なげな声が小さくもれた。彼女はタイラーの髪に指を差し入れ、彼の顔を引き寄せた。夜のあいだにふつふつと高まっていた緊張感がついに沸点に達し、キスは彼の思惑よりずっと熱く、飢えたような激しいものに変わっていった。するとエリーが彼の首に片方の腕をまわし、身体を押しつけて、同じ激しさでキスを返してきた。

彼の下で彼女の口がうごめき、速く動く熱い唇が、もっとと暗に訴えてくる。つんと尖った乳首が執拗(しつよう)に胸をつついて、頭がどうにかなりそうだ。エリーの背中のファスナーをおろし、胸をあらわにして、ダイヤモンドのように硬い先端を口に含みたくてたまらなかったが、そんなことをしたらもう抑えがきかなくなって、そのまま彼女をベッドに押し倒し、両脚を高く持ちあげて、頭が真っ白になるまで第三章をしてしまうに決まっている。エリーにとっては計画どおりでも、タイラーの今夜の予定に第三章は入っていない。彼はなんとか気をそらそうと両手をエリーの首筋にすべらせ、親指で鎖骨(さこつ)を愛撫(あいぶ)した。エリーは反対の腕も彼の首に巻きつけ、のけぞるようにして身体を密着させた。エリーが無意識のうちに差しだしているものをタイラーの首から下は受け入れたがっていた――いや、受け入れたくてたまらなかったが、被虐的な脳みそは〝だめだ〟といっていた。

最初のデートで寝てしまえば肉体的には大いに満足するだろうが、それではタイラーのモラルの低さとテストステロンの高さを証明することにしかならない。今夜のデートで彼の決意は二倍に強まった。自分には星五つのセックス以外にも提供できるものがあると、エリーに、そして自分自身に示すのだ。

キスを待ち受けているエリーの唇に最後にもう一度口づけると、タイラーは顔をあげた。

「もういかないと」

7

「えっ？」エリーは目を開け、どうかしているんじゃないのとばかりにタイラーを見た。「これで帰るなんてだめよ。まだ三章に取り組んでいないじゃない」

「心配ない。次回にちゃんとやるから」

「だめだめだめ」彼女は身体を引き、ベッドからぱっと立ちあがった。「次回は六章に進む予定なんだから。今夜三章をやらなかったら一週間分遅れちゃう」

エリーが部屋のなかをいったりきたりしながら早口でまくし立てているあいだ、タイラーは辛抱強く待っていた。それからエリーに近づき、向かいあうと、片手を彼女の頭のうしろに当て、反対の手で背中をゆっくり撫でおろして、魅力的なカーブを描くヒップのすぐ上で止めた。「その分、楽しみがふえるだろう？」

「タイラー、これは期待を盛りあげるとかって話じゃないの。お願いだからスケジュールを守って」

「なんだってそんなに急ぐんだ、先生？　スケジュールを延長すれば、これくらいのことは簡単に組みこめるぞ」彼はエリーをぐっと抱き寄せて荒々しく唇を奪い、スケジュールに縛られた頭を揺さぶるべく最善を尽くした。エリーはうめき声をもらしてそれに対抗し、キスは次第に唇と舌を使った熾烈な争いと化した。

あごのラインに唇を這わせるとエリーがはっと息をのみ、タイラーはそれを聞いて悦に入った。唇が耳たぶをかすめるとエリーは身を震わせた。「本当に帰らないとだめなんだ」タイラーは囁いた。「明日は早朝からアシュランドで用事がある」厳密にいえばそれは事実だったが、身体じゅうの細胞がこのままここに残って事を済ませろと訴えているときにタイラーが帰ろうとしている理由は、その用事となんの関係もなかった。

「わかった」エリーは息を吐くと、彼の腕から身をふりほどいた。「わたしのことは気にせずに、鴨狩りだか鹿狩りだか、男の人たちが朝早くから起きだしてアシュランドくんだりまで車を走らせる用事とやらを楽しんできて」ベッドにどしんと腰をおろし、サイドテーブルの上の本をつかんだ。「わたしはスケジュールを見なおす。遅れを取り戻すために、次回はふたつの章を組みあわせてはどうかしら。ただし、今夜は五回のうちに入れませんから」

「そうしてもらえると助かるよ」タイラーはエリーの横に腰かけると、耳たぶをやさしく噛みながら、彼女がめくっているページにちらりと目を落とした。

「ダブルヘッダーにするのはどれがいいかしら？　次の金曜は三章と十三章に取り組むというのはどう？」

それより、いまから五章分を一気にやっつけるのはどうだ？　タイラーの脳の股間に直結している部分が持ちかけた。そのよこしまな声を無視するのは簡単ではなかったが、なんとかやり遂げた。「十三章は拒否するといったはずだが」

「あなたは〝あとで考えよう〟といったのよ」

「〝あとで考えよう〟は〝次の金曜〟という意味じゃない。べつのを選んでくれ」

エリーが不安げなまなざしを投げてよこすと、この数時間で限界を超えていたタイラーは、六章を実践して彼女の表情を晴らしてやるところを空想した。

「うーん。じゃ、四章は？　星は三つしかついていないけど、テレフォンセックスやメールセックス関連は押さえておいたほうがいい気がする。それに、これならおたがいの都合のいいときにできるわ。直接会わなくてていいわけだし」

いいや、よくない。おれは直接会いたいんだ。さっさとなにか考えろ。「おれはオフィスにこもっていることがほとんどないんだ。携帯にかかってきた電話に出たり、メールチェックするときはたいてい、まわりにチームの連中がいる。おれが自分のアソコの写真をきみに送ったりしたら、彼らになにをいわれるかわかったもんじゃない」

「そうなの？　プライバシーはどうなっているのよ？」なんとも疑わしげな声でいった。

「トイレかなにかにいくことはできないわけ？」

「建築現場に入ったことは？　こんなことはいいたくないが、仮設トイレのなかではとてもその気になれない」

「わかった、わかった」ふーっと息を吐きだしてページをめくる。「四章はだめ。じゃ、七章は？　すべって転ぶ危険があるから最初は除外したんだけど、シャワーを浴びながらのセックスは星四つなの」

たちまち頭のなかが彼の自宅のシャワーの下にいるエリーの映像でいっぱいになった。つややかな肌から水を滴らせ、彼の腰に脚を巻きつけて、彼女があげる歓喜の声が耳にこだまし、シャワーの水がふたりを打ち、タイラーは彼女の奥へおのれを打ちつける。ちくしょう。いますぐこの部屋から出なくては。彼の股間が〝賛成〟と騒ぎだす前に。

喉の砂漠化と闘うべく、ごくりと唾を飲んでからタイラーは答えた。「七章はいいかもしれない。考えておくよ」かならず。何度もくりかえして。それこそ頭がおかしくなるまで。

エリーは本に没頭したままうなずいた。「シャワーの下にすべり止めシートを貼るといいかも。きっとホームセンターで売っているわよね」

笑うべきか、すぐそばの壁に頭を打ちつけるべきかわからず、タイラーはベッドから立ちあがった。「ハニー、もういくよ」

エリーは本を脇において腰を浮かしたが、タイラーは肩に手をかけてそれを制した。「いや、立たなくていい」もしもハグされたりしたら、いや、どんなかたちであれ彼女に身体を押しつけられたら、おれはおしまいだ。

ほっとしたことに、エリーはふたたびベッドに腰をおろした。「わかった」そして礼儀を思いだした女子生徒よろしく、丁寧にこういい添えた。「夕食をごちそうさま」

タイラーは笑ったが、そこで衝動に負けて上体を倒して――素早く熱く――キスすると、彼自身の計画を投げ捨てたくなる前に唇を離した。「いい夢を、スパーキー。見送りはいらないから」

「スパーキーと呼ぶのはやめて」というエリーの声が背中から聞こえた。


「おーい、スパーキー、待ってくれ！」

自分のあだ名が町の広場に響き渡るとエリーは眉をしかめたが、振り返ってこちらに走ってくるロジャーを認めたとたん、いらだちはすっかり消え失せた。

「ハイ、ロジャー」今日は仕事用の服を着ていてよかった。薄茶色の細身のスカートを手で撫でつけながら、そう思った。それに引き替えロジャーは、いつになく……よれよれだった。ふだんは完璧に整えられている髪は櫛を入れる必要があったし、エリーの見間違いでなければ、おがくずらしきものがくっついている。汗まみれのTシャツとベージュのカーゴパンツに寄ったしわは、不快指数の高さだけでは説明がつかなかった。「いったいなにをしていたの？」

ロジャーは自分を見おろして顔をしかめた。「朝からずっとアシュランドでハビタット・ハウスを建てていたんだ」

エリーはいぶかしげに首を振った。「ハビタット・ハウス？」

〈ハビタット・フォー・ヒューマニティ〉」並んで歩きだしながらロジャーは説明した。「困っている人たちのために住宅を建てる支援団体だよ。最近、ボランティア活動をはじめたんだ。一ヨだけ〝大工のボブ（子ども向けアニメの主人公）〟を演じるチャンスってわけ」

これ以上完璧な人っている？　ハンサムで、聡明で、そのうえ慈悲の心まで持ちあわせているなんて。「すばらしいわ、慈善のためにあなたの才能を役立てているのね」

「うーん、才能はどうかな。ぼくが使っているのは頑丈な背中と、不器用な二本の腕ぐらいだし。でも、人手はいくらあっても足りないから。今日は作業がすごく捗（はかど）ったんだ。あいにく——」ロジャーは手のひらを上にして片手を差しだした。「成果には代償がついてくることもあるけど」

エリーは爪の先まで手入れの行き届いたなめらかな手を取ると、親指の腹に刺さったとげを調べた。「痛そうね」

「そうなんだ。小さいけど、しぶとくてね。三十分ぐらい毛抜きでがんばってみたんだけど、よけいに入りこんじゃったらしくて。それでメロディに電話したんだ。その、えー……いつもの癖ってやつかな。それに毛抜きでぼくを突っつくのをメロディは楽しむんじゃないかと思ったし。そしたら、今日きみは診療所にいるはずだから電話してみてはどうか、といわれて。で、電話しようとしたところできみを見つけたんだ」

ロジャーが最初にメロディに電話するのは当然のことよ、エリーは失望をこらえて自分にいい聞かせた。ふたりは長いこと恋人どうしで、いまも親しくしているのだから。大事なのは、彼がいまわたしを求めていること。わたしを必要としていること。「ちょうど帰るところだったの。ゆき違いにならなくてよかった。処置するから、上へいきましょう」

「ありがとう、エリー。恩に着るよ」まぶしいばかりの笑顔に、エリーは頰が熱くなった。

「気にしないで」ふわふわした足どりで階段をあがり、診察室にロジャーを招き入れた。

ピンセットでとげの先端を探りながら、精いっぱいさりげなく尋ねた。「土曜の夜のご予定は？」

「うん？　ああ。たいした予定じゃないんだけど。ニューヨークから友だちがレキシントンにきているんだ。顔を見にいきがてら晩めしでも食べようかと思って。そのあとクラブかなにかにくりだすかもしれない」

一瞬、ロジャーと連れ立って、ほかの町からきた彼の友人とレキシントンで夜を過ごしているところを空想してうっとりした。現実世界でのエリーの予定――週に一度の実家訪問――より百万倍楽しそう。父に食料品を届け、血糖値を測定し、適切な食事と糖尿病管理についてまたひとくさり話して、またいつものように聞き流される。どちらかが我慢の限界に達する前に家を出られればいい方だ。

「楽しそうね」エリーはいい、あまり羨ましげに聞こえなければいいのだけれど、と思った。

するとロジャーは意外にも悲しげな笑みを見せた。「うん、きっと楽しいと思う。ダグは最高にいいやつなんだ。もっと頻繁に会えるといいんだけど、彼が住んでいるのはマンハッタンだし、ブルーリックはメトロで簡単にこられるような場所じゃないからね、だから……」

その声は郷愁の響きを帯びているように聞こえた。ロジャーは都会の生活が恋しいのかしら。都会の友人たちが？　ブルーリックを出ていく日も遠くないということ？　エリーは高まる不安を頭から払いのけた。「じゃ、今夜はお友だちと久しぶりに楽しむのね。幸い、その時間をいじわるなとげに邪魔されることはなさそうよ」ピンセットをあげ、抜き取った木のとげをロジャーに見せた。

「わあ。さすがだな。ちっとも痛くなかったよ」

「たぶんあなたが鋼の神経をしているからよ。破傷風の注射を打って確かめてみる？」

ロジャーの眉間に惚れ惚れするようなしわがうっすらと寄った。「三週間前に一本打ったよ、べつのプロジェクトで釘を踏んでしまったときに。もう一度打ったほうがいいだろうか？」

「ううん、その必要はないわ。でも、その慈善活動に貢献するべつの方法を考えたほうがいいのかも。家を建てるのはあなたの健康によくないみたいだから」

ロジャーは笑いながら立ちあがった。「そうかもしれない。でもタイラーをがっかりさせるわけにはいかないからね」

「どうしてここでタイラーが出てくるの？」そう訊きながらも、記憶のアーカイブからなにかがこぼれでて意識の前面にあがってきた。昨夜、明日は朝から用事があるので帰らなければならないといったとき、タイラーはアシュランドのことに触れていなかった？

「タイラーは作業長なんだ。年に数回、ハビタットの活動に時間と資金を提供しているんだよ。彼の建設会社はうまくいっているから、そういうかたちで社会に還元しているんだろうね。ぼくにも手を貸すことぐらいはできるからね」

「そういうことなら、今年のクリスマスのサンタへのお願いリストに作業用手袋と安全靴を加えたほうがいいかも」

ロジャーはにっこりした。「そうだね。じゃ、また。ぼくの救急コールに応えてくれてありがとう」

ロジャーを見送りながら、エリーの頭は新たに得た情報で混乱していた。反省しなさい、タイラーがわたしたちの……えー、〝デート〟を早めに切りあげたのは、男性ホルモンに駆られた血なまぐさいスポーツをやりにいくためだと思いこむなんて。だけど、なにをしにいくかいってくれなければ、わかるはずがないじゃないの。

診療所の玄関に鍵をかけ、車のところへ向かったが、タイラーについて知ったことが頭に染みこんでくるにつれ、これまでの評価を見なおす必要があるという結論に達した。エリーの記憶にあるやんちゃなお騒がせ者は、そのままおとなになったわけではなかった。タイラーは有能な経営者で、従業員とその家族のことをつねに気にかけ――ジュニアに対する気遣いを見ればよくわかる――そのうえ空いた時間を慈善活動にあてている。Tシャツに口紅をつけ、嫉妬に駆られた酔っ払いにお尻を撃たれて夜半過ぎにエリーの家の玄関先にあらわれたにしては、タイラー・ロングフットは予想をはるかに上まわる複雑な人物だ。

三十分後、父の家の私道に車を入れたエリーは、予想どおりのものを目にすることになった。歩道の脇にあるゴミ箱はビールの空き瓶とファストフードの紙箱であふれていた。糖尿病食にするよう、あれだけいったのに。

ため息をつきたくなるのをこらえ、食料品の入った袋をふたつ抱えて、玄関前のたわんだステップをあがっていった。少女のころのエリーは、この扉は魔法をかけられた宮殿への入口だと空想していた。あるいは失われた都市へつづいている、と。いちばん途方もない空想は、この扉の先には幸せな家庭があって、そこでは愛情に満ちた両親がエリーの帰りをいまかいまかと待っている、というものだった。おとなになったエリーは、もうなんの幻想も抱いていない。

袋ふたつを片手で危なっかしく抱え、反対の手で網戸をノックし、流れ落ちる汗が目に入ると湿度の高さに心のなかで悪態をついた。ノックに返事がないと、今度は小さいとはいえない声で毒づいた。父は家にいるはずだ。ひび割れたアスファルトの私道に父のピックアップトラックが停(と)まっているし、うるさいテレビの音がドアの外まで聞こえているから。エリーはノブをまわしてドアを押し開けた。

　戸口に足を踏み入れたとたん、むっとする淀んだ空気が襲いかかってきた。外も蒸し暑かったが、少しでも風が通ればと、ドアは閉めずにおいた。父はリビングの色褪せた格子柄のソファにあお向けになり、居眠りしているか気を失っていた。痩せた腕の片方を額の上にのせ、もう一方は厚みを増しつつある腹にだらりと投げだしている。しみのついたランニングシャツとしわくちゃのパジャマのズボンは、何日か着っぱなしのように見えた。

　時間は彼にやさしくなかった。かつてはエリーと同じ焦げ茶色だった髪は、いまは白いものが交じり、もじゃもじゃにもつれていた。眠っているときでさえ顔には深いしわが刻まれている。鼻のまわりは毛細血管が破れて赤くなっていた。

　隣の銀河系まで聞こえるほどの大音量でテレビがついているのにどうして眠っていられるのかわからない。ううん、待って。なるほど、そういうことか。木目調の安物のコーヒーテーブルの上にビール瓶が六本ころがっていた。

　テーブルに蹴りを入れて空き瓶を吹っ飛ばしたい気持ちに駆られ、エリーは足を踏みならしてキッチンへ向かった。塗料が剝がれて黄ばんだカウンターに抱えていた袋をどさっとおろし、なかから品物を取りだして、その日常的な作業で怒りを鎮めようとした。それから大またでリビングに戻ってテレビを消した。耳が痛いほどの静寂が襲ってきた。

「なん、だ……？」フランクが飛び起き、充血した目をエリーに向けた。よかった。少なくとも耳はまだ聞こえているようね。「おい、観てたんだぞ」

エリーはテレビのリモコンを彼に放った。「そうなの？　わたしには寝ているように見えたけど。なにか食べたの？」

「ああ」ぼそりといって、リモコンを手に取った。

「ビールは食べたうちに入らないわよ。食料品を持ってきた。なにかつくるわ」

「食べた、といっただろうが」娘のほうは見ずに、ふたたびテレビに顔を向けた。それから飲みかけのビールを取りあげて喉に流しこんだ。

「今日の血糖値は？」テレビの音がうるさくて、大声を出さなければならなかった。いつものことだ。父はあの手この手を使って会話を不可能にするのだ。

「忘れた」

「測定器はどこ？　毎回の数値が記録されているはずよ」

父はその質問を無視した。エリーは手を伸ばしてビール瓶をつかんだ。彼は瓶を離さなかった。つまらない意地の張り合いに負けまいとして、エリーはさらに強く引っぱった。

父の手から瓶がすっぽ抜け、いきなり抵抗がなくなった瓶は勢いあまってエリーの額にまともにぶつかり、残っていたビールが顔に降りかかった。

「いいかげんにしてよ、フランク！」エリーは震える手で顔を拭った。「糖尿病の薬を服用しているんだから、お酒は控えるようにいったでしょう。肝不全に直行したいの？」

「うるさい、説教はたくさんだ。おまえがまともな女なら、うるさいことをいえるべつの男をとっくにつかまえて、おれはひとり静かに暮らせたものを。おまえの母さんはおまえの年には結婚して子どもがひとりいたんだぞ」

そして三十歳になる前に死んだわ。でも、わたしはまだここにいる。依怙地もたいがいにして、わたしがこうしてあなたの娘になろうと頑張っていることに気づいてくれたら、わたしだって週に一度、いやいやここを訪ねてくる必要はなくなるのよ。でもその思いを声に出したところで、どうせこの人は聞く耳を持たない。だからエリーはキッチンへ戻り、がらくた用の抽斗をかきまわして血糖値測定器をさがした。

父の態度に腹を立てても意味がない。何年も前に、厳しい事実がエリーの心に深く突き刺さった。フランクはもともと父親になることに興味がなかった。子どもをほしがった妻の気持ちを汲んだだけなのだ。ところがその妻が亡くなると、喪失感に打ちのめされたフランクは自分の殻に閉じこもった。悲しみに暮れるわが子を思いやることもなしに。

父の糖尿病は、生まれ育った町に戻って開業することをエリーに決心させた大きな要因だった。わたしがひとりのおとなとして手を差し伸べれば、ふたりのあいだのわだかまりも魔法のように解けて、本物の家族になれるのではないかとひそかに期待していたのだ。ところがこの二週間で痛感した。父はおとなになった娘にも興味がないのだ、と。だから愛情に満ちた幸せな家族がほしければ、なんとしてでもロジャーの理想の女性に変身して、ふたりは似合いのカップルだということを彼に示すよりほかにない。

指がついに血糖値測定器をつかんだ。測定記録を呼びだすのに時間はかからなかった。今日は一度、昨日も一度、この一週間でかぞえられるほどしか測定していない。数値は高かったが、とんでもなく高くはなかった。キッチンの戸棚を開けて、薬の減りぐあいを調べた。どうやら指示どおりに服用しているらしい。

買ってきた新鮮な野菜を使って五分で大量のサラダをつくり、ほとんど空っぽな冷蔵庫の糖尿病患者向け〈ディジョン・ドレッシング〉の横に突っこんだ。これで義務は果たした。エリーは手を洗ってリビングに向かった。父からありがとうのひと言すらもらえないのはわかっていたが、それでも戸口のところで足を止めてしまった。「サラダをつくっておいた。冷蔵庫に入れてあるから」

「どうせならビールを持ってきてくれればよかったものを。もう残り少ないんだ」

エリーは網戸を押し開けた。「じゃあね、フランク」

がたついている金属製の扉が背後でバタンと閉まった。

車に戻るとエアコンの風量を最大にして、バックミラーに自分の顔を映した。汗ばんだ真っ赤な顔が見返してきた。悲痛な目は、こらえた涙で潤(うる)んでいる。お気に入りの空想の断片が、ぱっと頭に浮かんだ。ロジャーが、小さな赤い自転車にまたがった、ふわふわした髪のロジャー三世のうしろを走りながら、しっかりと支えてくれていた父親の手がいつのまにか離れていたことも知らずに、全力でペダルを漕いで初めてひとりで歩道を走りだした幼い息子に大声で声援を送っている。

目を閉じて、その絵のどこかに自分をはめこもうとしてみたが、映像は薄れていくばかりだった。運命なんて信じていないけれど、理想の未来にいる自分の姿を思い描けないということは、そうした幸せな家族の風景の一部になれない運命なのではないかと思わずにいられなかった。たしかに、ロジャーはわたしの理想の男性だ。だけど授業の遅れを取り戻すことができなければ、わたしがロジャーの理想の女性に変身するために必要なすべてのテクニックどころか、三章すらマスターできないうちに、生まれつきセクシーなどこかの女性に彼を奪われてしまうだろう。

送風口から吹きつける涼しい風が額にかかった髪を払うと、生え際の近くが赤く腫れているのがわかった。ああもう。ビール瓶が当たった名残だ。

正直者が馬鹿を見る、とはこのことね。

髪を指でならすと、カールした前髪が見苦しいこぶを隠してくれた。父の家の私道からバックで車を出し、大通りに入ったところで、土曜の夜の乏しい選択肢について考えた。請求書の支払いをする。溜まっている医学雑誌に目を通す。それともひそかな楽しみ——毎週欠かさず録画している家のリフォーム番組のキュートな男性司会者を眺める——に耽ろうか。どれも気が進まなかった。本当はお酒が飲みたかったが、自宅のテレビの前でひとりで飲むのはフランクを彷彿とさせていやだった。

そのとき、ビア樽(だる)を模した〈ローリーズ・パブ〉の看板が視界に飛びこんできて、エリーは頭で考えるより先に店の駐車場に車を入れていた。

8

タイラーはジュニアのあとから土曜の夜の〈ローリーズ〉に入っていった。今夜はサポート役に徹するつもりだった。うまくいけば、ついでにエリーのことを頭から追い払えるだろう。例の提案をされてからというもの、エリーは彼の頭のなかに居座っていた。それも当然だ。知的で魅力的な女性からセックスの手ほどきをしてほしいと持ちかけられたら、折に触れてそのことを考えてしまうものだから。ところが昨日の夜以来、彼の思考はきわめて具体的な道筋をたどるようになった――すなわち、次の授業まで何日と何時間と何分あるか数えるようになったのだ。一週間が長すぎるように感じられた。

今回のことはいろいろな意味でタイラーを落ち着かない気分にさせたが、なかでもいちばん気になるのは、ふたりの関係についてエリーには明確な目的と厳密なスケジュールがあるということだった。エリーはいおうとしなかったが、彼女が新たに習得するテクニックで特定の誰かの関心を惹こうと考えているのは間違いない気がした。誰だか知らないが、タイラーでないのはたしかだ。タイラーが選ばれたのは教師としてで、ターゲットではないからだ。厳密なスケジュールはもちろん、彼女が狙いをつけているのは自分以外の誰かだという事実もタイラーの神経を逆撫でした。

どうかしている。男の夢が現実になったような話がむこうから転がりこんできたんだぞ。えくぼのある笑みを投げかけるだけで彼の股間を補強鉄筋より硬くしてしまえる女性と数週間、星五つの濃厚なセックスを楽しむ。きわめて単純明快。後腐れなし。単純なのがいい。後腐れがないのも。だったら、プライドがどうだとか、タイラーのことや彼との関係をもっと真剣に考えてほしいだとかくだらないことをもちだして、そのシナリオをわざわざ複雑にする必要がどこにある？

その問いについてもう一度じっくり考えようとしたとき、ジュニアが急に足を止めてタイラーの肩をつついた。

「彼女がいる。まだおれに腹を立てていると思うか？」

ジュニアの視線をたどって店の中央のテーブルに目をやると、長身でむっちりとしたルー・アンが襟ぐりの深い黒のタンクトップからこれ見よがしにＤＤカップの谷間をのぞかせて周囲の注目を集めていた。ジュニアに気づくと、彼女の目尻がきりきりと吊りあがった。ルー・アンの左隣にはピーチカラーのサンドレスを着たメロディがいて、おだやかで落ち着いたその顔は心底退屈しているように見えた。燃え立つような赤毛のジニーはルー・アンの右隣に陣取り、猛禽を思わせる目を好奇心できらきらさせていた。

タイラーは、ワイルドキャッツのジャージーにだぶだぶのジーンズというぱっとしない格好の友人にちらりと目をやった。「おれはおまえに尻を撃たれたが、もう腹を立てていない。

それにくらべたらルー・アンの機嫌を取るのなんか楽勝だよ」

「うん。そうだよな」ジュニアは息を吸いこみ、ゆっくり吐きだした。「よし。いってくる。援護を頼んだぞ」

「むこうで待機してるよ」自己保存本能に突き動かされてカウンターの端に退却したとき、ジニーが椅子からすべり降りてこちらに歩いてくるのが見えた。ぴっちりした赤褐色のクロップドトップとローライズジーンズのあいだから、ぎょっとするほど引き締まった腹筋がのぞいている。この小柄な赤毛女性は新品の一セント硬貨みたいにきらきらしているが、噂の高速拡散装置という評判のせいで、タイラーは昔からあまり関わらないようにしていた。信頼のおける立派な市民であることを〈ブルーリック貯蓄貸付組合〉に示そうとしているいまは、とくに関わりたくない。だからカウンターの隅でできるだけ目立たないようにしながら、今夜エリーはなにをしているのだろうと十億回目ぐらいに思った。

ハスキーな声に奇襲をかけられた。「ハーイ、タイラー。調子はどう?」

タイラーは観念し、無理やり肩の力を抜いてから声のほうを振り返った。「やあ。相変わらずだ」

赤毛の女性の笑みがいわくありげなものに変わり、彼女は背後のテーブルのほうを頭で示した。「ほら見て。メロディが現役に復帰したの。彼女とロジャーが婚約を解消したことはあなたも聞いているでしょう?」

タイラーはうなずき、それからカウンターの奥にいるジェブ・ローリーズに合図した。

「ああ、聞いてる」

ジニーは猫に似ていた――自分に少しも興味を示さない相手にどうしようもなく惹きつけられてしまうところが。タイラーのそっけない返事を、くわしい話を聞かせてほしいという意味に解釈したのも、だからかもしれない。

「だけど、その理由を知ってている？」興味はないとタイラーが答える前に、ジニーは身体(からだ)をすり寄せるように腕をからめてこうつづけた。「ロジャーとメロディは、いわゆる性の不一致だったのよ」

くやしいが、これには注意を惹かれてしまった。プロムの女王に生まれついたような女性にしては、メロディは実際いいやつだった。花形投手にして花形クォーターバック、花形センターだったロジャーにも同じことがいえた。ブロンドの髪に青い目のふたりは、表面的には誰もが羨(うらや)む理想のカップルに見えた。しかし十年以上に及ぶ婚約期間というのは？　タイラーのなかの冷笑家は、ふたりの結婚はないと、とっくの昔に結論づけていた。「まさか」

タイラーの〝いつもの〟――ビール――を持ってきたジェブが、ふたりの前にぐずぐずと居残っていた。彼が立ち去るのを待って、ジニーはさらにきわどい話をもちだした。

「そのまさかなのよ」しかつめらしくうなずきながらも、その目は他人の秘密をもらせる喜びできらめいていた。「町を離れているあいだに、ロジャーは過激なプレイを求めるセックスマニアみたいなものになってしまったの。なんでも、メロディが絶対にしたくないようなことに夢中なんですって。だからメロディはセックスマニアのソウルメイトをさがすロジャーの幸運を祈って、ふたりはべつべつの道をいくことにした――べつの道といっても、このサイズの町じゃたかが知れているけど」

オーケイ、これはゴシップというよりたわごとだ。ジニーの話はどうにも筋が通らない。セックスの相性が悪いことにメロディとロジャーが気づくのに十年もかかるなんてことがあるわけない。

ただし、エリーが急に〝セクシーな女性になるための一〇一の方法〟の速成コースを受講したいといいだしたことの説明にはなるかもしれない。ブルーリックでは噂が野火のように広がる。この噂を耳にしたエリーが真実と思いこみ、ロジャーを満足させるために必要だと思うスキルを習得しようと決心したということはあるだろうか？

そう考えたら胃のあたりが妙にすかすかして、口のなかにいやな味が広がった。いや、やっぱり答えは知りたくない。

単純明快、自分にそういい聞かせてビールをあおった。後腐れなし。どうしてわざわざ事を面倒にする？　面倒といえば……タイラーはジュニアとルー・アンの様子をうかがった。ジュニアはメロディがタイミングよく空けた席に神妙な顔で座って、ルー・アンに言葉でさんざんにやっつけられているようだった。よしよし。ジュニアにはいい薬だし、いいたいことを全部吐きだしてしまえばルー・アンも気が済むだろう。

混雑した店内にめぐらせたタイラーの視線がはたと止まった。カウンターの反対側の端にエリーがいた。波打つ髪が完璧な横顔を縁取り、ジェブが白ワインのグラスを彼女の前におくと、笑顔でそれを受け取った。ジェブは酒を求める大勢の客をほったらかし、トム・クルーズにそっくりだといい張るにやにや笑いを顔に貼りつけてその場でぐずぐずしていた。

「なにか気になるものでもあった、タイラー？」

ジニーの声にわれに返ると、赤毛の女性はいま興味津々の顔でこちらを見ていた。彼女の勝手な憶測をあおるようなまねをするほどタイラーはまぬけじゃない。「いま聞かされたメロディとロジャーの話について考えていただけだ。ちょっと無理があるような気がしてね。あのふたりはハイスクールのころから切っても切れない仲だったんだぞ。ロジャーが寝室で求めているのは難易度Aの凄技(すごわざ)で、メロディは〝十三歳未満お断り(PG-13)〟のセックスしかする気がないことに十年ものあいだ気づかなかったなんて信じられない。それはどこからの情報なんだ？」

「メロディ本人からよ」ジニーは即座にいい返した。「ほら、あたしは噂を流すようなまねはしないいから」

「もちろんだとも」視線がついついエリーと……ジェブのほうに戻ってしまう。

「たとえばあたしが、ゆうべあなたとエリー・スワンがあなたのバイクで川の近くをドライブしているのを見た、しかもふたりは身体をぴったり密着させていたといいふらしたら――それは噂を広げることになるけどね」

　ポーカーフェイスを保つにはかなりの努力が要ったが……うまくいったと思いたかった。

「きみがそういうことをする人じゃなくてよかったよ」

「でしょう。だって、〝できてる〟ように見えたからって、そうと決まったわけじゃないものね」

「まったくだ」タイラーは同意し、ビールに口をつけた。

「よくは知らないけど、あなたは彼女の患者なのよね。だってほら、一週間前にぐでんぐでんに酔っ払ったジュニアがラストオーダー間際にこの店にやってきて、ルー・アンがあなたといちゃついているのを見て、あなたの大事なところを銃で吹き飛ばしたって目撃者から聞いたもの」

　タイラーはあやうくビールにむせそうになった。「おいおい、ジニー。そんな馬鹿な話を誰から聞いた？　その〝目撃者〟ってのは、どうしようもない酔っ払いだ」

　ジニーは笑った。「口ではなんとでもいえるわよ、タイラー。あの話がデマだというなら行動で示してくれないと」彼女は向きを変え、振り返りざまに挑発するような笑みを投げてよこした。「ジュニアが狙い澄ました一発であなたを種馬から去勢馬に変えていないことを証明したくなったら、いつでも声をかけて」

そんな気はない。タイラーはカウンターに寄りかかって足首を交差させ、ジニーにほほえみ返した。「おれの家宝をへこませるには、ジュニアのご立派なBB銃よりもっと大口径の銃じゃないとな」

ジニーは黙って肩をすくめると、そのまま歩き去った。タイラーはかすかにうずきだした眉間を揉みながら、彼がもうセックスのできない身体になったと本気で信じている人間が今夜の客のなかに何人いるのだろうと考えた。ええい、かまうものか。タイラーは身体を起こすと、彼の〝持ちもの〟がしっかり機能していることを知るブルーリックでただひとりの人のほうへ歩きだした。

エリーがいったなにかにジェブが声をあげて笑い、彼女の腕に手をすべらせた。ものには限度がある。タイラーは足を速めた。エリーが急に性教育に関心を持ったのはジェブ・ローリーの影響だなんて思いたくもなかった。ジェブはあのにやにや笑いの練習をすることと、父親からこのバーを引き継ぐ日を待つこと以外になにもしたことのない怠け者の能なしだ。エリーがもしバーカウンターで男を口説く技を極めたいのなら、それはそれでかまわないが、おれという立派な練習相手がすでにいるじゃないか。

彼はエリーの背後に近づき、これ見よがしに肩に手をおいた。ジェブにちらりと目をやると、バーテンダーはそのほのめかしを理解したらしく、エリーの腕から手をどかして背筋をしゃんと伸ばした。エリーがダーク・メープルシロップを思わせる目でタイラーを振り返り、タイラーはつかのまその瞳に見とれた。

「あら、タイラー」

「よう、タイラー」ジェブもいったが、その声ははるかに熱意を欠いていた。「ビールのお代わりかい？」

タイラーはエリーの横のスツールに腰をおろし、ほとんど減っていないビールを持ちあげて「まだいい」といったが、そのあいだもエリーから目を離さなかった。土曜日だというのに仕事帰りといった格好で、Tシャツにジーンズというパブの客のなかでひときわ目を惹いた。瞳と同じ色のノースリーブのブラウスから腕と肩がのぞいている。光沢のある薄茶色のスカートは、ゴージャスな彼女の脚を引き立てるミニ丈だ。アイスピンクのピンヒールを履いているということは、今日はあちこち走りまわる予定ではないらしいな。

「〈ローリーズ〉に顔を出すなんてどういう風の吹きまわしだ、先生？　酒をおごってくれる誰かと、軽いおしゃべりでもしにきたとか……？」

「いいえ、それがどういう結果になるかはこの目で見たし、今日は防弾ショーツを穿いていないから」エリーの唇が上向きにカーブしたが、その笑みは目までは届かず、笑顔に悲しげな影を落とした。

タイラーがうまい切り返しをいう前に、メロディが近づいてきた。「あらまあ、ふたりお揃いで」ブロンド女性はふざけてタイラーの肩をこづいた。タイラーもこづき返したが、エリーが間髪を入れずにこういったことで陽気な気分はしゅるしゅると消えてなくなった。

「あら、そんなんじゃないの。いまたまたま会っただけ。まったくの偶然。そうよね、タイラー？」

メロディはモナリザのほほえみが馬鹿笑いに見えるような意味深な微笑をふたりに向けた。

「不思議な偶然もあったものよね。どうぞ楽しんで。わたしは……ええと……ジニーをさがしにいかないと」

メロディがそそくさと歩き去るとエリーは眉間にしわを寄せた。「ごめんなさい、この前診察室で鉢合わせしたのが原因で、メロディったらなにか誤解しているみたいなの。ちゃんと説明したつもりだったんだけど、うまく伝わっていなかったみたいね」

「説明ってどんな？」エリーとの関係を誰にどう思われようとタイラーはかまわないが、エリーがメロディの誤解を正そうと躍起になったことはおもしろくなかった。そもそも、なにが〝誤解〟なんだ？

「わたしたちはロマンチックな関係じゃないといったのよ。わたしたちの関係は、その……」エリーはほっそりした肩の一方をあげ、それからすとんと落とした。

「純粋に学術研究目的？」タイラーはそっけなく返した。エリーがいったことはどれも厳密には正しいが、どうにも気にくわなかった。そして気にくわないという事実が、なにより彼をいらだたせた。

「まさか！　そんなことというわけないじゃないの。いずれにせよ、わたしの説明では不十分だったみたいね。だってメロディは明らかにあなたがわたしに関心を持っていると思っているもの」

それがどうしてそこまで受け入れがたいことなのかタイラーにはさっぱりわからなかったが、そのときエリーが笑いながらカウンターのむこう端をあごで示した。「ジニーをさがすんだとあんなに急いでいたわりに、ずいぶん簡単に横道へそれてしまったようよ」

タイラーがそちらに目をやると、メロディがブラッドリー消防署長と立ち話をしているのが見えた。署長がいったなにかに、くすくすとかわいらしく笑っている。ブラッドリー署長はブルーリックの新しい住人のひとりで、シンシナティで十年近く副署長を務めたあとで数カ月前にこの町に移ってきていた。

「いまのメロディは、いわば自由契約選手だからな」

エリーがうなずくと、店の淡い照明を受けて髪が栗色の光を放った。「会えば挨拶する程度の顔見知りでしかないけど、ロジャーとはずいぶんタイプが違うわよね――もっとがっしりして無口な感じ」

エリーはがっしりして無口なタイプが好きなのか？「ふん」

「魅力的な人だというのはわかるのよ。メロディによると、彼は独身で、特定の恋人はなし。しかも、シンシナティの消防署が資金集めのために制作する消防士カレンダーに毎年のるほど見事な肉体の持ち主」彼女は胸の前で指を組んでこうつづけた。「表紙を飾ったことも三回あるんですって」

くそ、あの男のことを語るエリーの熱い口調ときたら。彼女がセックスのテクニックを磨こうと努力しているのは、もしかしてブラッドリー署長のためなのか？

なじみのない感覚が安ウイスキーのようにタイラーの胃を焼いた。おれはいったいどうしてしまったんだ？　エリーの目当てはロジャーに違いないと、いまさっき確信したばかりなのに、今度はブラッドリー署長が怪しいだって？　嫉妬だな、と頭のなかで声がしたが、タイラーは即座にそれを打ち消した。おれは嫉妬などしない。激情は、どんなものであれ避けて生きてきた。むら気な父親を最前列で見て育ったのだ。同じ轍を踏むつもりはない。だったらエリーが〝魅力的だ〟といっただけで消防署長のことを素手で絞め殺しそうになっているのはなぜなんだ？　湿気のせいでいらついているだけだ、そうに決まってる。

「あら、ルー・アンとジュニアは仲なおりしたようよ」

気を紛らわせるものができたことにほっとして、エリーの視線を追ってビリヤード台のそばの引っこんだ場所に目をやった。どうやら彼女には物事を控えめにいう才能があるようだ、とタイラーは思った。さほど暗くないその一角で、ルー・アンとジュニアはいまにも仲なおりのセックスをはじめそうな勢いだった。ジュニアの両手はルー・アンのペイントジーンズの尻を撫でまわし、ルー・アンはタンクトップからＤＤカップのバストがこぼれ落ちそうなほどジュニアの胸に身体を押しつけている。

　エリーが彼の手をぽんぽんと叩いた。「残念だったわね」

「なにがだ、先生？」

「あなたが彼女に、えー、関心を持っていたのは知っているわ。絶好のチャンスを逃してしまったわけだから」

　タイラーはビールを見つめながら肩をすくめた。「ルー・アンに関心など持っちゃいない。ジュニアが怒らせたりしなければ、ルー・アンはおれになど目もくれなかったろうし、彼女が声をかけてきた動機を疑わなかったのは、おれが退屈しすぎていたせいだ。ふたりのよりが戻ってよかったよ」

「ふーん。そういうことならあなたのお尻のためにも、しばらくはあまり退屈しないことね」

「ハニー、きみがあらわれてからというもの退屈している暇などないよ」

　そのコメントにエリーは笑みを返してきたが、目に浮かんだ傷ついたような表情を消し去ることはできなかった。

「きみはどうなんだ、先生？　今夜ここにきた理由はそれなのか？　退屈だったから？」

「いいえ、ちょっと――」彼女はため息をつき、カウンターにおいた手をそわそわと動かした。「気晴らしがしたくて」

タイラーはビールをひと口飲んでから彼女の顔に目を凝らした。間違いない、エリーはなにかで心を痛めている。あのたまらなくキスしたくなる唇の両端が下を向いたままだ。

タイラーは他人のことにかまわないとよくいわれる。よけいなお節介はしないし、うわべだけのつきあいだといわれることすらある。だからエリーが座っているスツールを自分のほうに引き寄せて、しつこく詮索した理由はどうにも説明できなかった。「診療所が忙しかったのかい？」

「いいえ。今日は暇だった。指のとげ除去という大手術が一件あったけど、大成功を収めたし」

「だったらどうして手術の成功を祝っていないんだ？」

エリーは片方の肩を上下させることで、いらだちとあきらめの両方を表現してみせた。

「そのあとで父の様子を見に寄ったの。おかげで成功の喜びをすっかり吸い取られちゃった」彼女はこわばった笑みをタイラーに向けた。「よしましょう、こんな話」

そういうことか。フランクは自分のことしか頭にない無情な男で、父親の風上にもおけないくそ野郎だ。そして見下げ果てた父親に関して自分は大家だという思いがタイラーにはあった。ビッグ・ジョーとの生活は、狂犬病にかかったロットワイラーと同じ檻(おり)に入れられるようなものだった。タイラーは息をひそめるようにして暮らしてきたが、十八歳の誕生日を迎えると同時にとっとと家を飛びだした。その数年後にジョーが心臓発作で死に、これでようやくけりがついたと思ったのだが、あいにく父親を失うのは手足の一本を失うのと同じだった。タイラーはいまだに夜なかに冷や汗をかいて飛び起き、肉づきのいい拳でしたたかに殴られたときの幻痛にふらつくことがある。

しかしフランクはまだ生きて息をしていて、彼もまた自分のいらだちを子どもに向ける類(たぐい)の男だった。タイラーにはエリーの気持ちがよくわかったが、それでも口出しはするなと自分を戒めた。エリーが同情を求めていないのは明らかだし、くわしい話をする気もないようだ。そっとしておいてほしいという彼女の気持ちを尊重しよう。メロディとロジャーのセックス問題に加え、タイラー自身の〝男らしさ〟に関するありもしない最新ゴシップをたっぷり聞かされたあとだけに、よけいなことはいわないのが得策だというのはわかっていた。それだけにエリーがなにも話してくれないことに物足りなさをおぼえ、エリーは誰かに胸の裡(うち)を打ち明けたことがあるのだろうかと考えている理由がわからなかった。フランクのことより、もっと楽しい話題はごまんとあるだろうに。

湿気のせいでエリーの髪のウェーブが少し強くなり、タイラーの記憶にあるセクシーな乱れ髪に近づいた。顔にかかったひと房の巻き毛を何気なく耳にかけてやったとき、額に小さな跡がついていることに気がついた。

「これはなんだ?」

「なにって?」エリーは訝しげに彼をちらっと見たが、タイラーの指が髪の生え際にできたこぶに触れると頬にさっと血がのぼった。「なんでもない。お礼ならフランクにいって」
拳を腹に食らったように、一瞬視界がかすんだ。タイラーは半分残ったビールを慎重にカウンターにおいて立ちあがった。「そうするよ」静かな声でいった。

「なに？」彼女はタイラーの答えの意味を読み解こうとして眉間を寄せたが、そこで目を見開いて彼の腕に手をかけた。「タイラー、待って」

タイラーはかぶりを振り、彼女の手をそっとどけてからドアのほうへ向かった。

「待って」エリーは前より切羽詰まった口調でくりかえした。それからピンヒールで木の床を鳴らして、あわてて追いかけてきた。ふたたび彼女に腕をつかまれると、タイラーは大きく息を吸いこみ、身体のなかでうねる憤怒の波を静めようとした。さもないと怒りが頂点に達し、お門違いの相手にぶちまけてしまいそうだった。

エリーは彼の顔を見据えて早口でいった。「フランクはわたしに手をあげていない。これは豚小屋みたいな彼の居間を片づけたときにできたの。ビールの空き瓶のひとつが脱出を企てたときに」

タイラーは彼女の顔をしばらくうかがい、いい逃れをしている兆候をさがしたが、エリーは平然と彼の目を見返してきた。どうやら本当のことをいっているようだ――すべてではないにしろおおかたは。タイラーの身体から少しだけ緊張が抜けていった。彼はエリーの額に目を移し、小さなこぶを親指でそっとなぞった。

「きみは彼のメイドじゃない」

エリーは笑ったが、その声は少しも楽しそうではなかった。「もっと悪いわ。わたしは彼の娘だもの。辞めたくても辞められない」

「もちろん辞められる。いわせてもらえば、彼はとっくの昔にきみの父親を辞めているぞ」

「たぶんあなたのいうとおりで、わたしに意気地がないだけかもしれない。でもね、たとえわびしい家庭でも、とにかく彼は親としての義務は果たした。わたしには住む家があり、食べものにも困らなかった。だから今度はわたしがそのお返しをする番だという気がするのよ」

タイラーは彼女のこめかみに唇を寄せ、そのまま頬骨へとすべらせた。「意気地なしはフランクで、きみじゃない。それに、きみが彼に恩を感じる必要はないぞ。親の義務は三度の食事と寝床を与えることだけじゃないんだ」

「あなたにはわからない……」彼女の指がタイラーのジーンズのベルト通しをつかみ、火照った顔が首筋に押しつけられた。突然、このままエリーを腕に抱きあげ、どこかへ――どこか遠くへ――運び去ってしまいたいという、ほとんど制御不能な欲求に駆られた。

「だったら、わかるように話してくれ」

「もうやめましょう」エリーは震える息を吸いこむと、身体を引いてぎごちない笑みを――えくぼは出なかった――浮かべた。「済んでしまったことよ。時間の無駄だわ」彼女はよけいな注目を浴びていないか確かめるように店内を見まわし――誰もこちらを見ていなかった――それからなにかを吹っ切るように前より明るい笑みを顔に貼りつけた。「いったでしょう、ここには気晴らしにきたんだって」

予防措置など知ったことか。エリーがセックスのレパートリーを広げたがっている理由を探ることより、彼女の表情を晴らす方法を見つけるほうが先だ。タイラーはエリーに身を寄せ、耳たぶで揺れている金色の小さな三枚の葉を指でいじった。「気晴らしをしたければ、絶対確実な方法を知っているが」

エリーの目が、さっと彼の目にあがった。「一回目の授業を受けさせてもらえるの？」

しまった、スケジュールの遅れを取り戻したいという彼女の意気込みを甘く見ていた。

「お望みとあれば」さしあたり、よしとするか。

「わたしの家で？」

「いや、おれの家にしよう。場所が変われば気分も変わるからね」ためらうエリーをタイラーはそう説きつけた。実際はエリーを自分のベッドに連れていきたかっただけで、その理由はあまり深く考えたくなかった。「いこう」彼はエリーの手を取って店から連れだした。

「でも、わたしの車……」

「朝はおれが送るから」

エリーは縮みあがった。「だめよ。自分の車であなたについていく。町の人たちは医者の車が一晩じゅう酒場の前に停まっているのを見たくないはずよ。ブルーリックの情報網は、土曜の夜の閉店後に誰の車が〈ローリーズ〉の駐車場に残っていたかということも見逃さないから」

くそ。エリーのいうとおりだ。そのとたん、あのぴったりしたミニスカートの下にどんな下着をつけているのかドライブのあいだに確かめるという、胸躍る楽しみも消えてなくなった。「わかった。家までついてきてくれ」

9

エリーはタイラーの黒いピックアップトラックに目を据えたまま、第三章を細部に至るまで必死に思いだしていた。学んだことを実践に移す機会がようやく訪れたのだもの、すべてを完璧にこなしたい。わくわくする気持ちと不安が胃のなかでタンゴを踊っていたが、それはロジャーの心を射止めるという長年の夢への第一歩だからというだけではなかった。タイラーとも関係があった。エリーは彼に惹かれていた――肉体的にはもちろんだけど、べつの意味でも。タイラーはわたしを笑わせてくれる。彼はわたしの意欲を掻き立てる。そして彼の期待に応えられないと悔しくなる。それってつまり？　タイラーにどう思われるか気になるということだ。

それに気づいてエリーは驚いたが、そもそもタイラーについては驚きの連続だった。これまでの人生で、エリーに対して保護本能を発揮してくれた人はひとりもいなかった。〈ローリーズ〉でタイラーが、乙女を傷つけたドラゴンを退治しにいく黒い騎士のように大またで戸口に向かうのを見たときは本当にぎょっとしたが――心の奥底でなにかが動いた。それがなんであれ、もう元の場所に押しこめることはできないのではないか、とかすかな不安をおぼえた。

できるわよ、と理性の声が力説した。これまでずっと自分の面倒は自分でみてきた。自分で立てた目標に向かって邁進し、ドラゴンだって自分で退治してきたわ。どうやって？　計画を立て、それを忠実に守ることで。そこでいきなり第三章に意識が戻った。エリーは暗記したことをあらためて一から思いだし、小テストまで自分に課した。

ところがタイラーのトラックのあとについてオークの並木が天蓋をつくる細い私道を進み、彼の自宅の前に車を停めたところで、頭のなかにあった授業計画はどこかへいってしまった。エンジンを切ったことも、ドアを開けて車を降りたことも記憶になかった。エリーの目の前には、見事に復元されたビクトリア朝様式の屋敷があった。木材と煉瓦を使い、優雅な勾配が特徴的なその建物に彼女は心を奪われた。ぐるりと配された広いポーチの特注品の欄干から、正面の高い切妻屋根に丹精こめて葺かれた、こけら板の一枚一枚に至るまで。

タイラーがそばにきたのが気配でわかった。というのも、エリーは屋敷から目をそらせずにいたからだ。「信じられない。まるでおとぎ話から抜けだしてきたみたい――」

タイラーが唇を重ねてきた。彼はめまいがするようなキスをしながら、巧みにエリーを導いて玄関ステップをあがらせた。彼女の唇の上で口をせわしなく動かしつつ、ドアの古い錠をはずし、エリーを玄関ホールに押しこんだ。

空気を求めて唇を離したエリーは、屋敷のなかをもっとよく見たいという誘惑に負けて首をめぐらせた。薄明かりのなかで見えたのは、クリーム色の漆喰壁とダークウッドの装飾だけだったけれども。「あなたの家、すごいわ」

タイラーは彼女の耳に鼻をこすりつけた。「きみのその目を見られただけでも、血と汗と涙にまみれてこの家を修復した甲斐があったってものだ」

「大きくて古いお屋敷が大好きなの。こうした家を持つのって、歴史の一部になるような感じなんでしょうね。見てまわってもかまわない？」そのとき玄関扉に背中を押しつけられ、エリーは声がつまったようになった。磨きあげられたオーク材の床にハンドバッグが落ちて小さな音をたてる。

「いい子にしていたら、あとで案内してあげるよ」タイラーの両手がエリーの腹部をさっと撫であげ、ブラのアンダーワイヤーのところで止まった。指でブラのカップを少しずらされただけで、この暑さにもかかわらずエリーは身震いした。

「いい子にしていたら？」エリーはなんとか声を絞りだした。タイラーの両手が身体（からだ）じゅうを這いまわり、触れられた場所がかっと熱くなる。「ロングフット、いくら教師と生徒の関係だからってうぬぼれないで」

「とっくにうぬぼれているが、きみに不満はないはずだよ」両手がスカートの下にもぐり、ショーツのうしろ側にすべりこんだ。そのままぐっと抱きあげられると、唯一の不満は彼にもっと近づきたいということだけだとすぐにわかった。動物的本能に突き動かされ、エリーは大きくたくましいタイラーの身体にしがみついた。彼の首に両腕をまわし、腰に脚を巻きつけ、ミニスカートがお尻のところまでずりあがっているのも気にせずに身体をぐいぐい押しつける。

すぐにブラウスのボタンがはずされ、ブラが押しのけられた。タイラーが乳房を手で包みこんで満足そうにうなると、エリーは固唾（かたず）をのんだ。自分の胸が満足のいく大きさでないのは知っていたから、いつもならこのプロセスは飛ばしてほしいと思うのだが、タイラーはパン生地のように胸をこねくりまわしはしなかった。それどころか、控えめなふくらみをやさしく撫で、感じやすい先端がぴんと立つまで丹念に愛撫した。ざらざらした手のひらでこすられる感触にエリーの太腿がきゅっと締まる。硬く尖ったつぼみを長い指で軽くつままれると、身体の中心までが痺れたようになった。

ああ、いますぐなにかしないと、タイラーにまたスケジュールをめちゃくちゃにされてしまう。エリーはやぶれかぶれでもがいてタイラーの腕のなかから抜けだすと、彼の胸の真ん中に手のひらを打ちつけた。「ちょっと待って、タイラー。やるのは第三章のはずでしょう、忘れたの？」

「わかった」タイラーはエリーと目を合わせたまま彼女の前にひざまずいた。

「なにを――」

「しっかりつかまって」片手をエリーのお尻の下にまわして支え、反対の手で彼女の片脚を持ちあげて、太腿を担ぐように肩にのせた。エリーはバランスを崩し、タイラーの岩のように硬いもう一方の肩をあわてててつかんだ。

「これは第三章じゃないわ」タイラーの唇が太腿をかすめるとエリーは抗議した。

「いや、三章だ」彼は反対側の太腿に軽く歯を立てて吸いあげた。

それから、太腿のあいだにキスした。エリーの首から力が抜け、頭がドアにぶつかって、ごつんと鈍い音がした。

彼の舌がショーツの際をなぞり、生地の下にもぐりこむ。エリーは肩をつかんでいた手でタイラーの頭のてっぺんを押さえたが、やめさせようとしているのか励ましているのか自分でもわからなかった。タイラーは励ましと解釈したらしく、信じられないほど巧みな舌がまた動きだした。

「タイラー……」このすすり泣くような声は本当にわたしなの？「これじゃ……あべこべよ」

タイラーが笑ったのが、半分閉じたまぶたの隙間(すきま)から見えた。お尻をつかんでいる彼の手に力がこもる。「あべこべなもんか。期待してくれ、スパーキー、忘れられない授業になるぞ」

最後のつめに入ったとき、生意気な生徒が「待って」とつぶやくのが聞こえたが、タイラーはそれを無視した。もう待てない。彼は攻めた――速く、激しく。無我夢中で。エリーが彼の髪をつかんで強くねじり、彼女が達するころにははげができるだろうと思ったが、そんなことはどうでもよかった。彼の口に腰をぐいぐい押しつけてくるところからして、エリーも同じ気持ちのようだった。さあ、いよいよだぞ。タイラーは身体を前に倒し、エリーのヒップを自分とドアのあいだに挟んで動けなくさせてから、彼女に考える時間を与えないよう自分の限界の速さで舌を動かしつづけた。

するとスパーキーにとっては、考えられないこととしゃべれないことは同じではないことがすぐにわかった。

「ああ……うそ。すごく気持ちがいい。でも、きっとだめ――」

「だめなものか、せいぜいあと三十秒だ」その主張を証明しようと、タイラーは標的に危険なほど近い場所を舌ではじいた。

エリーの身体がびくんと跳ね、切なげなうめき声が小さくもれたが、それでもまだ彼に楯突いてきた。「わたし、一度もいったことがないのよ。第三章の逆パターンをされているときでも。悪く思わないで……」

それは明らかな間違いだということはさておき、まずは彼女を黙らせようと、タイラーは彼女の尻をつかみなおし、濡れて輝く小さな突起を口に含んで吸いあげると、エリーは全身をわななかせた。

「あああ！　す……ご……い。なんだかいきそう――」

そうだ、いくんだ。ところがエリーを高みに放つ前に、彼女の足元のどこかからベートーヴェンの交響曲第五番が流れてきた。なんだ……？　しぶしぶ視線を下に向けると、タイラーの予想は的中した。交響曲はエリーのハンドバッグのなかから聞こえていた。彼は問いかけるように彼女を見あげた。

すばらしい眺めだった。エリーは目を閉じ、唇を開いて、上気した顔はうっすらと汗ばんで、信じられないほど美しかった。

第五番がふたたび鳴りだした。エリーは震える息を長々と吐くと、セックスではいくことができない呪いにかかっているんだわ、というようなことをぶつぶつつぶやいた。それからあの大きな目を開け、放心したようなまなざしをタイラーに向けて、失望で顔を曇らせた。

「たぶん仕事の電話だと思う」

「そういわれるんじゃないかと思ったよ」胸のあたりにずしりとくる重苦しさをおぼえたのは、大いにいきりたっている股間にふだんの二倍のスピードで血液を送りだしている心臓のせいだと精いっぱい強がりながら、タイラーはバッグを床から拾いあげて彼女に渡すと、ゆっくり立ちあがった。

「だめよ、立たないで！　ひょっとしたら——処方箋についての簡単な質問かもしれないし」

「おれはどこにもいかないよ、先生」

　エリーは感謝のまなざしを彼に投げると、バッグのなかをかきまわして電話をさがしながらスカートを引きおろそうとした。医療問題に関してタイラーに手伝えることはたいしてないが、スカートを脱ぎ着する女性に手を貸すことは？　そちらはお手のものだ。彼がその仕事を引き受けると――それもゆっくり時間をかけて――エリーは電話に集中した。彼女が通話を終えるころには、タイラーはスカートのしわを伸ばすことを口実にして、単に自分が楽しむためだけに手にしっくりなじむヒップを思う存分撫でまわしていた。

「ごめんなさい、タイラー」エリーは電話をバッグに放りこむと、タイラーの目を避けながらブラをつけなおす作業に取りかかった。「いかなきゃならなくなっちゃった。患者さんのところの女の赤ちゃんが四十度近い高熱を出して。診療所に連れてきてもらうことにした」

「謝ることなんかない」そういいつつも、彼女のかわいらしい胸がかわいらしいブラのなかにたくしこまれるのを眺めながら心底がっかりしていた。「たまにはあるさ――おれよりもずっときみを必要としている誰かがあらわれることもね」

　いまも硬く張りつめている、ジーンズの下のちょっとした緊急事態について軽口を叩いたつもりだったが、〝きみを必要としている〟のくだりは妙に真剣に響いた。タイラーはたじろいだ。どうやらエリーもそうだったようで、ブラウスのボタンを留めるのに手間取っていた。

「ありがとう」ボタンを留める作業に、やけに集中しながらいった。「やさしいのね。こんな見るからに気まずい状況で、そんな感じのいいことをいってくれるなんて。あいにく学習目標のほうはちっとも進展していないけど。さっさとスキルを習得しないと手遅れになってしまうわ」

やさしい(スイート)？　エリーはいま本当におれのことを〝やさしい〟といったのか？　おいおい、おれはハーレーを乗りまわしているんだぞ。バーで撃たれるような男なんだぞ。そりゃ、年じゅう撃たれているわけじゃないが、少なくとも尻に銃弾を食らった男のことをやさしいと呼ぶ人間はどこにもいない。この調子だと、次は〝いい人〟といわれるかもしれない。そんなことになったら、脚のあいだにぶら下がっているものにピンクのリボンを結んでエリーに差しださなければならない。それに、〝手遅れ〟ってなんのことだ？

タイラーはドアに両手をついて腕のなかにエリーを閉じこめ、顔をぐっと近づけた。「なにに対して手遅れなんだ？　このドアから出ていく前に教えてくれ、エリー。地球が爆発するとか？」ロジャーに、そしてブラッドリー署長に抱きついているエリーの姿が否応なしに目に浮かんで、みぞおちのあたりがかっと熱くなった。「それともきみがアタックする前に、誰かが〝フリー〟から〝売却済み〟になってしまうとか？」

ぎょっとしたように見開かれた目がタイラーの顔にさっとあがり、すぐに横にそれた。ビンゴだ、と思ったが、このときばかりは当たらないでほしかった。

「わたしは……」エリーは唾を飲みこんでから、いいなおした。「わたしはスケジュールどおりに授業を進めたいだけ。どんな自己改革も、重要なのは勢いを持続することなの。あなたを責めているわけじゃないのよ、タイラー」視線を彼に戻しておずおずとほほえんだ。「今夜、邪魔が入ったのはあなたのせいじゃないし。ただ、いまごろはもう最初の授業ぐらいは終えているつもりでいたものだから」

「勢い、ね」タイラーは彼女の背後に手を伸ばしてドアを開けた。エリーは勢いがほしいのか？　だったら思いきり勢いをつけて一気にセックスまで持ちこんで、スケジュールなんか忘れさせてやる。「そういうことなら、火曜の夜はなにをしている？」

エリーは目をぱちくりさせた。「とくに予定はないけど」

「レキシントンまで買いものに出かける気はあるか？」

「第六章のため？」

「そうだ」

彼女がごくりと喉を鳴らすのを聞いて、タイラーはもう少しで噴きだしそうになった。かわいい(スイート)のはどっちだ？

「いいわ」声は威勢がよかったが、丸くなった目と赤く染まった頬にはそぐわなかった。ほら、勢いを回復するのなんて簡単だ。

それでも私道を遠ざかっていくエリーの車のテールライトを見送りながら、タイラーは、生徒にまんまとしてやられただけではないかと思わずにいられなかった。

火曜の午後、院長室のドアが開く音にエリーはカルテから顔をあげた。メロディが部屋に入ってきた。ふだんはしなやかに波打つブロンドはもみくちゃで、ファンデーションとリップもすっかり落ちてしまっている。朝にはぱりっとしていた白いブラウスと、ひらひらした黄色いスカートはどちらもしわが寄り、正体不明のしみまでついていた。それでも、たとえしどけない姿だろうとメロディには色気があると認めざるをえなかった。それにひきかえわたしは、服を着たままサウナに入ったみたいに見えるはずだ。

メロディはドアを閉め、額に入れて壁にかけてある医師免許の位置をなおしてから、エリーのデスクのむかいにある深緑色の革張りの来客用椅子にどさっと倒れこんだ。

「ふーっ！　なんて日なの。一時間前のここは、間違いなくグランドセントラル駅より混雑していたわよ」

エリーは整頓（せいとん）され、磨きあげられたクルミ材の大きなデスクに両肘をついた。「就学前児童のあいだで手足口病が大発生したときの診察室ほど込みあう場所はほかにないから。あれだけの患者さんを捌（さば）くあなたの手際はお見事だったわ」

ブロンド女性は肩をすくめてその賛辞を退けたが、そのあとでにっこりした。「おチビちゃんたちはものすごくかわいかったし、みんなたいしたことがなくてよかったわ。でも今日はパニックを起こしたお母さんたちが電話をかけてよこす前から、すでに予約でいっぱいだったの。そこにさらに六人もの患者さんをどうにか押しこんで、カルテをこしらえて、保険や自己負担額についての情報を集めて――しばらくはこんな忙しい思いはしたくないわね」

「わたしもよ。で、患者さんはみんな帰られたの？」

「ええ。今日の診療はこれでおしまい。あなたはどうかしらないけど、わたしはバスタブとふたりっきりでお熱い時間を過ごすつもりよ」

「まあ、大胆ね」エリーはからかった。

「さあどうだか」メロディは椅子から腰をあげるとウインクした。「うちのウサちゃんが泳げるかどうか見てみないとね」

「あなた、ウサギを飼っているの？」

「やだ、エリー、違うわよ。あっちの……〝バニー〟のことよ」

エリーが首を傾げると、メロディの目が丸くなった。「うそでしょう！　あなたときたら、独身女性の最高の友だちのことを知らないなんて。お願いだからググってみて。クレジットカードを手元においてね。絶対に後悔させないから」

「ええと、わかった。ありがとう。お疲れさま」

「あなたもお疲れさま。もっとも、翌日便で決済しないと、あなたが疲れを癒せるまでに五日から七日の営業日を挟むことになっちゃうけど」

エリーは好奇心に負けた。玄関ドアが閉まる音がするとすぐにパソコンに向きなおり、検索エンジンのエクスプローラーを起(た)ちあげて〝バニー〟と打ちこんだ。すると何分もしないうちに、ソフト素材を使用したバイブレーターの知られざる世界(アンエクスプローラー)に迷いこんでいた。興味津々でさまざまなタイプをクリックしては、商品説明と仕様と購入者レビューに目を通した。あらゆるサイズと色と、それに……うそでしょう……性能に富んだそのアダルトグッズに好奇心をそそられたことは認めざるをえないし、正直いって興奮したけれど、タイラーの唇と手と、ほかにもいくつか重要な身体のパーツの助けを借りずに自分でオーガズムを得るという考えは、どこか虚しく感じられた——原著は読まずに要約本にざっと目を通してまとめたレポートで「A」をもらったみたいに。

もっとも、レビューの満足度を信じるなら、購入者たちの意見はエリーとは違うようだけれども。とりわけ熱いレビューにエリーは椅子の上で前のめりになり、手で顔を扇いだ。

「きみにそんな顔をさせるなんて、相当すごいサイトらしいな、先生」

エリーはあやうく椅子から転げ落ちそうになった。

ぱっと身体を起こすと、院長室の戸口にタイラーが立っていた。すらりと背が高く、日に灼けたその姿は、悔しいくらいにすてきだった。彼女はペンをつかみ、デスクの上に山と積み重ねたカルテの一枚を引っぱりだした。「ああ、びっくりした。脅かさないで」

「すまない。脅かすつもりはなかったんだが。どうやらきみはサイトに夢中で……」タイラーはエリーが止める前にデスクのこちら側にまわりこんでパソコンの画面をのぞいた。

「ああ、なるほど。今夜の課外授業に備えて個人的な買いものリストをつくっていたわけか」

「違うわ。ちょっと調べものをしていただけ」必死に体裁を取り繕おうとしたけれど、顔が上気した。恥ずかしがるなんてどうかしてる。男性を虜にするための技術を少なくとも五つマスターするというわたしの計画をタイラーはとっくに知っているのよ。それでもふたりのカリキュラムにないもの、それもパートナーを喜ばせることに重点をおいていないものに夢中になっているところを彼に見つかるのは、なぜだか落ち着かなかった。

「へええ」タイラーはデスクにゆったりもたれてエリーと向かいあうと、乳首が非常事態になっている彼女の胸をじろじろと見た。「きみはその調べものを楽しんでいたようにおれには見えるが」

エリーは胸の前で腕組みして、こうごまかした。「ほら、この部屋、少しクーラーが利きすぎているから」部屋は暑かった——太陽の表面と同じくらいに。

タイラーは声をあげて笑い、エリーの手を引っぱって立たせた。「そういうことなら部屋の温度を少しあげたほうがいいかもな」そういうと頭を下げ、焦らすようにゆっくりと唇で彼女の唇をかすめた。エリーのまぶたが震えながら下がり、間違いなく温度はあがった。たくましい胸板に押しつけられた乳房がとろけていく。花崗岩に彫りこまれたような腹筋がお腹に当たるとぞくぞくした。タイラーの手が背中をすべりおりてふたりの下半身をぴたりと密着させると、エリーの喉の奥からうめき声がもれた。

タイラーがうなり、小声でなにかいってから身体を引いた。エリーは彼の首に片手を巻きつけ、つま先立ちになって、さらなる探求を試みたが、なんの成果もあげられなかった。

「どうしたの？」彼女はまぶたをこじ開けてタイラーを見た。

タイラーは両手を彼女の肩におき、おでことおでこをくっつけると、ゆっくりと物憂(ものう)げな笑みを浮かべた。「いや、これ以上熱くなってしまうと、買いものに出かけられなくなると思ってね」

エリーはまばたきした。買いもの。やだ、すっかり忘れてた。「そうよね」背筋をぴんと伸ばし、おぼつかない手で黒のタイトスカートを撫でつけた。「じゃ、出かけましょうか」

タイラーは脇によけ、彼女を先にいかせた。「そうくると思ったよ」

「運転はわたしがする」少しは主導権を握ろうとしてそういった。タイラーにあのキラースマイルを向けられたとたん、またしても頭にかすみがかかったみたいになってしまった。

いい加減にしなさい。これはわたしがなにを好きだとか、どんなことをされると目がくらむような快感に真っ逆さまに落ちていってしまうかとか、そういうことではないのよ。それなのにエリーが練りに練った授業計画を遂行しようとするたび、タイラーのせいでまんまとそうなってしまうのだ。するとエリーは官能の渦(うず)に飲みこまれ、女性ホルモンを掻き立てられることになる。だけどそれ以上に厄介なのは、感情まで掻き立てられてしまうことだった。

わざとやっているのではないにせよ、タイラーが仕掛けてくる誘惑のせいでエリーは集中できずにいた。わたしの目標はタイラー・ロングフットに夢中になることじゃないのに。

あたりまえでしょう。ブルーリックきってのプレイボーイに恋するなんて馬鹿にもほどがあるわ。ロジャーの心を射止めるための技術を極めるのにタイラーの助けが必要なだけよ。

とにかく、計画を忠実に実行することだけ考えなさい。

自分にいらいらしながらちらりと振り返ると、タイラーは妙な顔つきでこちらを見ていた。

エリーは作り笑いを浮かべた。「ごめんなさい。なにかいった？」

タイラーは笑みを返してきた。「〝どうぞお好きなように、先生〟といったんだ」

10

タイラーは会話についていくのに苦労していたが、これまでの人生が目の前を駆けめぐっていては、それも無理はなかった。エリーの運転するミニは六八号線をレキシントンに向けて走っていて、車線変更をくりかえすたびにタイラーはむち打ち症になりかけていた。エリーの自宅と職場が同じ町にあって幸運だった。彼女を公道に放ったら、いつ事故が起きてもおかしくない。

「見て」ため息交じりに彼女がいった。「ブラウニング農場よ。昔からあの場所が大好きだったの」

「いまあそこを買おうとしているんだ」エリーのミニが二台のSUVのあいだを縫うように走り抜けると、タイラーの口からあたかも臨終の告白のようにその言葉が飛びだした。

「本当に？　修復して住むとか？」

タイラーは目をつぶってうなずいた。「修復して売るんだ」

「完成品を見るのが待ちきれないわ。いつ取りかかるの？」

「修復のための融資を受けられたらすぐに。あいにく〈ブルーリック貯蓄貸付組合〉に待ったをかけられていてね」

「どうして？　組合はあなたの作品を見たことがないの？　あの農場をよみがえらせることのできる人間は地球上であなただけなのに」

エリーが彼の才能を見こんでくれていると知って、タイラーは赤面する思いだった。彼女の運転にびくびくしていただけになおのこと。彼はなんとか目を開けてエリーのほうを見た。

「組合がおれのリスク特性に難色を示している、とだけいっておくよ」そのリスクは、エリーの車の助手席に座っているいま、急激に高まっているが。「バーで撃たれるような男のために二百万ドル以上の金を投げだすことに、融資委員会はあまり乗り気じゃないんだ」

「そんなのおかしい。あなたは被害者じゃないの」

「とにかく、あの一件のせいで、歴史的建造物を修復してきたおれの実績はふいになってしまった。だからおれは信頼できるたしかな融資先だということを彼らに証明する必要があるんだ」

「信じられない。あなたはこの町で生まれ育った。この町で起業して成功した。それが〝たしか〟じゃないならなんなの？　あなたが成し遂げてきたものは、どれも勤勉と責任感の賜でしょうに。それがわからないなら、その人たちは頭がおかしいのよ。ほかの銀行に話を持っていくことはできないの？」

その憤慨ぶりが、タイラーのなかで募りに募っていた不満といらだちをやわらげてくれた。

「融資を受けられる見込みがもっとも高いのが地元銀行なんだ」もしもそこまで生きていら

れれば。エリーがスピードをあげると、タイラーは心のなかでそうつけたした。

エリーがなにか言葉を返したが、その落ち着き払った声は、車が前方の大型トレーラーに猛スピードで迫ると、タイラーの耳の奥で鳴っているごうごうという音にかき消された。エリーは追い越しをかけようと黄色の破線を大きくはみだし、そこへ反対方向からべつの大型トラックが突進してくると、タイラーは窓の上についている取っ手をつかみ、ありもしないブレーキを思い切り踏みこんだ。ふたりが路上の死体と化す寸前、エリーはトレーラーを追い越してミニを元の車線に戻した。タイラーは若い女性のように悲鳴をあげそうになるのを唇を噛んでこらえた。

恐怖に凍りついた肺が解けて空気を吸いこめるようになるまでに一分ほどかかった。ふたたび息ができるようになったとき、「そう思わない？」と尋ねるエリーの声がした。

「えっ？」タイラーは必死にしがみついていた取っ手から指をはがした。「ああ、帰りはおれが運転するのがいいと思う」

エリーは横目で彼を見て眉根を寄せた。「そんなことは訊いていないわ。タイラー、大丈夫？　顔色が少し悪いけど」

「臨死体験をすると、いつも顔色が悪くなってね」怪訝な顔をしているエリーを見て、彼はダッシュボードを指で軽く叩いた。「おれのバイクに乗るのを怖がっていたのが信じられないよ。きみの運転を見ていると、この車なら蚊の大群より大きなものと衝突しても、走る棺桶にはならないと思っているみたいだ」

エリーは笑った。「いっておくけど、わたしは運転がものすごく得意なの。事故にあったことは一度もないし」

「事故を起こしたことは何度ある？」

エリーはまた笑い声をたて、タイラーの腕をぴしゃりと叩いた。「ゼロよ」

「ハンドルから手を離すな、飛ばし屋くん。この出口で降りるぞ」

エリーは出口車線に車を入れた。「あなたは助手席が苦手なだけ。つねに運転席に座っていたいタイプなのよ」

タイラーはとっさに首を横に振っていた。「そんなことはない。おれはおおらかな人間だ。誰でもいいから訊いてみろ」

「ええ、あなたは他人にそう思われたいの。でも本当のあなたはおおらかどころか、すべてをコントロールしたいと思ってる。たとえば、この前助手席に座ったのはいつ？」

「助手席にはしょっちゅう座ってる」

「ひとつ例を挙げてみて」

「さあ、どうかな……」そんなのすぐに思いだせるもんか。「記録しておくようなことじゃないからな」

「一度もしていないことを記録するのはむずかしいわよね」

「そんな馬鹿な——おい、赤信号だぞ！」

「ちゃんと見えているわ」エリーはそっけなくいうと、ブレーキを踏んでやすやすと車を停めた。そして〝ほらね〟といいたげな目をタイラーに向けた。「あなたがぴりぴりしているのは、この状況を仕切っているのが自分じゃないからなのよ」

タイラーはヘッドレストに頭をもたせかけて目を閉じ、黙って運命を受け入れた。「オーケイ、わかった。きみはすばらしいドライバーだ。問題はすべておれにある」

「問題は運転のことだけじゃない。あなたは他人に主導権を譲るのが苦手なの。そういうことなのよ。自分でそれに気づいていないなんて信じられない」

弁解したい気持ちがこみあげてきたが、ぐっとこらえた。エリーが次になにをいうか聞きたかったからだ。「たとえば？」

彼女はためらい、ちらりと彼に目をやると、大きく息を吸ってから道路に視線を戻した。

「たとえば、わたしたちの授業のとき——というより、授業をしようとしているとき——も、主導権を握るのはいつもあなただわ」

「おれは教師だからな」

「ええ、そうね。だけど今回のことをいいだしたのはわたしなのに、あなたはずっとわたしの計画に従うのを拒んでいる。とぼけた顔をしたってだめよ、タイラー。なんのことかちゃんとわかってるくせに」

その点は反論できないが、エリーの計画はあまりに一本槍(やり)で、一方的で、タイラーの好みには合わないのだ。「きみは楽しんでいるように見えたが」

「ええと……それもまた問題なのよ」とエリーは認め、ゴージャスな唇を歪めて渋面をつくりながら、〈スラップ&ティックル〉(ぶってくすぐって)用駐車場と控えめに記されたスペースに車を入れた。

「あなたが計画どおりにしてくれないと、わたしの集中力が途切れてしまうのよ。自分のしていることを忘れて、あなたがわたしにしてくれていることしか考えられなくなるの」

「それのどこが問題なんだ？」さりげない口調で尋ねたが、胸のなかでは心臓が大きな音をたてていた。エリーにとってこれは客観的かつ学術的な探求ではないのだ。彼女はそうしたかったのに、できなかったのだ。ああ、よかった。頭の奥のほうからそういう声が聞こえた。

「大問題よ。授業にも、自分の技能にも注意がいかないんだから」彼女はかぶりを振りながら言葉を継いだ。「こんなことじゃ――」視線をすっとそらした。「ええと、目標を達成できなくなってしまうわ」

タイラーはそれでまったくかまわなかった。認めたくはなかったが、〝ほかの男〟の件がひどく癪(しゃく)に障りはじめていたのだ。

自分自身とエリーに腹が立ち、その考えを脇へ押しやった。「少しは下着のゴムをゆるめてリラックスしたらどうだ、スパーキー。これまでのところきみはすべてに好成績を収めているんだから」

その嫌味にエリーが少したじろぐと、タイラーはたちまちろくでなしになった気がした。

「そうでしょうとも」エリーは小声でいった。明らかに彼の言葉を信じていない。

「どうしてそうじゃないと思うんだ？　おれの脚のあいだにある合格へのバロメーターは、かなり信頼できるものだぞ」

「あなたの脚のあいだに起きることは、ほぼ確実に生物学的反応よ。体験の質や、わたしの……えー、努力とはなんの関係もないわ」

「紙に書いた評価がほしいってことか？」

エリーがムッとしながらも大いに興味をそそられているという顔をしてみせたものだから、タイラーはついいらだちを忘れた。

「フィードバックはどんなときも歓迎するけど、とにかく計画を元に戻したい。だから次の授業ではリードはわたしに任せて、あなたは必要なときにアドバイスするだけにしてもらえない？」

「努力してみるよ、先生」

「ありがとう」エリーはしかつめらしくいった。セックスに関するルールについて話しあっているとは思えないほどに。

「それで、カリキュラム外のこと、たとえばいきそうなときにきみがもらすセクシーな声なんかにも点数をつけたほうがいいのか？　それとも、そろそろ買いものに取りかかるか？」

エリーは顔を真っ赤にして車のドアを開けた。「買いものに取りかかるわ」

「ああ、それとエリー？」

「なに？」

「ベッドのなかではリードしてくれてかまわないが、帰りはおれが運転する」


〈スラップ&ティックル〉の〝わたしを縛って〟コーナーの前で、陳列してあるぎょっとするような拘束具(こうそくぐ)の数々を見つめながら、エリーは、またしてもタイラーにしてやられた――計画をひっくり返された――ことに気がついた。買いもののリストに従って、ぱぱっと買って帰ってくるものと思っていたのに、またしてもこのざまよ。

今度はどんな離れ業(わざ)を使ったの？ 手枷(てかせ)という一見シンプルに思えるアイテムにさえ千個もの選択肢があるような場所にわたしを連れてくるなんて。素材、色、形状、飾り、驚くほどバリエーションに富んでいる。レザーかサテン、それともスタンダードに手錠？ 錠と鍵がついているタイプ、バックル留め、それともマジックテープ式？ 刺激を受けすぎた想像力が、選択をさらにむずかしくしていた。エリーのベッドに横たわり、頭の上で両手を縛られて、完全に彼女のなすがままになっているタイラーの姿が絶えず頭に浮かんでしまうのだ。どうやらわたしは、いわゆる〝運転席タイプ〟みたい。そう考えただけで期待に身体が震えた。

それなのに、手枷のタイプだけがはっきり思い描けなかった。マジックテープ式は医療用の抑制帯を思い起こさせ、するとERのローテーション中に運びこまれてきた、薬を飲むのをやめてしまった統合失調症患者のことが頭に浮かんだ。一瞬にして気持ちが萎(な)えた。革ベルトのは装着するのがむずかしそうだし。

「どれにする？」タイラーが訊いてきた。

「わからないわ。マニュアルに指定はなかったし、こんなに種類があるなんて思わなかったから。あなたはどれが好き？」

「おれは伝統を重んじるタイプだから……」タイラーは警察で使われているようなスタンダードな手錠を棚からさっと取った。「これなら市民逮捕の必要に迫られたときにも使えるしね」

エリーはうなずき、彼女のベッドに手錠でつながれている全裸のタイラーという最新の妄想(もうそう)が頭に浮かぶと、ごくりと唾を飲みこんだ。ベッドフレームの塗装が剝げようとかまうもんですか。むしろ、もう少しひっかき傷がついたほうが趣(おもむき)があっていいわ。店の入口においてあった真っ赤なトートバッグにタイラーが手錠を放りこむと、エリーはそう腹をくった。

ふたりは〝愛は盲目〟コーナーへ移動し、アイマスクの種類にエリーはまたも圧倒された。頭からすっぽりかぶるフードタイプ、顔の上半分だけを隠すもの、昔ながらの目隠しやアイマスク。色、素材、手触りも千差万別だ。タイラーにちらりと目をやると、彼もこちらを見ていた。

「お好みは、先生？」

「うーん、小ぶりで」それでフードタイプが消え、「つけるのが簡単で」留め金や紐やジッパーがついたややこしいものがそのあとにつづき、「呼吸がしやすいもの？」レザーにゴム、ラテックスに……へえー、フェイクレザーもさようなら。エリーはタイラーの顔のすべてを気に入っていたから、できるだけ隠さないですむものを選びたかった。あのすばらしく巧みな口はとりわけ。

「だとすると、また定番のこれだな」彼は黒いシルクのスカーフを棚から選んでトートバッグに入れた。「こっちも見てみよう」エリーの手を取り、〝準備万端〟という謎めいた表示が出ている棚のところへ引っぱっていったが、そこに並んだ商品を見るとエリーは笑いながらあとずさった。

「やだもう。それはリストに入っていないわ」

タイラーは平気な顔で黒いパッケージを取りあげた。上蓋の部分にショッキングピンクの文字で斜めに〝バニー〟と書いてあり、透明窓から同じピンク色のバイブレーターがのぞいていた。パールを埋めこんだシャフトの根元から、ウサギの形をした〝クリトリス用バイブ〟が突きだしている。

「見聞を広げたいといったのはきみだぞ。だったら、ひとつ持っておくべきだとは思わないか？　この――」タイラーはパッケージの裏側の説明を読みあげた。「〝洗練された現代女性のためのおしゃれグッズ〟を」

首を振りながらさらに一歩うしろに下がったとき、エリーは、特定の分野ごとに分かれた小部屋のひとつに入りかけていることにぼんやり気がついた。「買うつもりはありません。買いもののリストは本が薦めていた品物を元に作成したんであって、バイブレーターなんてどこにも書いてな……きゃっ！」うっかり誰かにぶつかってしまった。エリーは彼女の退却の巻き添えを食らった犠牲者に謝ろうと振り返ったが、そこで口にしかけた言葉を忘れた。

「えっ、うそ……ロジャー！」

「あっ……や、やあ、エリー」呆然としたブルーの瞳は、タイラーがエリーの横に並ぶとそちらに移った。「タイラーも」

人の顔がこれほど急激に赤くなるのをエリーは初めて見た。ロジャーはいまにも吐きそうに、あるいは気を失いそうに見えた。もしくは、吐きながら気を失いそうに。明らかに言葉を失って立ちつくしている彼のうしろからスポーツマンタイプのハンサムな男性があらわれ、エリーに手を差しだした。「やあ、ダグだ」

エリーは身をのりだしてその手を握った。「ロジャーのロースクール時代のお友だち？」

ダグの笑みが大きくなった。きれいなグレーの瞳がおもしろそうにきらめく。「その三年間はトルコの監獄に入っていたといいたいところだけど、そうなんだ、ここにいるマナーの達人はジョージタウン時代の同級生だ」そういいながら彼がロジャーの肩に肩をぶつけると、ロジャーはまた船酔いしている人みたいな顔になった。「ロジャーの故郷の友人とようやく会えてうれしいよ」

「古き良きブルーリック」タイラーはダグの握手に応えた。「わが町の住人は神出鬼没でね」

「どうやらいい場所を選んで出てくるらしい」そう返したダグは、アダルトグッズ専門店で買いものしているところを見つかったというのにまるで動じていなかった。

ロジャーには友人のような平静さはなかった。「ぼくらは、ただ……その……」

「男友だちが結婚するんで、独身さよならパーティのプレゼントを買いにきたんだ」ダグが横から口を挟み、ロジャーのほうに焦れったそうな視線を投げた。

エリーはその言葉に飛びついた。「わたしたちもよ！　いえ、こちらは女友だちの独身さよならパーティだけど」そういったあとで、誰のパーティかロジャーが訊いてきませんようにと心のなかで祈った。さもないと急いでブルーリックに戻ってジュニアにショットガンを突きつけ、いますぐルー・アンにプロポーズして、と迫らなければならなくなる。

ロジャーは訊いてこなかった。彼はダグの腕をつかんで通路の先へ引っぱった。「ぼくらはもういくよ。きみたちは買いものをつづけてくれ」

「じゃあ！」ダグが声を張りあげた。

「お会いできてよかったわ」エリーは応え、ロジャーたちは通路の先を曲がって姿を消した。

「女友だちの独身さよならパーティだって？」

「じゃ、自分たちのための買いものをしにきたと思われたほうがよかったの？」エリーは小声で囁いた。「あのふたりにはここにいるまったくやましくない理由があったから、それを……拝借したのよ」

「きみはうそをついたんだぞ、先生」タイラーは道徳的優位に立つ人の傲慢さを漂わせて物憂げにいい――しかもそれをアダルトショップの通路でやってのけた。

「わたしがうそをついたのは、みんながきまりの悪い思いをしないですむようによ」

「おれはきまり悪くなんかなかったぞ。それどころか、あの状況を大いに楽しんでいた」

エリーはあきれ顔で目をぐるりとまわし、通路の奥の引っこんだところにトイレの表示を見つけた。「ちょっとお化粧をなおしてくる」

「どうぞごゆっくり」タイラーはふふんと笑うと、ぶらりとその場を離れた。

トイレのなかでひとりになると、エリーはロジャーとの思いがけない遭遇についてこまかく分析してみた。最初はロジャーと会えたうれしさに舞いあがって、タイラーと〈スラップ&ティックル〉で買いものをしているところを目撃されるというばつの悪い状況に思い至らなかった。女だけの独身さよならパーティなどないことは、いずれロジャーの知るところとなるだろうし、そうしたら彼はわたしのことを変態のセックスマニアかなにかだと思うに決まってる。でも考えてみると、それこそわたしが望んでいたことじゃなかった？　もしかして、この気まずい出来事も〝禍転じて福となる〟かも。

トイレから戻ったときには、タイラーは会計を済ませて出入口のところで待っていた。エリーは急いでそちらに向かうとトートバッグに手を伸ばした。「支払いはわたしがするつもりだったのに」

タイラーは彼女の手の届かないところへバッグをあげた。「気にするな。きみがトイレにいっているあいだに、おれの買いものリストにあるものもいくつか加えたんだ」彼はドアを開け、エリーが通り抜けるのを待った。

「あなたはなにを買ったの？」

「内緒」

知りたくて頭がむずむずして、脳みそに手を突っこんで掻きむしりたいほどだった。「どうしてよ？」思わず口から言葉が飛びだしていた。

タイラーは車のキーを渡すよう手を差しだした。「みんなが恥をかかないですむようにしているんだ」

エリーはキーを渡した。「よくいうわ。ちっとも恥ずかしがっていないくせに」彼女は助手席側にまわりながら負けを認めた。「いいわ、なにを買ったかいわなくていいから、せめてわたしのものの代金は払わせて」

「ふたりのものだ」タイラーは訂正し、後部座席にトートバッグを放ると、運転席のレバーを動かしてシートの位置を調整した。「だからいいんだ、おれのおごりで。腹は減ったかい？」

「ええ、だったら食事代はわたしがもつわ」駐車場から車を出すタイラーにエリーはそういった。

「エリー、ひとつはっきりさせておく。おれはきみのヒモじゃない。だからおれに金を払ったり、おれが出した金をいちいち返したりしないでいいんだ。わかったか？」

「そんなことは思っていないし、そんなつもりもないわ」タイラーのいらだちを感じ、そこにエリー自身の憤りも加わって声が震えた。大きく息を吸いこみ、ゆっくり吐きだしてから言葉を継いだ。「あなたを侮辱するつもりはなかったの。わたしはただ公平であろうとしただけ。わたしとの契約がなかったら、あなたがこんなふうに自分の時間とお金を使うことはなかったわけだし、だからあなたに甘えたくないのよ」

「それは違う」彼はいったが、その口調はおだやかで言葉にとげはなかった。

「なにが違うの？」

「きみとの契約がなくても、おれはきみと一緒に過ごしていた」

「わたしたちは子どものころからの知りあいだけど、あなたは一度だってわたしと一緒に過ごすことに興味を示さなかったじゃないの」

「きみはおれより四つも年下なんだぞ、先生。当時はまだほんの子どもだったし、その後きみは町を出たからね」

　エリーは彼の肩をつついた。「今度きまりの悪さからうそをついているのは誰かしら？　あなたは当時、これっぽっちもわたしに関心がなかった。それはあなたもよく知っているはずよ」

　タイラーにも、しゅんとしてみせるだけの気遣いはあった。「きみはちょっと遅咲きだったから」

　エリーはシートに背中をあずけ、胸の前で腕組みをしたが、気がつくとにやけそうになるのをこらえていた。思春期のころのエリーは、みっともないカツラをかぶった近眼のかかしみたいだった。そんな野暮（やぼ）ったい女の子にタイラーが惹かれていたと考えると……悔しいけれど笑わずにはいられなかった。「どのみちわたしには男の子を追いかけまわすよりほかにすることがあったし」

「先生？」

「なに？」

「遅咲きだろうとなんだろうと、きみはちゃんと花開いた。おれはきみとの時間を楽しんでいるし、それはおれたちの契約とはなんの関係もない」

　エリーはびっくりして窓の外に目をやったが、そこで笑顔になった。いまのはたぶん、これまでにいわれたなかで最高にすてきな言葉だわ。

11

夕食のあいだエリーはいつになく静かだった。レストランの壁を飾る、ベニスの運河を行き交うゴンドラを描いたフレスコ画に見とれているようだったが、ロジャーとの偶然の出会いのことを考えているのではないかとタイラーは訝った。

〈スラップ&ティックル〉の通路で、エリーの顔をさまざまな感情がよぎるところを彼は見ていた。最初の驚きが、すぐに輝くばかりの喜びに変わり、その笑みは自分たちがどこにいるかを思いだすとぎごちなく固まって、最後はあやふやな表情になった。タイラーとあの店にいる理由を必死に取り繕おうとして、エリーは下手なうそをついた——すぐにばれるようなうそを。なにせブルーリックでは、町じゅうの人間に知られずにパーティを開くことなど不可能だからだ。

彼女のふるまいは、タイラーがうすうす感づいていたことを裏づけるものだった。ロジャーとメロディが別れたいきさつに関する例のくだらない噂を耳にしたエリーは、ロジャーが理想とするセックスマニアのソウルメイトに変身しようと決めたのだ。

「ロジャーなんだろう?」

エリーの顔がこちらを向いた。「えっ?」

「この個人授業は彼のためなんだ。きみはロジャーとメロディが婚約を解消した理由を噂で聞いて、彼がさがし求めているような女性になろうとしているんだ」

「馬鹿馬鹿しい」エリーはそういうとカベルネをぐっとあおった。

否定ともつかないその言葉は、口から飛びだすのがいささか早すぎたし、彼女の頬は飲んでいるワインと同じ色に染まっていた。タイラーは椅子に背をあずけて乾いた笑い声をあげた。

「なにがおかしいのよ？」

「だって先生、そりゃお門違いというものだよ」

「ロジャーとわたしでは不釣りあいだといいたいの？」

ろくでなしになったような気分どころか、今度はろくでなしみたいな口をきいてしまった。図らずも侮辱するかたちになった発言を取り消して真意を説明する間もなく、エリーがぐっと身をのりだして声を落とした。「あなたがいいたいのはそれなんでしょう？ ロジャーは良家の出で、彼のことを愛し、自慢に思っているご両親がいるけど、わたしは――わたしはどんくさいエリー・スワンで、母親はいないし、父親は娘を見るのもいやで――」

「違う」タイラーはそのひと言と、臆することのない決然としたまなざしでエリーの言葉をさえぎった。「違う」同じ言葉をくりかえし、彼女の手を取った。「そんなことはいっていない。これはきみとはなんの関係もないことだ。エリー、きみはロジャーと彼の……いや、ダ

グが、どの部屋から出てきたか見なかったのか？　いや、洒落じゃなしに
「なんのことだかさっぱりわからないんだけど」エリーは手を引き抜こうとした。タイラーは手を握ったまま彼女の表情を探った。うそだろう、本当にわかっていないのか。あれはダグがロジャーの買いものにつきあったとかいう話ではなく、あのふたりが〝つきあって〟いるのだということにエリーは本当に気づいていなかったのか。おいおい、彼らは〝ハードな野郎ども〟の小部屋をのぞいていたんだぞ。

　他人の秘密を明かす趣味はなかったが、それでも〝ハニー、ロジャーはゲイだ〟という言葉が喉まで出かかった。ところが口を開けても、言葉は出てこようとしなかった。本当のことを知ったら、エリーはその場で残りの授業を中止するだろう。彼女がタイラーと一緒にいるただひとつの理由をなくしてしまうなんて冗談じゃない。

　皮肉とはこのことだな。長年、つかのまの気楽な関係を極めてきたあとで、ようやく一緒にいたいと、それも何時間か裸で汗を流すだけじゃなく、本当の意味で一緒にいたいと思える女性が見つかったのに、その女性がタイラーに求めているのはセックスだけだとは。

　その直後に、もうひとつのことにも気がついた。最低だ、セックスだけの男になりたくないなら、たった五回の授業でエリーの気持ちを変えさせなければならない。

　食事の席でくってかかってしまったことをタイラーに謝るべきかしら。車窓から闇に沈む

田園地帯を見やりつつエリーは思いをめぐらせた。あれが自分自身の不安の裏返しだったことを考えれば、たぶん謝るべきなのだろう。わたしとロジャーでは釣りあわないと思っているのかとタイラーを責めてしまった。彼が出自のような、本人にはどうにもできないことで人間を判断するような人じゃないことは知っているのに。

明らかにタイラーはわたしではロジャーの理想の女性になれないと考えている。そのことが胸にこたえた。彼のいうことなど気にする必要はないのに、正しいにせよ間違っているにせよ、タイラーの意見はエリーにとって大きな意味を持つようになっていた。ぎょっとしたような、ああした懐疑的な反応にも慣れておくべきなのかもしれない。ロジャーとメロディは大昔からブルーリックいちのカップルだったのだ。そのロジャーの人生に新たな女性があらわれるとしたら、誰だってメロディに似たタイプを期待する。でもわたしは――メロディとは似ても似つかない。

ロジャーがわたしを恋愛対象として見ることは絶対にないとタイラーが断言した理由がそれかどうかはわからない。エリーが説明を求めても、がんとして答えようとしなかったからだ。

彼女は腕組みをしてシートにもたれ、月を見つめた。「彼はきみに合わないといっているんだ――以上終わり」というのが明瞭(めいりょう)な返答になっていると考えるなんて、男の人ってどうかしてる。帰りの車内でもタイラーは口を閉ざしたままで、エリーは次第にいたたまれない気分になってきた。車がブルーリックへの出口を降りるころには、タイラーはレストランでのわたしの剣幕に腹を立てているのかもしれないと心配になった。授業をキャンセルするといわれたらどうしよう。

エリーは居住まいを正し、唇を噛んだ。暗い車内でタイラーの横顔にちらりと目をやる。怒っているようには見えなかった。それどころか、千マイルも離れたところにいるようだった。わたしとはなんの関係もない自分だけの世界にひたっているみたいに。エリーは勇気を奮い起こした。「タイラー？」

彼はこちらに顔を向け、問いかけるように片眉をあげたが、どういうわけかエリーはそのしぐさにくらっとなった。

「食事の席できついことをいってごめんなさい。ちょっと虫の居所が悪かったみたいで。でもあなたに八つ当たりするべきじゃなかった」

タイラーは笑みを浮かべて彼女の手を握った。「いいんだよ、先生」そこでエリーの手の冷たさに気づいたらしく、自分の太腿の上にのせて手のひらで包みこんだ。ジーンズを通して伝わってくる体温がエリーの指を――すべての性感帯をあたためた。

「ありがとう」エリーはどうにか言葉を絞りだし、シートの上でお尻をもぞもぞさせた。タイラーは大通りにゆっくり車を走らせながら訳知り顔で彼女を見ると、重ねた手を少し上にずらした。

エリーは咳払いして、すかさず機に乗じた。「じゃ、金曜の晩の予定は変更なし？」

「どうして金曜まで待つんだ？　木曜の午後七時ごろにおれの家は？」

「いいわ」

タイラーは彼女の手を強く握ったが、大いにがっかりしたことに診療所の前の縁石に車を寄せるためにその手を離した。「それはそれとして……」エンジンを切り、自分とエリーのシートベルトをはずすと、時間をかけて深く熱いキスをしてエリーの頭をくらくらさせた。唇が離れるころには、エリーはセンターコンソールを乗り越えようとしていた。タイラーは彼女のおでこにおでこをくっつけて笑いかけた。「それは木曜までおあずけだな」気がついたときには、タイラーは運転席のドアを開けて外に出ていた。

エリーは空っぽの運転席を見て目をぱちくりさせながら、考えをまとめようとした。あなた、いったいなにをしているの？　町のど真ん中の、街灯の真下に停めた車のなかで、ホルモン過多のティーンエイジャーみたいにキスするなんて。誰に見られてもおかしくない。時刻はまだ美しい初夏の午後八時半だし、暑さと湿気から解放されて夜のそぞろ歩きを楽しんでいる人は大勢いる。視力のいい人なら、ドクター・スワンがタイラー・ロングフットの扁桃腺を舌だけで調べていることに気づいたはずだ。どう考えても正気を失っていたとしか思えないわ。

タイラーが助手席のドアを開け、手を差し伸べた。エリーはその手を取って歩道に降り立ったが、脚がふらついたのは彼の熱いキスと冷めた態度のせいにした。タイラーは車のキーを返してよこした。

「車で家までついていこうか？」

「ううん、大丈夫。家に帰る前に診療所に寄って、取ってきたいものがいくつかあるから」

「そうか。じゃあ」タイラーは彼女に顔を寄せ、唇と唇が触れあいそうになった。すると誰かに見られることを案じる気持ちは頭から消え失せ、エリーは唇を開いて正気を失うほどのキスをふたたび待ち受けた。

ところがそうはならなかった。タイラーは口角をゆっくりあげてセクシーな笑みを浮かべると、エリーの頬を指先でつついた。「木曜日に。アクセサリーはあずかっておく」

そしてその場に突っ立って荒い息をついているエリーを残し、歩道の先に停めてある自分のピックアップのほうへぶらぶらと歩いていった。

アクセサリー。タイラーがトートバッグを持っていってしまったことに、遅まきながら気がついた。〝デート〟の夜までに手錠をかけてはずす練習をするつもりだったのに。エリーはため息をつくと、きびすを返して診療所への階段をあがっていった。

戸口に足を踏み入れた瞬間、なにかおかしいと気づいた。待合室と受付を隔てる曇りガラスのむこうに明かりが見える。どうして――？　買いものに出かける前にすべての明かりを消したことは、はっきりおぼえていた。診療所に大金はおいていないけれど、高価な医療機器ならいくつかある。

むやみに結論に飛びついてはだめ。そう自分を戒めた。ブルーリックの犯罪のほとんどは野球のバットと郵便受けにからんだもので、不法侵入はめったにない。もしかして清掃業者が明かりを消し忘れたとか？

その励みになる考えが頭をよぎるのとほぼ同時に、くぐもった、しかしはっきり女性のものとわかる悲鳴が奥のほうから聞こえ、それにつづいて尊大な低い声が命令らしきものを発した。

なんてこと。侵入者がいるだけじゃない。その男は無力な女性に乱暴を働こうとしている！　エリーは震える手をバッグに突っこみ、携帯電話を見つけて警察にかけた。電話がいきなり保留になると、もう少しで泣きだしそうになった。女性がまた悲鳴をあげた。声は前より大きく、いっそう追いつめられている。あの女性がひどい目に遭わされているのに、待合室でただ突っ立っているわけにはいかない。なにか手を打たないと。

待合室のドアがわずかに開いていた。鉛のように重くなった手足を無理やり動かし、そのドアを押し開けた。蝶番が軋んだ。エリーは息を止め、侵入者がいまの音に気づいた気配はないかと耳を澄ましたが、耳の奥でどくどくいっている血流音がうるさくて、ほとんどなにも聞こえなかった。ついに彼女は大きく息を吸うと、壁に張りつくようにして、じりじりと奥へ向かった。

明かりは、廊下の突き当たりにある第二診察室のドアからもれていた。受付の前で足を止め、カウンターにバッグをおくと、小物入れのなかのレターオープナーをそっとつかんだ。片手に携帯電話、反対の手に間に合わせの武器を持って忍び足で診察室に近づく。

診察室のドアは完全には閉まっておらず、女性が「ああ、お願い。やめ……て！」と必死に叫ぶ声がはっきり聞こえた。エリーは猛然と駆けだしたが、ドアから部屋に飛びこんで侵入者の不意をつこうとしたちょうどそのとき、平手がやわらかい肉を打つ音がショットガンの銃声のように響き渡った。女性のあえぎ声につづいて、異常者のぞっとするほど落ち着いた低い声がした。

身体（からだ）の大きい男のようだった。きっと腕力もある。こうなったら音をたてずに部屋に忍びこみ、男に気づかれる前に尖ったレターオープナーの先を頸動脈（けいどうみゃく）に突きつけられるよう祈るのみだ。

手のひらに汗がにじんだ。レターオープナーをしかと握り、もう一度深呼吸をしてから、ゆっくり、慎重にドアを押し開ける。扉の陰に隠れ、部屋のなかをうかがったところで——エリーはその場に凍りついた。

なんと、こともあろうにメロディが、一糸まとわぬ姿で診察台に四つん這いになっていた。止血帯で両手を縛られて。詰めものをした診察台の際に危なっかしく両膝をついたメロディのうしろでは——うそでしょう——見事に勃起した身体に腕時計だけをつけたブラッドリー消防署長がスツールに座って彼女の股のあいだに顔をうずめていた。

メロディは「やめて！」と懇願していたのではなかった。「やめないで！」と叫んでいたのだ。

麻痺したようにその場に立ちつくしながらも、エリーは、独創的なひねりを加えた第三章に第六章の要素が合わさっていることに気がついた。エリーの見ている前でメロディが身体をくねらせ懇願すると、ブラッドリー署長はまたうれしそうに、ピンク色に染まったメロディの丸いお尻を軽く叩いた。それから彼は立ちあがり、片腕をメロディの腰に巻きつけると、そのまま第十章に突入した。ふたりがあげる凄まじい声に、エリーははっとわれに返った。あわててまわれ右をし、きた道を戻ろうとした。

今夜、もっともばつの悪い思いをしたのは〈スラップ＆ティックル〉でロジャーと鉢合わせしたときだと、エリーは愚かにもそう思っていたが、気づかれないうちにこっそり消えるべく足を二歩踏みだしたところで、肉体のない声が小さいけれどはっきり響いた。「警察です。どうしましたか？」

耳を聾するほどの静寂がたっぷり十秒間つづいたあと、メロディの「やだ、うそ！」という声がして、それからどたばたする物音が聞こえた。

エリーは猛然と戸口に突進した。「すみません、間違いでした」と小声でいって電話を切る。カウンターにおいたバッグをつかみ、記録的な速さで車まで走った。ハイヒールにタイトスカートという、走るのにおよそふさわしくない格好にしては立派なものだ。あいにく、それでも間に合わなかった。エンジンを吹かし、走り去ろうとしたとき、待合室の明かりが点いて、おろしてあるブラインドの隙間から誰かが通りをのぞくのが見えた。うわっ、ばれちゃった。メロディはわたしがシルバーのミニに乗っていることを知っている。

うううん、ばれちゃったと思っているのはメロディとブラッドリー署長のほうかも。路肩から車を出しながら、エリーは不謹慎にもこみあげてきた笑いの衝動と闘った。そして敗れた。くすくす笑いが大笑いになり、アドレナリンの波が退いて安堵のあまり頭がくらくらして、手足から力が抜けていくと、ますます笑いが止まらなくなった。診療所の事務長が新任の消防署長と曲芸まがいの激しいセックスに励んでいるところに、うっかり入っていってしまったまぬけぶりにお腹が痛くなるほど笑いながら、今回のことでいちばんばつの悪い思いをしたのは、メロディとブラッドリー署長とわたしのうち誰かしらと考えた。むずかしいところよね。

ばつの悪さか怒りが原因でメロディは辞めてしまうかもしれない。その可能性に思い至ると、笑いはぴたりとやんだ。そんなつもりはさらさらなかったとはいえ、要するにわたしはふたりのセックスをのぞき見してしまったのだ。ああああもう、どうして気づかれる前にこっそり出てこられなかったのよ？　二十八年間の人生の大半、わたしは実の父親の注意をできるだけ惹かないようにして生きてきた。存在を消すことは第二の天性になっているはずなのに。

自宅の玄関ポーチの白い柵がフロントガラスいっぱいに見えてきたところで、さらに不安を掻き立てる考えが頭に浮かんだ。メロディは三章と六章と十章の組みあわせを楽しんでいるように見えた――この上なく幸せそうだった。怯えたり、嫌がっているようなそぶりはまったくなかった。それなのに彼女はロジャーと別れた。彼の過激な要求を受け入れられなかったから。

だったら、ロジャーはいったい何章にはまっているの？

「いまやぼくらは、おたがいのもっとも暗い秘密を知ってしまったようだね」肩ごしに低い声で囁かれ、エリーは睡眠不足からくる一時的な意識喪失状態から現実に――〈ジフィー・ジャワ〉でダブルのアイスエスプレッソが出てくるのを待っているところ――戻った。ロジャーだった。彼は形のいい唇にかすかな笑みを浮かべたが、目の下にくまができているところを見ると、彼もまたあまり寝ていないようだった。

「それは……ふたりともレキシントンへ買いものに出かけるのが好きだということかしら？」昨晩あんなことがあっただけに、二度と早合点はしないと心に決めていた。

「うん。まさかあそこできみたちに出くわすとは思ってもみなかったよ。ぼくがパーティのプレゼントを買いにいったんじゃないことはもうばれているよね。そのことについて話しあったほうがいいと思うんだ。ふたりきりで。今夜もし予定がなければ、ぼくの家で食事でもどうかな？」

うそ、ロジャーがわたしと食事したいですって！　事態が急に動きだした。急すぎる、と頭のなかの声がいった。まだ準備ができていない。メロディの才能を見せつけられた昨夜の一件のあとではなおのこと。

いまはまだロジャーとふたりきりで夜を過ごすわけにはいかない。せめて三章と六章と、それになにか奥の手をひとつ——理想をいえば十三章。タイラーを説得できればだけど——をマスターするまでは。変ね、三つのうちのどれか、あるいは全部をタイラーとやってみることを考えると足の先までが熱くなって骨がとろけそうになるのに、マニュアルの技をロジャーに試すかと思うと胃がねじれたようになる。不安のせいよ、とエリーは思った。タイラーはセックスをわくわくするような楽しいものにしてくれる。そしてわたしもセックスのテクニックに長けた女性のふりをしないでいい。ところがロジャーは独創的で経験豊富な女性を求めているのだ。

「今夜はちょっと。そうね……」時間を稼ぐのよ。「この週末はどう？」

ロジャーは首を横に振った。「金曜の朝から週末旅行へ出かけるんだ。友人とふたりでマイアミにいくんだよ。旅行から戻った月曜の夕食はどうかな？」

完璧。それだけ時間があれば、技術を習得して不安も克服できる。「月曜なら大丈夫。あなたは旅行から戻ってきたばかりだし、食事はわたしがうちでつくるわ」笑顔がこわばっているように感じるのは気のせいでありますように。

ロジャーが返してきた笑みも、少しぎごちないように見えた。「さしあたり、きみが……えー、レキシントンで見たことは……その、誰にもいわないでいてくれるとうれしいんだけど」

「もちろんよ」注文したドリンクがカウンターに出ていることに気づき、エリーは手を伸ばしてカップを取った。「ブルーリックの新人弁護士を〈スラップ&ティックル〉で見たことは誰にもいわない。だからあなたもあの店で町のドクターを見たことは黙っていて」

ロジャーは持ち帰り用のカップをエリーのカップに当てた。「取引成立だ、スパーキー。じゃ、月曜に」

計画がようやく軌道に乗りはじめた。町の広場を横切って診療所へ向かいながらエリーは思った。急に元気が出たのはカフェインの力でも、広場の周囲に植えられたタイサンボクの花の香りのおかげでもなかった。ロジャーとのデートが、アロマテラピーやダブルのエスプレッソよりも効いたのだ。ついに水入らずで話せるようになったら、ロジャーになんといおうかと夢中で考えていたせいで、眠れぬ夜を過ごしたもうひとつの理由のことはすっかり忘れていた。

診療所の玄関ドアを入ったところで、あやうくメロディにつまずきそうになるまでは。メロディはドアにいちばん近いところにある待合室のテーブルに雑誌を並べているところだった。彼女はすかさず姿勢を正し、ピーチカラーの柄物のサンドレスのスカートを手で撫でつけた。

「おはよう、エリー。ごめんなさい、まだ早いのはわかっているんだけど」メロディはどこに視線を向ければいいかわからないというように待合室を見まわし、それからエリーに目を向けてごくりと唾を飲んだ。「いつもより早くきてみたのよ、ほら、あなたがわたしを……」ふたたび視線をそらして弱々しくほほえんだ。「くびにしたいんじゃないかと思って」

「やだ、まさか」エリーはメロディの腕をつかんだ。「わたしはあなたが辞めるといいだすんじゃないかと心配していたの」

メロディはかぶりを振った。「この仕事が好きなの。失いたくない」目を閉じ、身をすくめた。「あんなプロ意識に欠けた馬鹿なまねをしたなんて信じられない」

「あら、数週間前にタイラーとわたしが第一診察室でキスしているところに入ってきたのはあなたじゃなかった？　それなのにあなたを〝プロ意識に欠けている〟なんていったら、わたしは偽善者よ」

「わたしのほうがよっぽど悪いわ。まったく、自分でもなにを考えていたのかわからない。ううん、いまのはうそ。わたしが考えていたのは、ゴージャスでセクシーで信じられないほど親切な男性に、文字どおり服を剝ぎ取ってやりまくりたいと思われるのは、ものすごーく久しぶりだってこと。すっかり考えるのをやめたのはそのあとよ」

「無理もないわ」元気づけるようにいいながらも、どうしてロジャーは数に入らないのかしらと考えていた。「この郡にいる十八歳から八十歳までの健康な女性はみんなそうだもの。ブラッドリー署長がブルーリックにやってきてから、キッチンでのぼやがやけにふえたと聞いているわ」

メロディの口の端があがって笑みをつくった。彼女は先に立って待合室を横切り、受付に入ると、本日分のカルテがすでに用意してあるカウンターの前で足を止めた。「心から反省しているし、ただただ恥ずかしいわ。ああいうことは二度と起こらないと約束する」

「あら、あなたのためにも、ああいうことはしょっちゅう起きるといいと思うけど。ただし、わたしみたいなまぬけに邪魔されない場所でね」

「やだ、まぬけなんていわないで。さぞかしぞっとしたでしょう？」

「というより、びっくりして、そのあとほっとしたという感じね。だからメロディ、もう気にしないで。あなたにとっても予定外のことだったんでしょう？」

「そうなの。そもそもゆうべはジョシュと会う予定ですらなかったのよ。彼と裸になることはいうに及ばず。だけどブーンズ・マーケットでばったり会っておしゃべりしているうちに、ものすごくすてきな気持ちになってきたの。わたしを見るときの熱い視線で、彼も同じ気持ちでいるのがわかった。消防署を見学したくないかと誘われたとき、どちらももっと一緒にいるための口実をさがしているんだとわかったわ。だけど消防署はせわしないところで、ほかの消防士たちも大勢いるし、だから見学を終えたあと、今度はわたしの職場に案内するといったの。でもここでふたりきりになったら、なんていうか、火がついたみたいになっちゃって。本当にごめんなさい。ジョシュも反省してる」

「もういいから」エリーは診察室に向かおうとしたが、そこでふと足を止めてメロディを見た。「それで……ブラッドリー署長とはまた会うんでしょう？」

「あなたは生まれたての赤ん坊みたいにすっぽんぽんの彼を見ているのよ、エリー。もうジョシュと呼んでもかまわないと思うけど」

「はぐらかさないで、ミス・メリット」

「わかった」小さな声でいった。「金曜の夜に食事でもどうかと誘われた。断らなきゃいけないのはわかっていたけど、気がつくとオーケイしていたわ」

「どうして断らなきゃいけないの？」

「よしてよ。わたしの顔に〝過渡期の女〟と大きく書いてあるのは自分でも知っている。わたしは長すぎた春にようやく終止符を打ったところなの。頭のなかの声がこういうのよ。〝せっかくフリーになったんだからゆっくり楽しみなさい。またすぐに真剣な交際に飛びこむなんてもったいないわ〟って」

「一理あるわね」

「でしょ。ところがあいにくわたしの心(ハート)は、ジョシュをひと目見てこういったの。〝この人はわたしのもの、わたしのもの、わたしのもの！〟」

「これはほとんど知られていないことなんだけど、心臓(ハート)は独自の知性を持っているといわれているの。じゃ、あなたはロジャーとのことを乗り越えたのね？」

メロディがうなずくと、つややかな髪が天井の明かりを跳ね返した。「とっくの昔にね。婚約を解消するずっと前に、わたしたち友だちの関係に戻っていたから。おたがいがそれを認めるまでに時間がかかっただけ」

エリーは迷った。彼女はメロディに友情を感じはじめていた。こういうとき、友だちならどうする？　彼女の元婚約者とデートする前にひと言断っておくべきかしら？　エリーの良心は「イエス」と答えた。

「そうなんだ。ええと、じつはね……」覚悟を決め、大きく息を吸いこんだ。「ロジャーが週末の旅行から戻ったら、わたしたちデートすることになっているの」

言葉が宙に浮いた。メロディは目を瞠(みは)り、眉が額の生え際まで吊りあがった。「ロジャーがあなたをデートに誘ったの？」

怒っているというよりショックを受けている声だった。ああ、どうしよう、やっぱりいうんじゃなかった。

「ええ。わたしの家で食事をする予定なの」こうなったら正直にいってしまったほうがいい。

そう考えてエリーは言葉を継いだ。「わたしね、ロジャーのことがずっと好きだったの。学生のころの片想いの相手なのよ。こうしてブルーリックで再会してみて、彼への想いが完全には消えていなかったことに気づいた。もしかすると、あらためて好きになったのかもしれない。そしてわたしを見る彼の目も変わったようなの」

エリーの目の前でメロディの薄桃色の肌が朱色に染まった。「怒ったのね」エリーはいった。

「あなたに怒っているんじゃない、ロジャーに腹を立てているの。だって、だって――」目を閉じ、気を静めるようにゆっくり息を吸ってからさらにつづけた。「その理由はあなたにも話せない。約束を破らずに説明できるとは思えないから。でもね、こんなことをいうのは、わたしが頭のいかれた嫉妬深い元婚約者だからじゃないの」彼女は額をこすりながら壁をキッとにらんでいて、慎重に言葉を選んでいるのは明らかだった。「わたしはまた誰かが時間を無駄にするのを見たくないのよ」

メロディは、ロジャーの倒錯趣味を知ったらわたしがすたこら逃げだすといいたいのだろうか。

エリーは咳払いし、やはり穴が開くほど壁を見つめた。「わたしは……その……自分がどんなことに足を踏み入れようとしているかわかっているつもりよ」

待合室のドアが開いた。この日最初の患者の、かわいらしいミズ・ファン・ヘンドラーがよたよたと受付の窓のほうに歩いてきた。

メロディはこわばった顔でエリーにカルテを渡した。「あなたはそのつもりでも、じつはわかっていないの。いっていることがめちゃくちゃよね。ただ、これだけはおぼえておいて。わたしはあなたの味方だから」

「あらあら、なんの話?」ミズ・ファン・ヘンドラーが甲高い声でいった。

メロディはにっこりした。「『ミズ・ファン・ヘンドラー、お待ちしていました』といったんですよ。こちらへどうぞ」そして、患者を診察室へ案内した。

エリーはつめていた息を一気に吐くとカルテで顔を扇いだ。まずはひと安心だわ。

12

「じゃ、はじめるぞ、先生」タイラーはそういうと、自分のベッドにエリーをぽんとのせた。そして赤いサテンのブラと、とんでもなく小さい揃いのショーツだけの姿でベッドに横たわる彼女に見とれた。エリーが笑顔でうなずくとタイラーは彼女の足首をつかみ、第三章に向かってキスを開始した。今度は最後までいければいいが。

ところがいくらもいかないうちに、エリーがつかまれていた足首をふりほどいてベッドに起きあがった。「待って。なにをしているの？」

エリーがなにをいいたいかは百も承知だったが、それでもからかわずにいられなかった。

「先生、そんな質問をするなんて、例の本を読みなおしたほうがいいんじゃないか」タイラーは彼女の足首をつかもうとした。エリーはウナギのように身をくねらせ、ベッドから転がり降りた。

「これじゃまたあべこべじゃないの。わたしがあなたにしなきゃいけないのに。わたしにリードさせてくれると約束したはずよ、タイラー」

タイラーは大きく息をつき、マットレスに腰をおろした。「おれは〝努力する〟といったんだ」

「わかったよ」彼は手斧で削った頑丈なオーク材のヘッドボードに寄りかかった。「お手並み拝見といこう」

「よかった」

ちくしょう、髪を乱し、赤いサテンのちっぽけな下着だけで立っているエリーはたまらなく魅力的だった。まるでたったいまレスリングの試合に勝ったみたいに見える。ところがそこで勝利の笑みがわずかに揺らいだ。

「なにか問題でも？」

エリーが眉根を寄せて唇を噛むと、タイラーは彼女をベッドに引き倒しそうになるのをありったけの意志の力でこらえた。あのふっくらした唇に唇を押しつけ、ふたりして泣いて懇願したくなるまで責め立てたい。

「ええ。本のイラストによると、あなたはそこに座ることになっているの」エリーはベッドの端を指差した。

「きみはどこにいるんだ？」

「ここよ、床の上」彼女はベッドのかたわらにひざまずいた。

その光景にジーンズの前ボタンが責め具に変わったが、それでもタイラーはからかうのをやめられなかった。「きみだけやけに窮屈そうだな。ベッドはこんなに大きいんだし」彼は伸ばしていた脚を開き、誘うように脚のあいだのマットレスを手で叩いた。

エリーは彼の提案についてしばらく考えていたが――そのあいだも唇は嚙んだままだった――やがてゆっくり首を横に振った。「ううん。本に書いてあるとおりにしたほうがいいと思う」

「わかった」タイラーはマニュアルが推奨する位置につくと、両膝でエリーの身体(からだ)を挟んで軽く締めつけた。「セクシーな女性のわりに、ずいぶんと計画に忠実なんだな」

「このセクシーな女は見習い中なの」エリーはそういいなおし、彼の股間に手を伸ばした。

タイラーはその手をつかんだ。「ちょっと待った。きみの本には、男を所定の位置に座らせたらすぐにアレを引っぱりだして、仕事に取りかかれと書いてあるのか？」

エリーが眉間にしわを寄せて本で読んだことを思い返しているあいだ、頭のなかの歯車がまわる音が聞こえる気がした。「うーん、導入部分に関してはとくになにも書いてなかったと思う。三章に入る前に、なにかやらなきゃいけないことがあるの？」

「まずはおれに触れてみてはどうだ？」

「触れるってどこに？」

「どこでも好きなところに。そっとだ」彼女の視線が股間に吸い寄せられると、タイラーはそうつけ加えた。

エリーはうなずき、驚いたことに彼の両膝に手をおいた。それからジーンズの内側の縫い目に沿ってゆっくりと手を上にすべらせた。手が太腿の付け根までくるとタイラーは息を止めたが、そこからまた膝のほうに戻っていくと、つめていた息をゆっくり吐きだした。

「そんなにむずかしくなかっただろう?」

エリーが彼の顔にちらりと目をあげた。「ええ。じつはね、ずっとあなたの脚にさわってみたかったの」今度は親指の腹で押すようにしながら、ふたたび太腿を撫であげた。我慢できずに股間がうずきだした。

「そうなのか?」紙やすりで喉の奥をこすられたような声になった。

「ええ。あなたの脚、長くてたくましいでしょう。見た目どおり、さわってもたくましいのか気になっていて」縫い目の際までくると、太腿の前側に手をもってきてぎゅっと握った。

「思ったとおりだったわ」

ああくそ、死にそうだ。

「ほかに気になっていることは?」

エリーはうなずき、身をのりだすと、タイラーのTシャツの裾をつかんで軽く引っぱった。タイラーがそれに応えて両手をあげると、彼女はTシャツを頭から脱がせた。Tシャツを脇へ放ったところでふたりの視線がぶつかった。エリーは両手を彼の胸筋において、タイラーの目をじっと見つめた。それから視線を落とし、震える息を一気に吐きだした。

「ああ、タイラー、あなたって芸術品みたい」

感極まったその声に、タイラーの首筋をぞくぞくと興奮が這いあがった。

「これまでいろいろな名前で呼ばれてきたが、芸術品というのは初めてだよ、先生」

「だって本当なんだもの」エリーはあくまでもいい、手のひらで胸を撫でおろして腹部へすべらせた。そして痛いほどに張りつめている腹筋の上で、その手をそわそわと動かした。

「これはどうしたの？」脇腹にうっすらと残る傷跡を指でなぞりながら訊いてきた。「〈ローリーズ〉で、またはめをはずしたとか？」

その傷はビッグ・ジョーの置き土産だったが、いまは亡き〝やさしい〟親父に今宵の邪魔をさせるつもりはなかった。「いや、ただの古傷……」

エリーが頭を下げ、ぎざぎざの線に沿って唇を這わせると、タイラーの説明はうめき声に終わった。彼はエリーの髪に手を差し入れて頭を引き寄せ、長く情熱的なキスをした。タイラーが唇を引き剝がすとエリーは彼のあごの下に額を押しつけ、ふーっと息を吸いこんだ。

「ほかにさわりたいところはあるか、先生？」

エリーの視線が彼の膝に落ちた。「いまなの？」

「いまが絶好のタイミングだ」

彼女は片手をタイラーのジーンズの前へすべらせ、彼をさがし求めて下着のウエストバンドの下を爪で軽くひっかいた。その指の動きに応えるように彼のものがむくむくと頭をもたげ、すると突然股間の血液循環が危機的状況に陥った。タイラーはうめきながらジーンズの前ボタンを乱暴に引っぱった。そこへエリーの手が加わり、ふたりは指をもつれさせながら先を争うようにボタンをはずそうとした。ついにジーンズの前が開き、下着が引きおろされると、耐えがたいほど敏感になっている彼自身にエリーの手が巻きついた。

視線を落としたエリーが息をのむのを、タイラーは楽しさ半分、苦しさ半分で見ていた。

「あなたのニックネームのことを、いままですっかり忘れていたわ」

タイラーは笑ったが、せわしなく動く彼女の手のせいで、まともにものを考える力が急速に失われつつあった。「どんなニックネームかな？」

「一フィートのモノを持つロングフット」

「おれはてっきり足のサイズのことをいわれているんだと思っていたよ」

タイラーの期待どおりにエリーは声をあげて笑い、それからためらいがちな手をゆっくり上へ動かした。教師の職務は教えることだ。そこでタイラーは彼女の手を手で包みこんで、どう触れてほしいかやってみせた。熱心な生徒は彼の手本に倣った。天にも昇るような一分間のあとでエリーが切りだした。

「タイラー、あの本の専門家たちは三章を書くにあたって、もっと、えー、寸法の短いものを想定していたんじゃないかと思うの。指示されたどおりにできるかどうかわからない」

「いまきみがしていることでじゅうぶん――」

だしぬけにエリーが頭をかがめ、彼の先端にキスした。

「あー、うん、いまのも……いい……」

エリーは口をわずかに開いて先端を含むと、唇を吸いつけるようにしてゆっくり……少しずつ飲みこんでいった。

まぶたが重くなり、視界がぼやけた。「もっと深く」とタイラーは求めたが、エリーはおそらく限界に近づいているはずだった。親指で彼女のあごをさっとなぞると、ああすてきだ、エリーはさらに深くくわえこんだ。彼女が喉の奥を鳴らし、きた道を戻りはじめると、タイラーの全身に震えが走った。すすり泣きそうになるのをこらえるにはかなりの努力を要した。いや、あるいは声がもれてしまったのかもしれない。というのも、エリーが頭をもたげて彼を見たからだ。「これでよかった？」

タイラーはなんとか声を絞りだした。「エリー、きみにこんなことをされたら、男はみんなきみのいいなりだ。ダイヤのイヤリングだろうと、パリで過ごす週末だろうと、なんだって願いを聞く」

エリーはにっこりするとふたたび頭を下げ、そして二回目もまたすばらしかったが、だからこそこれとまったく同じことを彼女はべつの男にするのだ、という考えが頭から離れなくなってしまった。頭から離れないだけでなく、頭のなかをぐちゃぐちゃにかきまわした。突然、エリーの個人教師でいることに耐えられなくなった。自分はエリーの実験台、もっといい男を手に入れるための踏み台なのだ。自分こそ最高の男だとわからせてやる。そんな得体の知れない衝動に突き動かされ、タイラーは彼女を引っぱりあげてベッドの上に放った。

背中からベッドに倒れたエリーはすぐに身体を起こした。「ちょっと！　まだ終わってない――」

「三章の要点はつかんだだろう」タイラーは歯ぎしりしながら、足を蹴りだすようにしてジーンズと下着を脱いだ。「今日は二本立てだと思ってくれ」

「二本立て？」迫ってくるタイラーを見つめながらエリーはくりかえした。「どういう意味？」タイラーに手荒く扱われるとどうして膝から力が抜けたようになるのかわからないけれど、とにかくそうなってしまうのだ。へなへなに。それでも彼の手がショーツを引きおろしにかかったところで、べつの考えが頭をかすめた。

「待って」エリーは彼の手から逃げた。

「どうかしたか？」

「どうもしない。ただ、ありきたりな正常位はカリキュラムに選んでいないの。前にやったことがあるから」

タイラーは表情の読めない顔で、たっぷり一秒間エリーを見ていた。「十章か」うなるようにいうと、心臓も止まるような早業で彼女をひっくり返した。それから力強い腕を彼女の腰の下に差しこみ、ぐいと持ちあげて四つん這いにさせた。いきなりのことに、エリーの口から小さな悲鳴がもれた。

「しーっ」怖がっているものと誤解したタイラーは、大きな手でエリーのお尻を撫でながら囁いた。「ゆっくりやるから」

このときのエリーの心境は、もうどうとでもあなたの好きにして、だったけれど、それでもいわずにいられなかった。「順番がくるってしまうわ」

タイラーはエリーの身体ごしに手を伸ばしてベッド脇のテーブルから小さな包みをつかみ取った。エリーのお腹が波のようにうねった。

「ニュース速報だ、先生。順番ってのはくるうもんなんだ。それに、きみはおれの尻をたっぷり見た。そろそろあのときの恩に報いるべきだと思う」

そういうと、彼はエリーのショーツを剥ぎ取った。エリーははっと息をのんだが、タイラーが背中から腰のくぼみへとゆっくり舌を這わせると、あえぎ声はうめきになった。彼は片方のお尻に唇をすべらせ、もう片方にも同じことをした。そのあいだも彼の指はエリーの脚のあいだを探り、焦らすようにこすって……彼女の呼吸を荒いあえぎに変えた。

「タイラー……お願い(プリーズ)」

「きみを喜ばせる(プリーズ)ためにおれはここにいるんだ」エリーの肌に唇を押しつけたまま囁いた。

「どうしてほしいかいってくれ」

「あなたがほしい。いますぐ」

「仰せのままに」そんなふうにやさしくからかわれると、エリーは笑いたいのか泣きたいのかわからなくなった。そのとき熱くて重いものがお尻の丸みを撫でるのを感じ、すると早く入れてとしか考えられなくなった。彼女は思わず背中をそらしてお尻を突きだし、脚のあいだに彼がするりと入りこむと、こらえきれずにすすり泣くような甘い声をもらし――そこにゆっくり、じわじわと彼女を貫いていくタイラーの快感のうめきが重なった。

「ああもう、早くして」やっとの思いでエリーはいった。

タイラーは彼女の肩に、首にキスした。耳元で彼の低い声がした。「ゆっくり着実に」

ゆっくり着実に、ですって？　そんなのとても無理……耐えがたいほどに高まっているこの甘いうずきを静めるために、あと三十秒でなにかしてくれないと、頭がどうにかなってしまう。エリーはお尻を突きあげ、彼をもっと奥まで迎え入れようとした。

すると両手で腰をつかまれ、動きを封じられてしまった。「ボスはおれだ、忘れたのか？」

「ボスじゃなくて教師よ」あえぎながらいう。

「なんだっていい」

彼が制御された動きで、ゆっくり着実に押し入ってくるあいだ、エリーは呼吸することに集中した。タイラーが片手で彼女の腰を支えながら反対の手を乳房に伸ばし、下から包みこむようにして頂をなぶると、エリーは快感にうめいた。ふたりがつながっている部分から高まっていく欲望が強烈すぎて、もうそれ以外のことは考えられない。

「ああ、すごくいい気持ちだ。熱くてきつい」タイラーは彼女の脚のあいだに指をすべらせた。「それに濡れてる」

たとえ命がかかっていたとしても、もうじっとしていられなかった。エリーは枕に顔をうずめ、お尻を小さく前後させた。うしろからぴたりと腰を押しつけられていては、それが精いっぱいだった。

タイラーは急ぐことなく、ゆっくりしたペースを保ったまま、じわじわと彼女を押し広げ、満たしていく。あまりの快感に死んでしまいそう。ついに彼が奥深くまで身を沈め、熱く脈打つ長いものが根元まで収まるのを感じたとき、タイラーがこう囁いた。「いくぞ、エリー」

エリーは返事のかわりに彼を締めつけた。

タイラーは荒々しいうなり声とともに彼女を貫き、早く激しい突きでエリーは一気に天国の門まで昇りつめた。肉と肉がぶつかるリズミカルな音が耳の奥に反響し、エリーは四つん這いのまま両手でシーツをきつくつかんで枕に顔をうずめた。主導権ばかりか尊厳までも奪われてしまったけれど、そんなことはどうでもよかった。絶頂がすぐそこに見えている。快感を解き放とうと、背中をのけぞらせ、必死に腰を揺すったが、どうしても達することができずにすすり泣きをこらえた。

タイラーが同情するような声を発し、彼女の脚のあいだにふたたび手をすべりこませた。エリーはありがたさに泣きそうになりながら、その救いの手に自分をこすりつけた。そのとき耐えがたいほど敏感になっていたつぼみに彼の親指が触れ、エリーは声をあげ、甘く強烈な忘我の果てに真っ逆さまに落ちていった。

数分後、それとも数時間後だろうか、エリーは快感にぼうっとなった頭を振ってはっきりさせると状況確認をおこなった。彼女はひんやりしてたまらなく気持ちがいいシーツの上に裸で横たわり、全身の骨を抜かれたように脱力しきっていた。あたたかくすばしこい唇が肩をついばみ、器用な指先が背中にくるくると渦を描きながら下へおりていく。指がお尻に達したところでエリーが目をこじ開けると、タイラーのきれいな緑の瞳のなかに自分が映っていた。

すべての人間関係がこんなふうに簡単にいかないのはなぜかしら。父との関係は未解決のままで、たぶん今後も解決はつかない。雇用者と被雇用者というメロディとの単純な関係すら波乱含みだ。それなのにタイラーとの関係は完璧にうまくいっている。

それもこれもシンプルこの上ない契約のおかげね。エリーは輝くばかりの笑みを彼に向けた。

「先生、過去につきあったどんな馬鹿野郎が、寝室でのテクニックに問題があるときみに思いこませたんだ？」

エリーはふーっと息を吐き、喜びに輝いていた顔がわずかに曇った。動機についてタイラーにすべてを打ち明けるわけにはいかないからだ。「そういうことじゃないの。つまり、誰かに文句をいわれたとかじゃないってこと。強いていうなら、自分の〝安全地帯〟から抜けだす必要があると感じただけ」タイラーが〝なぜだ？〟と訊いてくるのはわかっていたので、急いで先をつづけた。「夢を実現させるために自分を変える必要があると思ったこと、あなたは一度もない？」

タイラーはごろりと仰向けになって天井を見あげ、額に腕をのせた。「あるよ。それもつい最近。銀行がおれに伝えたかったのは、要はそれだと思う。ブラウニング邸修復の費用を借りたい？　だったら信頼するに足るまともなおとなになれ、ってね」

「銀行のその評価はまったくの的はずれよ」

タイラーは唇の片側だけ持ちあげて小さく笑った。「いや、連中のいい分にも一理あるんだ。おれはこれまで自分の好き勝手に生きてきたし、将来のこともさほど心配してこなかった。銀行側からしたら、そういうところがリスクと映るんだろう。彼らはおれに投資する前に、おれが自分に――自分のビジネスや人生に――どれだけ投資しているか見たいんだ」

エリーは頬杖をつくと、惚れ惚れするようなタイラーの横顔を見つめた。「だったら、銀行はやっぱりあなたのことをちゃんと見ていないのよ。あなたはここブルーリックで事業を興し、この町に雇用の機会をもたらした。それは立派な投資だわ。仕事の合間にしているボランティア活動だって投資と見なされる」

タイラーは手を伸ばしてエリーを引き寄せた。「まったくもってそのとおりだ、スパーキー」

「わたしは本気でいっているのよ」エリーはムッとし、顔にかかった髪を手で払った。

「きみが本気なのは知ってる」タイラーの顔から笑みが消えた。エリーの手を取り、手首にそっと唇を押し当てた。「そういってくれるのはうれしい。おれにとって、きみの意見は大事だから」エリーの心臓がドクンと大きく鳴り、言葉が喉につまってしゃべれないでいるあいだに、タイラーの顔にいたずらっぽい笑みが戻った。「火曜日にジュニアとふたりでもう一度、融資委員会にプレゼンするんだ。おれの人物証明書にならないか？　おれがどれほど頼りになる男で、与えられた職務をいかに全うするか、連中に話してやってくれ」

エリーはこらえきれずに笑いだした。「わたしが適任かどうかわからない。まだ一回半しか授業を受けていないわけだし――」

「一回半？」タイラーが顔をあげ、緑の瞳をぎらつかせた。「〝半〟ってなんだよ？　どう勘定したって、さっきの授業は二回分だろうが」

「はいはい。じゃ、二回でいいわ。実際、とてもためになったし。前はわたし、自分がなにをしているのかわからずにやっていたの。でもあなたのおかげで、どうしてみんながセックスのことで大騒ぎするのかようやくわかった。ひょっとしたら、次のときは相手を感心させられるかもしれないわよね」

タイラーは枕にまた頭を落として天井を見あげた。「きみが誰かに好印象を与える手伝いができてよかったよ、先生」

ところが、その口調はちっともうれしそうではなかった。むしろ、怒っているように聞こえた。感謝の気持ちを伝えようとしてどこで間違ってしまったのかわからなかったけれど、エリーはあわてて誤りを訂正しようとした。タイラーに気分を害されるのはいやだった。「ごめんなさい。いまのわたしの発言を削除して、〝ありがとう〟に差し替えてもらえない？」

タイラーは息を吐き、ふたたび顔をこちらに向けると、陰鬱(いんうつ)な目でエリーの顔をじっと見た。「いや、謝るのはこっちのほうだ。今回の契約になにを望んでいるのかきみは最初からはっきりいっていたし、おれはそれを承知で引き受けたんだからな。なんであんなくそったれなことをいってしまったのかさっぱりわからない」手を伸ばし、エリーの額に落ちた髪を払った。「たぶん、この暑さのせい……」

気の滅入(めい)るような考えがエリーの頭に忍びこみ、脳が意味を理解する前に口から飛びだした。「あなたはたぶん息がつまりそうなのよ——あと三週間もわたしとの契約に縛られるかと思うと」

タイラーは彼女の髪を軽く引っ張ったが、その目は真剣な色をたたえたままだった。「そんなことはない」

「気を遣ってくれるのはうれしいけど、ひとりの女性と何週間も過ごすのがあなたの流儀じゃないのは知ってる。同じ女性と長くつきあうと落ち着かない気分になるんでしょう。わかるわ」

タイラーがなにかいおうと口を開くのを見て、エリーは急いでつづけた。「もしも時間の都合がつくなら、授業スケジュールを繰りあげてはどうかしら。今週中に終えられるように。六章を明日、残りのふたつを土日でやるの。そうすればトンネルの先に明かりが見えるでしょう」

タイラーの授業が終わってしまうと思うと、胸にぽっかり穴が開いたようになった。彼と過ごす時間は、いつしかエリーにとって一週間の楽しみになっていた。そりゃ、セックスの個人教師としてのタイラーは頭にくるほど偉そうだし、手に負えないときもあるけれど、ものすごく楽しくて話しやすい人でもある。こんなふうにありのままの自分を見せられる相手は初めてだった。もっとも親しい医大時代の友人たちにすら、エリーは自分の一部——おもに父にかかわる部分——を隠してきた。見せてしまえば、弱みを晒したようで惨めな気分になるからだ。ところがタイラーは、エリーがなにもいわなくてもなぜかその部分が見えるようなのだ。ふつうならそれはエリーに警戒心を抱かせる。ところが彼は月並みな慰めを口にすることも、見なかったふりをすることもなかった。ただ理解してくれた。理解することで、エリーの気持ちを軽くしてくれたのだ。もっと一緒にいたいと思うのも当然だ。

だめよ。心の声が戒めた。タイラーとの関係を〝もっと〟進めることは計画に――彼の計画にもわたしの計画にも――入っていない。タイラーは結婚して、家庭を持ち、子どもをつくることなど考えていない。まさか。彼がおとなしくしていられるのは、せいぜい銀行側が譲歩してくれるまでのあいだよ。わたしとタイラーではそもそも目指しているものが違うし、仮に同じだったとしても、その目標に向かってともに歩む相手として、これほど不釣りあいなふたりはいない。その点ロジャーは――。

「おれはトンネルの先の明かりを見たいなんて思っていないよ、エリー」タイラーの静かな声が思考に割りこんできた。「だがきみがそうしたいなら授業のペースをあげてもかまわない。明日の夜は空いている。六章を予定に入れておいてくれ」

13

エリーは自分のベッドに正座し、心臓を高鳴らせながら、サイドテーブルにおいた〈ストラップ&ティックル〉のトートバッグに手を突っこんで手錠を取りだすタイラーを見ていた。ところが彼女が手を伸ばすと彼は片眉をあげ、届かないところへ手錠を遠ざけた。「それではシナリオが逆だ、先生。囚われの身はきみ。おれは無慈悲なご主人さまだ」

エリーはつかのま、ただ彼を見つめた。冗談でしょう？　第六章に関してエリーがひそかにふくらませていた妄想は、どれもタイラーを縛って好きなようにするというものだった。反対のシナリオはちらりとも頭に浮かばなかった。

「やだ、違うわ」彼女はサイドテーブルからマニュアルを取りあげた。「この本によると、手錠と目隠しをつけるのはあなたのほうよ」

「それは違うな」タイラーは本を横取りすると六章を開き、エリーに見えるように上下を返してイラストを指でとんとん叩いた。「ほらここ、目隠しをされてベッドに縛られている人物。髪が長くておっぱいがあるだろう？　これがきみだ。そして彼女にまたがっているほうこいつにはペニスがあるよな。どう考えても、おれはこっちだろう」

「このイラストだけで判断しないで」エリーは彼から本を奪い返した。「章の内容を読めばこのイラストはただの、そう、一例だとわかるから。性的パーソナリティについていえば、どちらが〝責め手〟でどちらが〝受け手〟になるかは、カップルごとに決めることになっているのよ」

エリーの徹底した予習ぶりをしぶしぶ認めるどころかタイラーは肩をすくめ、濃紫色のサテンのショーツを脱がせにかかった。「そうか。じゃ、この邪魔なものを取り除いたら、両手を頭の上にあげてフレームをつかんでくれ。そしたらおれが手錠できみを――」

「このペアで受け手になるのはわたしじゃない」

「ハニー」タイラーは、まるでエリーが腕ずもうで彼に勝てるといいだしたかのように、おもしろがりながらもあやすような口調でいった。

「〝ハニー〟なんて呼ばないで。わたしは真面目にいっているの」

「ほんの三日前におれのことを、つねにすべてをコントロールしないと気がすまない男だといっておいて、今度はおれが受け手だというのか？」

「あなたは教科書どおりのケースなのよ。ほら」ページに指を走らせ、さがしていた段落を見つけた。「ここに書いてある。〝セックスのシナリオを考える際、リーダータイプで男っぽい彼を『責め手』に分類してはいけません〟」エリーは空いているほうの手を前に伸ばし、手錠を持って近づいてくるタイラーを押しとどめた。「〝一般的にいわれていることとは逆に、肉体的に強い男性は服従する役割により快感をおぼえることがあります。というのも、彼らはもう一方の力学――強い男がか弱い女性を支配する――は不公平だと知っているからです〟」

「つまりきみは、おれは紳士すぎてきみを縛れないといっているのか？」

「わたしがいっているんじゃない。専門家がいっているの」

「これがきみの〝専門家〟に対するおれの意見だ」タイラーの大きな手がエリーの両手首をいっぺんにつかみ、その傲慢で荒々しい動きにエリーのショーツは――もしもまだ脱がされていなかったら――とろけていただろう。抗議の声をあげようと思う間もなく両手を頭の上にあげられ、真鍮製のヘッドボードの真ん中のパイプに手錠でつながれてしまった。

タイラーは身体(からだ)をうしろにそらして自分の作品を鑑賞した。「専門家のいうことなんて知ったことか」

エリーはレースのブラと手錠という裸同然の格好で彼の前に横たわり、もしかするとタイラーのいうとおりかもしれない、と思った。そこで手錠を試してみた。「これじゃだめよ、ロングフット。ゆるすぎる。その気になれば、あっという間にはずせちゃうわ」

「きみを無理やり縛りつけるつもりはない」タイラーはTシャツを頭から脱ぎ、明かりを受けて際立つ上半身のたくましい筋肉を見せつけた。「おれがきちんとやることをやれば」彼はTシャツを脇へ放った。「きみは手錠をはずしたいと思わないはずだ」

このままじゃあなたのジーンズを剥ぎ取ることも、あなたの全身に手を這わせることもできないのに？　ありえないわね。それに、これこそタイラーが〝責め手〟でない証拠よ。彼は魔法のようにやすやすとわたしの服を脱がせ、ときには力の違いを見せつけることも厭わないけれど、力ずくでわたしを奪うことは絶対にしない。そうした無軌道なふるまいは彼の主義に反するから。たとえそれがプレイであっても。

　でもわたしはそんな感傷は持ちあわせていない。「キスして」エリーはいい、彼女の要求に応えてタイラーが身をかがめるのを虎視眈々と待ち受けた。ふたりの唇がひとつに溶け、舌と舌の覇権をめぐるバトルがはじまると、エリーは手錠からするりと手を抜いた。そしてタイラーの不意をついて身体をくるりと入れ替え、彼の胸にまたがった。そして彼の両手を手錠でヘッドボードにつないだ。

「なにを証明しようとしているんだ、スパーキー？」タイラーの顔に浮かんだ、からかうような笑みは、両手を引いても手錠がはずれないことがわかるとわずかに薄れた。手錠はしっかり閉まっていた。

「エリー様とお呼び」サイドテーブルにおいてある目隠し用のスカーフに手を伸ばすとき、わざとレースのブラに包まれた胸がタイラーの口の上をかすめるようにした。

「うーん。こっちにおいで。エリー様」

　彼女は薄いレースをはっきりと押しあげている頂に舌が届くぎりぎりのところまで乳房を近づけることで、タイラーを、そして自分自身を悶えさせた。

「もっと近く」タイラーはいい、舌先でまた乳首を舐めた。

「〝もっと近くにきてください、エリー様〟よ」そういいなおしながら、思わずにやけてしまったが、乳首は彼の唇に触れられたくて硬く張りつめていた。

案の定、タイラーは彼女の身体の反応を見て取った。そしてエリーが切に求めているものを与えるかわりに枕に頭を沈め、口元にゆっくりと自信に満ちた笑みを浮かべた。「この手錠をはずせば、片方の乳首以外のところもたっぷり舐めてやるよ」

エリーは彼を見て両眉をあげると、スカーフを取りあげ、手のひらにゆっくりすべらせてから両手でぴんと張った。「エリー様に指図するつもり?」

「エリー様がおれに目隠ししたら、そのかわいらしい胸がほしがっているものは当分手に入らないぞ」

「エリー様を脅迫することは許しません」精いっぱい厳しい声でいうと、逃げようとしてもがくタイラーの頭のうしろでスカーフを結ぼうとした。

「痛っ! おい、どうせなら髪の毛を全部引っこ抜いたらどうだ?」

おっと。エリーはスカーフの結び目を解いてやりなおした。「あなたが一秒でもじっとしていてくれたら――」

タイラーが長々と息を吐き、降伏を認めた。「先生、これのどこに興奮するのか、さっぱりわからないよ」

目隠しのスカーフをしっかり結ぶと、エリーは手のひらの付け根でタイラーの額をいきなり突いて枕に押し戻した。それから身体をうしろにずらして彼の腰にまたがった。すると、文句をいっているわりに、タイラーがまったく興奮していないわけではないことがわかった。

エリーは彼の腰にまたがったまま、上半身裸で手を縛られ、目隠しされて、腹を立てている彼の姿をゆっくり堪能（たんのう）した。タイラーがため息をもらした。

エリーは目をくるりとまわすと、ブラのフロントホックをはずした。その小さな音が部屋に響き、ストラップを腕から抜く衣擦れ（きぬず）の音があとにつづいた。

「オーケイ」タイラーがぶつぶついった。「いまのは少し興奮したかもしれない」エリーの太腿のあいだでむくむくと大きくなっている彼の分身は、少しどころかかなり興奮していることを伝えてきていた。

その反応に勇気をもらい、エリーは身体を前に倒して乳房の先端が彼の胸に触れるようにした。タイラーがはっと息をのみ、うめき声をあげた。

「しーっ。お黙り」その命令を実行するように、エリーは無防備な彼の口をキスで封じた。興奮していたせいで、思っていたより荒っぽいキスになってしまった。タイラーが枕から頭をあげ、同じ激しさでキスを返し、歯と舌を駆使して主人と僕（しもべ）の立場を入れ替えようとした。

応戦しようと、エリーはタイラーのあごのラインを唇でなぞり、軽く歯を立てた。そのまま口を喉元へおろすと、タイラーが喉を震わせて「エリー」と警告するのが唇に伝わってきた。彼女はひるむことなく、喉ぼとけからリーバイスのウエストバンドまで唇でひと筋の線を描いた。タイラーが身体を震わせたが、それは彼女が口でしていることはもちろん、エリーの髪に肌をくすぐられたせいでもあった。

そろそろ両手を使う頃合いね。彼女は今度も前触れなしに――目隠しって最高――ジーンズの上から彼を強く握った。

「ああ、やめろ」タイラーの唇から息も絶え絶えな抗議の声が飛びだしたが、それでも彼はマットレスの上で足を踏ん張って腰を持ちあげ、エリーの手に自分をぐいぐい押しつけた。彼女は片手で彼をさすり、反対の手でジーンズのボタンをはずしていった。ヘッドボードのパイプをつかむタイラーの腕に力がこもり、筋肉が盛りあがった。彼は歯を食いしばってうめいた。

「もういい」あえぎながらいった。「きみのいいたいことはわかった。たしかにおれは興奮した。だからさっさと手錠をはずしてくれ」

〝エリー様〟は笑っただけで――低いその声には反省の色がまったくうかがえなかった――彼を愛撫しつづけ、タイラーは頭を撫でてもらいたい子犬よろしく、彼女の手のなかで身をよじり、のたうちまわった。そのときジーンズが引きおろされ、彼女の熱い口が彼を包みこむと、もうまともに考えるのは不可能になった。

頭が思考を停止しても、タイラーの口は、エリーが彼の股間で楽しんでいるあいだも動きつづけていた。どうしてわかったかというと、矛盾だらけの自分の言葉――〝ああ、やめないでくれ、そのままつづけて……ああ、だめだ、やめろ。死にそうだ〟――が聞こえていたからだ。エリーはそれをすべて無視して彼を好きに扱い、甘美な拷問をつづけ、ついにタイラーはみずからに課したルールを破り、闇雲に腰を突きあげて、彼女の喉の奥深くへ自分を突き立てた。

するると、またしてもなんの前触れもなく――どうやらエリー様は事前通告があまり好きではないらしい――彼女の口が彼から離れた。「我慢なさい、タイラー」そう囁くと、彼のへそから耳たぶへと舌で熱い軌跡を描いたものだから、すっかり干上がったタイラーの喉の奥から憐れっぽい懇願の声と呼ぶしかないような音がもれた。

エリーは彼の耳たぶを歯で挟み、そっと嚙んだ。タイラーが鋭い音をさせて息を吸いこむと、甘く刺激的な彼女の香りが襲いかかった。「もうひとつ、あなたにつけたいものがあるの」

勘弁してくれ。あの本はこれ以上どんな馬鹿げたことを薦めているんだ？　その答えはすぐにわかった。彼女が彼をつかんでコンドームをかぶせ、ゆっくり引きおろして、どくどくと脈打つものを根元までおおい、その面倒な作業を甘美な責め苦に変えると、タイラーはエリーに感謝すべきか悪態をつくべきかわからなくなった。ところが彼が気を取りなおすより早くエリーが身体をずらし、彼の上に腰を沈めた。

稲妻のような快感が股間から脳天までを一気に貫いた。閉じたまぶたの裏で光が炸裂した。

「だめだ、エリー」唇から声を絞りだした。タイラーは大きく、そしてエリーは小さくきつい。壊れてしまいそうなほどに。だから事前に彼女の準備が整っていることを確かめた――指で触れ、口で味わって。しかし今夜はそれができなかった。それなのにエリーはいきなり彼を迎え入れたのだ。「ゆっくりだ」タイラーは歯を食いしばりながらいい、自分を制御しようとしたが、彼女のそこは熱くうねり彼を締めつけてきた。

タイラーの言葉は、勝ち誇ったような切れ切れの笑いを引きだしただけだった。エリーが動きはじめた――上下に、前後に、速く深く。すると彼女の身体を気遣う気持ちなどはすべて消え失せ、彼を包む彼女の感触だけが残った。「いったはずよ、タイラー。エリー様に指図することは許さないと。お仕置きしないといけないわねえ」

オーケイ、たしかに今回は事前の警告があったが、ほとんど役に立たなかった。なにしろエリーのいう〝お仕置き〟が彼の睾丸を手で握り締めることだとは知る由もなかったからだ。それも強く。強烈な痛みに、タイラーは天国と地獄の中間にある狭く切り立った崖の上で立ち往生した。

「くそ、エリー、そんなことは二度とするな。さもないと――」

「なにかしら?」エリーは挑発するようにいうと、ちくしょう、もう一度強く握った。

するとと、彼は達した。どうしようもなく、とめどもなく。快感が雪崩のように押し寄せ、タイラーは身を震わせながらすべてを解き放った。

「ああ、エリー……いまのは……」すべてを搾り取られて最後までいうことができなかった。いまのはすごかった？　それとも、身がすくんだ？　これまでの人生で最高の経験と臨死体験のあいだのどこか？

エリーが目隠しのスカーフをさっとはずし、猫のようにしたたかな笑みを浮かべて彼を見おろした。身体を前に倒し、タイラーの耳に口を寄せて囁いた。「いったでしょう、あなたは受け手だって」

馬鹿馬鹿しいと笑い飛ばしてしまいたかったが、そのときエリーが手錠をはずそうと腰をあげ、ぐったりとした彼の分身が大好きな場所からするりと出てくると、なおさら情けない気分にさせられた。このままではいられない、絶対に。だから両手が自由になるやいなや素早く腰をひねり、身体をさっと入れ替えて、エリーを組み敷いた。そして彼女の両手を頭の横で押さえつけた。「で、誰が受け手だって？」

「腕力があるからってなんの証明にもならないわ」

「ご心配なく、先生。おれにあるのは腕力だけじゃないんだ」

彼女は両眉をあげ、彼に腰をこすりつけた。「もう？　それはどうかしら。男性器が回復するまでの時間を考えれば、女王様としてのわたしの立場は最低でもあと十分は安泰だと思うけど」

タイラーはもったいぶった笑みをゆっくりと浮かべた。「決めつけるのはよくないな。じつは友だちを連れてきているんだ」

エリーは弓形の眉をひそめ、額に愛らしいしわを寄せた。「友だち？」

「そうだ」トートバッグに手を伸ばし、なかからネオンピンクの〝バニー〟を取りだした。「おれの小さい友だちにご挨拶は？　彼のことは……〝とんすけ（ディズニー映画『バンビ』に登場するうさぎのキャラクター）〟と呼んでくれ」電源を入れ、ブーンとうなりながら回転するバイブレーターをエリーの顔の前で振った。

エリーは悲鳴をあげ、身をよじって逃げようとした。幸い、タイラーは生まれつき反射神経に恵まれていた。エリーはあっという間につかまり、そして彼がやっとのことで〝とんすけ〟を正式に紹介すると、彼女の抗議の声は彼がよく知る甘いあえぎに変わった。

「いい声だ」その声のボリュームと周波数があがるとわかっている場所にバイブの先端を押しつけた。「ひと晩じゅうでも聴いていられる」そういうと、バイブをそこまで敏感ではない場所に動かした。エリーの悲鳴にも似た声が、切なげな低いうめきになった。「ひと晩じゅうだ」タイラーは同じ言葉をくりかえし、きた道を逆にたどって、正しく導いてやればこの勝ち気な生徒も「いきそう」と叫ぶ合間にきちんと「お願いします」といえることがわかって大いに満足した。

一時間後、ふたりは荒い息をつきながら手足をからませてベッドにぐったりと身を沈め、少なくともタイラーのほうは身体の節々に心地よい筋肉痛を感じていた。「六章のページにAプラスと書いておいてくれ」肩にそっと触れるエリーの指先の感触を楽しみながら彼はいった。

「ありがとう。章といえば、次回やってほしいのは――」

玄関を拳で叩く音がそれをさえぎった。呂律（ろれつ）のまわらない大声がそれにつづく。「エリー！　いますぐこのドアを開けろ、さもないと蹴破るぞ。おれの悪口を町じゅうにいいふらされるのはもううんざりなんだ」ふたたび拳が叩きつけられた。「この！　ドアを！　開けろ！」

エリーはうめき声をあげ、目の上で両腕を交差させて巧みに顔を隠した。「帰ってよ、フランク」つぶやくようにいった。

自分がどれほど途方に暮れた顔をしているか、エリーはおそらくわかっていないだろう。女性のそういう顔はこれまで、さっさと退散しろという合図だった――逃げるついでに玄関先にいるフランクをなぎ倒して。なぜならこの場に残って誰かの支えになる方法など見当もつかないからだ。笑えるよな？　うん。電動工具かセックスか、あるいはその両方を使っても解決できない問題を引き受けるだって？　それはタイラーの能力を超えている。ところがどういうわけか、エリーのことはなんとかしてやりたいと思った。彼女と父親の状況がタイラーのなかの保護本能を引きだしたということもあるが、それ以上に初めて誰かの支えになりたいと思ったのだ……そして、支えてくれる誰かがほしいとも。たたみかけるようにあることに思い当たり、タイラーは顔に平手打ちを食らったようになった。おれはエリーを愛しているのだ——精神力と、知性と、気力と、傷つきやすさと、とんでもなく強情なところが一緒くたになった、愉快でもあり面食らうこともあるこの女性を。自分はこの複雑な女性を丸ごと愛している——頭のいかれた父親も含めて。

フランクがまたドアを強打した。

「おれがいって、ちょっと話してくる」タイラーはジーンズに手を伸ばした。この家の玄関に自分が出ていったらフランクがどんな反応を示すかわからなかったが、そんなことはどうでもよかった。たとえ父親だろうと、こんな夜中にいきなり押しかけてきて大声でわめき散らすのは常識はずれだ。

「だめよ、やめて」エリーが立ちあがり、バスルームのドアのフックに掛けてあったガウンをつかんだ。「悪く思わないで。でもあなたが出ていけば、もっと面倒なことになるだけ。お願いだからここにいて」

タイラーはジーンズを引っぱりあげ、たとえペットの小犬でもそこまで主人に従順じゃないといいかけたが、そこで彼女の顔が目に入った。惨めさと恥ずかしさが入り交じった、胸が痛くなるようなその表情を見て、ここで自分が乗りだしていってもエリーにますます気まずい思いをさせるだけだとわかった。そんなことは気にしないでいいのかもしれない。エリーのプライドを尊重しても彼女を守ることにはならないからだ。それでも酒に酔ったビッグ・ジョーが人前で騒ぎを起こしたときに味わった恥ずかしさは、いやというほどおぼえていた。いまのエリーはとにかくフランクを黙らせて、できるだけ人目につかないうちに家へ帰したいと思っている。その気持ちは理解できた。

理解できるからこそ、エリーがその大きな瞳をしぶしぶこちらに向けるのを待って、タイラーはやさしく、しかしきっぱりといった。「一分したらおれが車で送っていくと彼に伝えてくれ」

「タイラー、お願い……あなたはここにいて」

「だめだ。フランクがどうやってここまできたか知らないが長居はしないだろうし、それにあの様子じゃ、自力でどこへもいけないのは目に見えてる」

「わたしが送っていく」

「だめだね。彼がごねた場合、きみの力で車に押しこめられると思うか？」

エリーは明らかに議論する気で、キスで腫れた愛らしい唇を開いた。しかしタイラーはその機会を与えなかった。「ハニー、きみが彼を送っていくのは、道端で小便している犬に餌を投げてやるようなものだ。彼はきみにかまってほしいんだ。いま彼に餌を放ったら、はた迷惑な衝動に従う癖をつけてしまうことになる。きみが悪いといっているんじゃない」そうつけ足したのは、どうしていつもいつもビッグ・ジョーのペースに巻きこまれてしまうのだろう、と悩んで無為に費やした時間のことをおぼえていたからだった。「おれが出ていってトラックに押しこむ前にフランクと少し話したいなら、いますぐそうしたほうがいい」

言葉をやわらげようと――いや、もしかしたらエリーの瞳に浮かんだ打ちひしがれたような表情から目をそらしたかっただけかもしれない――タイラーは人差し指で彼女のあごをそっとなぞった。

「タイラー」彼女は鬱積した感情を吐きだすようにして彼の名を口にした。

「エリー」彼は動じることなく、淡々としたおだやかな口調を保った。

彼女はタイラーを見つめたまま、どうすべきかしばらく考えていたが、やがてくるりと向きを変え、一度も振り返らずに大またで寝室から出ていった。

タイラーは急いで服を着ながら、玄関先から聞こえてくるやりとりに片耳をそばだてた。

フランクが、おまえのせいで〈ローリーズ〉が酒を出さなくなった、とわめいていた。エリーはそれを否定した。酒を出すなとは誰にもいっていない、店があなたの注文を断ったのは、たぶんこんなふうに酔ってからんでくるあなたの相手をすることにうんざりしたからよ。家へ帰ってなにか食べて少し眠れば気分もよくなるわ。

エリーの声が低く冷ややかになるにつれ、フランクはますます興奮して大声でわめきはじめた。タイラーが玄関まできたときには、恨みつらみの数々をがなり立てていた。わざわざ家まで押しかけてきて、ああしろこうしろと指図されるのはもうたくさんだ。おまえはおれを見下している、名前のうしろにアルファベットがちょっとよけいについているってだけで偉そうな顔をしやがって。

タイラーは玄関ポーチに出ていくと、大きな音をさせて網戸を閉めた。そして玄関灯の赤っぽい光の下でフランクがさっと頭をめぐらせ、血走った目を細めて焦点を合わせようとしているのをじっと見ていた。

「帰る時間だ、フランク」

一分ほどかかっただろうか、ようやく年配の男がタイラーを見分けたのがわかった。フランクはさっと娘に目を戻した。そしてエリーのもつれた髪と素足とガウンをじろじろ見た。

「おまえもおれと同じじゃないか」エリーに大声を浴びせた。「ただの――」

「おれの車に乗るんだ」タイラーは痺れを切らしてさえぎった。フランクが動こうとしないと、男のしなびた腕をつかんで引っぱるようにしてステップをおりはじめた。

「おれから手を離せ」フランクが怒鳴った。

彼はタイラーの手をふりほどこうとしてつまずいた。あわてて支えようとしたタイラーは、反対にあごに一発食らうはめになった。タイラーの頭がのけぞった。歯ががちっと鳴り、口のなかに血の味が広がる。

「ちくしょう」彼は悪態をついた。

「こいよ、ほら」フランクは頑固なプロボクサーよろしくあごを突きだしてあおり、タイラーのパンチの届かないぎりぎりのところをふらふらと歩きまわった。「殴ってみろ」

エリーがあわててふたりのあいだに割って入り、頑固さは親譲りであることを証明した。

「ああタイラー、ごめんなさい」そして彼のあごをよく見ようと横を向かせた。

「いいから」タイラーは彼女を脇へ押しやり、自分の身体を楯にしてフランクの手から守ろうとした。

ところがエリーはクモの巣のようにくっついて離れず、タイラーを見て顔をしかめた。

「血が出ているわ」

そう、そして血を流すのはおれだけでいいと心底願っているんだ。だから頼む、この手の早い酔っ払いから離れていてくれ。エリーにそう叫ぶかわりに、タイラーは大きく息を吸って十数えた。そのあとで自分の喉から出たとは到底信じられない傲慢な声でいった。「お医者さんごっこはあとにしてくれ」

いい返そうとするエリーに、彼は指を突きつけた。「きみは、なかに入っていろ。そしてあんたは――」その指をフランクのほうに振り向ける。「車に乗れ」

ふたりはびっくりして彼を見た。

「さっさとしろ！」

それでふたりは動いた。フランクはタイラーのピックアップトラックの助手席によじ登った。エリーは玄関ポーチまで後退した。これ以上血を流すことなく決着がついたことに満足して、タイラーはジーンズの前ポケットから車のキーを引っぱりだすと運転席に乗りこんだ。

「また連絡する」エリーにそう声をかけ、私道からゆっくりと車をバックさせた。

14

エリーは玄関ドアを閉めると、なめらかな木肌に額をあずけて、熱い涙が頬を伝い落ちるにまかせた。酒に酔った父親がいきなりあらわれ、娘がベッドをともにした相手を殴りつける。それよりもっと悲惨なことが世のなかにはあるわ。いまはぱっと思い浮かばないけれど、現実問題として存在していることは知っている。

ところが、ぱっと頭に浮かんだのはそれ以外のことだった。たとえば、父のことをどう扱ったらいいのか、もうわからないということとか。父との関係は最初から機能不全だったけれど、そこに糖尿病と、エスカレートする飲酒問題というおまけがくっついたことで、〝娘の義務を果たす〟というこれまでのアプローチではもう対処しきれなくなってしまった。新しい方法を考えなければいけないけれど、あいにく二十四時間対応のヘルパーを雇うことくらいしか思いつかなかった。父は絶対にうんといわないし、エリーにしてもそんな金銭的余裕はなかったが。

鼻をすすって涙を押し戻し、脚を引きずるようにして寝室に戻った。それが大きな間違いだった。ベッドの上におかれた派手なネオンピンクのバイブレーターを見て、少し前にタイラーと分かちあった情熱的でスリルに富んだ、文句なしに楽しい時間のことを思いだしてしまったからだ。喉の奥から笑いともすすり泣きともつかない声が飛びだした。エリーはぎゅっと握った手を胸に押し当て、事実を直視した。

タイラーは二度とわたしに触れてくれないだろうし、口をきいてくれるかどうかも怪しいところだ。仮に電話があったとしても、いったいわたしになにがいえる？〝父が迷惑をかけてごめんなさい。もう二度とあんなことはさせないから〟。ほらね？　そんな約束をしたところで守れないのはわかりきっている。父にいうことを聞かせられるなら、そもそも今夜のようなことは起こらなかった。

ベッドに近づき、バイブレーターをサイドテーブルの抽斗に放りこむと、もうひとつの事実に向きあった。この胸の痛みは、計画が完全に頓挫したこととも、個人教師を失ったこととも関係ない。タイラーを失ってしまったことが原因だ。なによりつらいのはそのことだった。まったく筋が通らない。彼との関係は最初から一時的なものと決まっていたのだから。それなのにタイラーとふたりで過ごすたびに、なぜだか頭にもやがかかったみたいになり、足をさらわれたようになって、計画のことなど忘れてしまうのだ。

そんなことが起こるはずはなかったのに。エリーの頭には、もやがかかる危険を防ぐ自動霜取り器が標準装備されている。つねに目標を見定め、足をさらわれたことなどいままで一度もなかった。

枕の横からのぞいている、しわくちゃになった紫色のレースのかたまりが、そんな主張を嘲笑っているようだった。エリーは下着を拾いあげ、ガウンのポケットに押しこんだ。足のことは忘れなさい。タイラーの手でまず例外なくショーツをおろされてしまう足のことは。

どうしてそうなってしまうのだと思う？　頭のどこかでそんな不安げな声がした。

それはね、タイラーがハイスクールのころから女性の下着を脱がせてきたから。彼はそうすることが得意なの。だからこそ個人教師になってほしかったんでしょう？　残念だけど、今夜のことでタイラーが尻尾を巻いて逃げだすのは間違いない。実の父親をうまくあしらえなかったばっかりに、ロジャーを惹きつける方法をマスターできなくなってしまった。さようなら、川を見おろすチューダー様式の煉瓦造りの家の前で小さな赤い自転車をこぐ、金色の髪をした子どもたち。さよなら、日曜日の教会の四列目のベンチ。

たぶん今夜のことはよい警鐘ととらえるべきなんだわ。強い絆で結ばれた大家族の一員に、わたしは向いていないということなのよ、セクシーな女性になれないように。苦々しい顔でそう考えながらベッドに身体を投げだした。

ところがどうにもじっとしていられず、すぐにベッドから身を起こして、つかつかとクロゼットに歩み寄った。家でぶつぶつ独り言をつぶやいていても、なんの足しにもならない。フランクの様子を見にいけば、少なくとも医療研修を活かすことができるわ。

十五分後、エリーの車は旧街道を折れ、生まれてからの十八年間〝家〟と呼んでいた地域に入った。そのとき反対方向からやってきた黒いピックアップトラックがヘッドライトを点滅させた。

タイラーだ。

エリーは車を道の片側に寄せた。タイラーが残りの授業を正式にキャンセルするのに、道路脇というのは最適の場所だわ。タイラーがこちらに近づいてくるにつれ、エリーの心臓は肋骨に当たるほど激しく打ちはじめて、砂利をざくざくと踏むブーツの音に不安なバックビートが加わった。

タイラーは運転席の窓の横にしゃがんでエリーを見た。

視線を返したエリーは、彼のあごを見て喉が締めつけられたようになった。殴られた場所をじっくり調べ、なんともないことを確かめたくて、指が引きつった。エリーは意志の力だけで両手をハンドルにとどめた。それでもタイラーは彼女の胸中を察したらしく、「大丈夫だから、エリー」といった。

その低くおだやかな声のなにかが、エリーの心に怒りの洪水を起こした。自分が両手の拳をハンドルに叩きつけるのを、彼女は驚きながらもどこか他人事のように見ていた。喉から飛びだした声は、およそ自分のものとは思えなかった。「大丈夫なんかじゃない。わたしの父があなたを殴ったのよ。あなたは大丈夫じゃない。父は大丈夫じゃない。わたしは大丈夫じゃない！」

気がつくとエリーは車の外に出され、タイラーの腕に抱かれて彼の胸に顔を押しつけていた。頬の下に彼の心臓のたしかな鼓動を感じた。蒸し暑い夏の夜だというのに、あたたかな彼の腕にくるまれているのに、震えが止まらなかった。さらに悪いことに、頭のいかれた泣き妖精（バンシー）みたいに泣きじゃくっている。

タイラーはなにもいわずに、ただじっと抱いていてくれた。真夜中に道端で立っていることなど気にも留めていないように、泣きたいだけ泣かせてくれた。涙が涸（か）れるまでにはしばらくかかった。泣きすぎて頭がふらふらして喉が痛みだすころ、エリーはようやく顔をあげ、ひりひりする目を手のひらの付け根でこすった。

「ああ大変、ごめんなさい」タイラーのTシャツの真ん中がびしょびしょになっていた。涙と汗と、それからあまり考えたくないなにかで。「あなたのTシャツをだいなしにしてしまったわ」

「おれもきみの下着をだめにしたからな。これでおあいこだ」タイラーは彼女のあごをつまんで上を向かせ、顔をじっと見つめた。「すっきりしたかい？」

「ええ」恥ずかしくてたまらないのもすっきりしたうちに入るのなら。「本当にごめんなさ――」

「謝らなくていい。今夜のフランクのことはきみのせいじゃない」

「彼はお酒を飲みすぎるわ」

「きみのせいじゃない」

「それにすぐ怒るし……というか」ため息がもれた。「いつも怒ってる」

「彼は神に、運命に、世のなかに腹を立てているんだ。だがそれもきみのせいじゃない」

断固たるその口調にエリーはまた泣きたくなった。だから無理して口元に弱々しい笑みを浮かべた。「じゃ、これもわたしのせいじゃないってこと?」

タイラーはほほえみ返した。「まあ、そんなところだ」

エリーは目をそらした。「そういってくれるのはうれしいけど、父親と娘の関係はたぶんあなたの専門分野じゃないから」

「これを聞いたらきみは驚くかもしれないが、おれの専門はセックスだけじゃないんだ」

その口調のそっけなさに、エリーは彼の顔に視線を戻した。自分がなにを期待していたかわからないけれど、話したくないことについて話そうとしている人の渋い表情を目にすることになるとは思っていなかった。タイラーがTシャツの裾をあげて脇腹に走る傷跡を指差すと、その思いはさらに強まった。

「この傷はどうしたのか、と以前きみは訊いたね。いまもまだ知りたいかい?」

エリーはうなずいた。

「十二歳のとき、ビッグ・ジョーに手斧の釘抜きの部分で殴られたんだ。薪(まき)の積みかたがなっていないといわれてね。彼はいつものように酔っ払っていて、いつものように腹を立てていた。おまえはだめなやつだとはっきりいわれたのは、それが最初でも最後でもなかったよ」

ジョー・ロングフットの姿が頭に浮かんだ。大柄で、威圧的で、目つきが鋭く、口元はつねに冷笑で歪んでいた。エリーは思わずタイラーに近づき、傷跡にそっと触れた。十二歳の無力なタイラーを思うと、目が涙でちくちくした。彼を守り、面倒をみて、愛してくれるはずの実の父に、そんなことをされたなんて。「ひどい」囁くようにいった。

「ああ」タイラーは彼女の手を取ってやさしく握った。「幼稚園の初日に母親に捨てられ、なにかへまをするたびに父親にぶちのめされていれば、悪いのは自分かもしれないと考えるようになる」

そんなつまらないことを考えたタイラーに腹が立ち、エリーは思わずいっていた。「もちろんあなたは悪くない。悪いのはあなたの両親よ。あなたは罪のない被害者じゃないの」

タイラーに意味ありげな視線を向けられ、エリーは言葉を切った。

彼女はかぶりを振った。「わたしの場合は事情が違うわ」

「違わないね。ひとつも。母親に見捨てられ、父親に殴る蹴るの暴力をふるわれるなんて、自分のなにがいけなかったのだろうと考えて、おれは何年も時間を無駄にした。で、ようやく気づいた。両親があなったのはおれとはなんの関係もないことなんだと。おれの母親が逃げたのは、親父の癇癪に耐えられなくなったからだ。彼女は自分を守るためにおれを犠牲にした。おれを連れて逃げれば、親父はいたぶる相手がいなくなって、きっと自分たちを追ってくると考えたんだろう。その考えはたぶん当たっていた。だが、当たっていようといまいと、たとえおれが世界一よくできた子どもだったとしても、彼女の決断は変わらなかったはずだ。ジョーの場合も同じだ。彼をあんな腐ったろくでなしにしたのはおれじゃない。彼はおれが生まれる前からああだったし、死ぬ日まであのままだった」

エリーのなかの道理をわきまえた論理的な部分はタイラーのいい分を理解していたが、もっと感情的な弱い部分はタイラーの家族と自分の家族を同一視することにためらいを感じた。だって、両者のあいだには違いがある。大きな違いが。エリーの母親は亡くなった。その事実はなにをもってしても変わらない。タイラーのお母さんはどこかで元気にしていて、後悔の念に苛まれながら、自分が捨てた息子にもう一度会いたいと思っているかもしれないのだ。

「お母さんとは……そのあと……？」喉がつまったようになって最後までいうことができなかった。

「いや。出ていった日から一度も会っていないし、手紙をもらったこともない」静かな声でタイラーは告げた。「こちらもさがそうとはしなかったが」

「彼女のことを憎んでいる？」

「憎んでいる、というのはちょっと違うな。この年になると彼女の事情もわかるんだ、子どものときよりはずっとね。当時、彼女はたったの二十三歳で、このままとどまればいつかは自分を殺すことになる男との愛憎関係にはまりこんで身動きが取れなくなっていた。だから逃げたんだ。その気持ちは理解できるが、かといってすべてを許せるわけじゃない。彼女は一度もおれを訪ねてこなかった。さがすのはそうむずかしくないはずだ、なにせおれはあれからも彼女が置き去りにした場所の目と鼻の先に住んでいるわけだから。つまり、彼女はさほどおれに会いたいと思っていないってことだ。おれにとっては――」タイラーは肩をすくめた。「もう終わったことだ。いまさら親なんか必要ないしね」

「わたしには必要なの」それを認めたことで、エリーは、父の抱える問題は自分にも責任のあることだと思いたい理由がわかった気がした。自分に関係のある問題なら、その解決にも関わることができる。父ひとりにすべてを任せたら、わたしに助けを求めることはまずないだろう。

エリーは月を見あげてせわしなくまばたきした。「馬鹿よね」思いやりに満ちたタイラーの表情を目の隅にとらえ、胸を締めつけられたようになった。「これは誰にもいっていないことだけど、わたしがブルーリックに戻って診療所を開いたいちばんの理由は、そうすれば父との関係を修復できるだろうと考えたからなの。いまの父にはわたしが必要だ、だって彼は糖尿病なんだから。そう自分にいい聞かせたわ。父の力になろう、そうすることでわたしはもう母が遺していった厄介なお荷物じゃないということを証明しよう、って。父はきっとわたしに感謝して、おとなになった娘に目を細めて、本物の家族になりたいと思う――」

「そうなるかもしれない」

「ええ、そうよね。父はわたしが家を訪ねていくのをいやがって、おまえの説教は聞き飽きたというけど。こっちは彼のためを思っていっているのに」

「そうか。でもきみが訪ねていくと、フランクはいつも家にいるんだろう？」

エリーはなんと答えていいのかわからなかった。

「人は変われる。この町に戻ってくることで、きみはなにが問題になっているかをフランクに示した。だから今度は少し距離をおいて、彼が心を入れ替えて一から出なおせるかどうか見守ってみてはどうだろう」

「でも、父の様子を見にいかなきゃ。血糖値もチェックしないといけないし」

「いや、その必要はない」

「だけど――」

タイラーの揺るぎないまなざしにエリーは黙った。「フランクなら大丈夫だ。軽い食事をさせたあと、彼に残された選択肢について腹を割って話した。いまの彼にはひとりで考えてどうしたいか決める時間が必要だ」

「どういうこと、選択肢って？」

「ここでの話は他言しないとおれはいった。きみに知らせたければ、彼のほうから話があるはずだ」

「だから……」エリーは途方に暮れ、ビーチサンダルの裏で自分の車のタイヤを蹴った。「このまま車に乗りこんで……家へ帰れって？」

「どのみち明日の夕方には顔を出すんだろう？　毎週土曜にきみが食料品を持ってくるとフランクから聞いたよ」

「そうだけど——」

「すぐに明日になる。そのあとの予定は？」

「予定って？」

「フランクの家に寄ったあと、明日の晩はなにをしている？」

「とくに……なにも」

「なんなら暇をつぶす手伝いをしようか？」


あっけにとられたような彼女の表情に、タイラーはあやうく噴きだしそうになった。「おいおい、エリー。いまさら明日の晩は髪を洗う予定があるとかいうのはなしだぞ。フランクの家に寄ったあとでおれのところにくるというのはどうだ？」

「わたしとまた会いたいってこと？　あんなことがあったのに？」

「今夜の授業は予定より早く終わってしまったようだから」いったとたんに後悔した。たしかに、明日会いたいといった。だがそれはさっきまでやっていた何章だかのつづきがしたいからではなかった。食事か映画に誘うべきだった……本物のデートに。愛の告白についてタイラーはまったくの門外漢だったが、それでも「きみを愛している」という言葉はなにかロマンチックな行為とセットになっているものだろうという気はした。そしてそのロマンチックな行為にオーガズムは入っていない。ところが彼の言葉にエリーが頰にえくぼを浮かべた満面の笑みを返してくると、自分が正しい餌をちらつかせたことがわかった。がっかりはしたが、彼女がタイラーに求めているものはワイルドなセックスだけではないということにエリーがついに気づくときまで、どんな手を使ってでも引き留めておかなくては。

「七時でどうだ?」彼は尋ねた。

「七時でいいわ。夕食を持っていくわね」

自宅で水入らずのディナーというのは〝本物のデート〟と呼べるかもしれない。もしかしたらエリーはもう、ワイルドなセックスだけがおれの取り柄じゃないことに気づいているとか。

「食事のあとで」とエリーはつづけた。「もしもよければ――」

「いいよ」

「ほんとに?」

「本当だ、先生。なんでもきみのしたいことをしよう」

「本当にこれがしたいのか?」タイラーは渋っていることを口調で伝えようとした。気が進まないと、もう何度もはっきりいっていたのだが。

エリーは組んだ腕の上に額を落とした。「何度いったらわかるの。ええ、そうよ」頭をもたげ、タイラーを振り返る。「約束したでしょう」

タイラーの股間に文句はないようだった。エリーは一糸まとわぬ姿で彼の前で四つん這いになり、その肌は雨を予感させる湿気でしっとりと濡れて、タイラーのその部分は要求に応じたくてうずうずしていたが、頭がそれを阻んでいた。「きみは自分がなにを望んでいるのかわかっていないんだ。これは一度もしたことがないんだろう?」

「だからトライしたいんじゃないの。男の人は十三章が大好きだと本に書いてあったの。お願い、星五つのお薦めなのよ」

「女性を欲情させる方法を指南する本があったら、この章は星ゼロだと思うが」

「女性を欲情させるためのレッスンをあなたが受けるときには、この章を選ぶ必要はないわ。あのね、わたしは口がきけないわけじゃないの。もしもいやだったら、やめて、とちゃんというわ。ねっ?　あなたを信じる」

タイラーは顔をこすった。そんなふうにいわれて反論できるか?「きみの勝ちだ。ローションはどこだ?」

エリーはサイドテーブルの上のチューブを取ってタイラーに渡した。「両手と舌があればローションはいらない、といっていなかった？」

「おれが間違っていた。ほら、黙って」

数分かけて、楽しみながら彼女にローションを塗っていった。彼女が気に入るとわかっている懐かしい場所を中心に、つまりは脚のあいだを丹念にこすると、エリーの口からうめきがもれ、自分から腰を押しつけてきた。そう、タイラーは時間稼ぎをしていた。しかしエリーに文句はないようだし――。

「タイラー、これもすごくすてきだし――」彼は潤んだ細い溝に指を一本差し入れた。

「あっ……あん、興奮もするけど――」

やっぱり〝けど〟がきたか。「わかった。ちょっと待ってくれ」タイラーは空いているほうの手でベッドの上を探り、さがしていたものを見つけた。もう一度ローションを絞りだし、それからエリーのお尻を押し分けるようにして目標にゆっくり近づいた。そして先端をそっとそこに押しつけた。

「そんなに……悪くないわ」エリーはいったが、彼を急かそうとして身をくねらせたせいで語尾があがった。

「これは〝とんすけ〟だ」

エリーの動きが止まった。「とんすけ？」

「そうだ」彼女の頭がせわしなく回転している音が聞こえるようだった。タイラーのものはバイブレーターより大きく、太く、長い。今夜これを持ってくるようにいっておいて本当によかった。〝どんすけ〟から〝契約破壊屋〟に改名したほうがいいかもしれないな。

エリーがさっと身体を反転させ、膝を胸に引き寄せて腕で抱えると、大きく見開いた目でタイラーを見た。「あなたのいうとおりね。やっぱりこれはやめておく」

「よかった」彼はエリーの腰を持って抱えあげると、片方の腕でさっきまで彼女がしきりに差しだそうとしていたお尻を支え、もう一方は背中にまわした。エリーはとっさに彼の肩をつかみ、両脚を腰に巻きつけた。タイラーは彼女があげた驚きの声を無視して立ちあがった。「いいことを思いついた。ブランケットを持ってくれるか？　おれは両手がふさがっているんで」

「い、いいけど」疑わしげな声でいいながらも、手を伸ばして薄物の青いキルトをつかんだ。

タイラーは彼女を抱いて廊下を進み、勝手口から庭に出た。夜空に輝く大きな月がエリーの肌を透き通るほど白く見せ、急速に木々の梢(こずえ)をおおいつつある雨雲に銀色の光を投げかけていた。

「タイラー、気でも違ったの？　いまにも雨が降りだしそうなのに」

彼はオークの木に囲まれた庭の中央の草深い平地で足を止めた。「雨に当たったくらいじゃ溶けないよ。ブランケットをそこに落として」

エリーはいわれたとおりにした。タイラーはつま先でキルトを広げるとその上に膝をついて、エリーをそっと横たえた。そして月明かりを浴びた彼女がつくりだす絵画に息をのんだ。とはいえ、きみの人生にもっと深く関わりたい、ただの……〝十三章をやめるよう説得した男〟だけで終わりたくない、と告白するだけの舞台はまだ整っていない。しかし、言葉ではなく行動で示すことはできるかもしれない。彼はエリーの身体をまたぐようにして手足をついた。エリーは彼を見あげてほほえみ、ぶるっと身を震わせた。

「寒い？」

「ううん。今日一日でいまがいちばんいい気持ち。あなたのいうとおりね。雨に当たったくらいじゃ溶けないわ」

できれば彼女をとろけさせたかった。ただし、雨に濡れてではなく。タイラーは上体を倒し、笑みをたたえたやわらかな唇を唇でおおって、熱く濡れた長い長い、永遠とも思えるような口づけをした。

「あの本に裏庭でのキャンプを薦める章はなかったはずだけど」タイラーが唇を離すと、エリーはわずかに息を弾ませながらそういった。

「本に書いてあることがすべてじゃない。ときには直感に頼ることも必要だよ」その主張を裏づけるべく、タイラーは彼女のあごに手を添えてふたたび唇を重ねると、キスで彼女の口に奉仕して、エリーが彼の肩にしがみつき、喉の奥から切羽詰まったような声を小さくもらすまでそれをつづけた。唇を離し、彼女を見おろすと、今度は困惑した茶色のまなざしが見返してきた。

「これがなんの授業だかわからないんだけど、タイラー」囁くように打ち明けるその声と不安げな表情に、熱いものが貪るようにタイラーの腹部を舐めて胸にまで広がった。何事にも几帳面なエリーはルールを知りたがる。次になにが起こるか知っておきたいのだ。それがわからないまま先に進むのは不安なのだろう。しかしタイラーはこれからありとあらゆる不安を彼女に味わわせるつもりだった。

「おれを信じてくれ」

「信じてるわ。だけど……」

その声は、タイラーが唇で彼女のあごを、喉を、首から肩につながるなめらかなカーブをなぞると、小さくなって途切れた。「一晩じゅうでもきみにキスしていられる」彼はエリーの肌に口をつけたままつぶやいた。

「無理よ。唇がひび割れてしまうわ」彼女はなんとかそういうとタイラーの髪に指を差し入れ、小石のように硬く尖った乳首を彼が舌ではじくと背中を弓なりにそらした。

タイラーは笑いながら反対の乳房に注意を向けた。「どうしようもないんだ。きみがあまりにきれいだから」

彼の髪をまさぐっていた指が動きを止めた。「そんなことはいわなくていいのよ」

「そんなことって？」エリーの心臓の真上のやわらかなふくらみに唇を押しつけた。「本当のこと？」

〝きみはきれいだ〟に準ずることをもっといわなければいけなかったのだ。小刻みに震える腹部へと指先をすべらせながらタイラーは気づいた。なにしろエリーはそのことにまったく気づいていないのだから。いままで一度もいわずにいたなんて信じられない。いまこそその過ちを正すときだ。

「きみはきれいだ、ここも……」彼はあぜんとしているエリーの口にキスした。

「タイラー、やめて――」

「ここも」喉の付け根の感じやすいくぼみを唇でなぞり、跳ねるように打っている脈を唇に感じると、タイラーは満足げな笑みを嚙み殺した。

「やめて……」彼女はあえぎながら同じ言葉をくりかえしたが、タイラーがおへそのまわりに舌で円を描くと、思わず背中をのけぞらせた。エリーはしばらく口をきけずにいたが、やがて「わたしはきれいなんかじゃない」とつぶやく、か細い声が彼の耳に届いた。

「きみはなんにもわかっていないんだな」彼は肩でエリーの膝を割ると、ふっくらした丘にキスした。「自分がどんなに美しいか……」声を落とし、彼女の脚のあいだに口づけると、そこはすでに熱く潤っていた。

エリーの頭がのけぞり、否定の言葉は喉に引っかかった。彼女に口をつけたまま、舐めて吸い、舌でかきまわすと、ついにエリーはびくびくと全身を震わせた。

タイラーは身体を上にずらし、彼女の指に指をからめ、固く結ばれた手をエリーの頭の両脇に持っていった。「おれを見るんだ、エリー」

15

目をつぶっていたことにエリーは気づいていなかったが、いまその目を開けると、はてしなく深いタイラーのエメラルド色の瞳に吸いこまれそうになった。視線と視線がからみあい、エリーはそこに彼の思いを読み取った。夜の闇を照らすろうそくの火のように、意識の隅でなにかがひらめいたが、そのときタイラーが彼女を貫き、すでにオーバーヒート気味だった思考回路にさまざまな感覚が一気に押し寄せ、頭が真っ白になった。

熱を持った肌にひんやりした夏の雨の最初のひとしずくが当たったことも、ほとんど気づかなかった。

タイラーはゆっくりしたペースで完全に彼女を満たし、その目がくらむようなひと突きごとにエリーのなかで飢えにも似た欲望が高まって身体の中心に集まっていった。ぬくもりが火照りに変わり、火照りが炎になる。肌にやさしく触れる雨も炎をあおるだけだった。頬にかかるタイラーの息が、炎をいっそう燃えあがらせる。

水が指の隙間からこぼれ落ちていくように自制心が失われていく。まずいわ。これは予想外の事態だ。エリーは指に力を入れ、やさしく、だがしっかりと握られたタイラーの手から逃れられるかどうかやってみた。

手を引き抜けないとわかっていらだちの声がもれたのだろう、タイラーが囁いた。「だめだ。いまきみに触れられたら三秒で終わってしまう。おれにやらせてくれ」

「こんなのだめよ、あまりに――」親密すぎる？　すばらしすぎる？　いま感じている不安を言葉でいいあらわすことはできなかったけれど、すべてを見通しているようなタイラーの目を見つめながら彼の腕のなかでばらばらに砕け散ることを考えると急に怖くなった。身体じゅうの細胞はそうしたくてうずいているのに。

「さっき、寝室できみはいったね、おれを信じると。だったらここでもおれを信じて自分を解き放つんだ。おれはきみの目が快感に暗くかすむところを見たい。達する直前にきみがあげる小さな叫びを聞きたい。きみの身体がおれを求めて震えるのを感じたい」

その言葉だけでエリーの身体は震えた。タイラーがわかっていないようなのは、彼女にはもうなすすべがないということだった。エリーはすでに彼のなすがままで、ゆっくりと深く貫かれるたびに快感が危険なほどに高まって痛いくらいだった。それともタイラーはすべてをわかっていながら意に介していないだけだろうか。エリーがいくら身をよじっても、ゆっくりとした一定のリズムを崩そうとはしない。エリーの呼吸が乱れたあえぎに変わっても彼はけっして急がず、甘い責め苦を与えつづけた。出しては入れをくりかえし……ついにエリーはすっかり熟れてうずいている場所をこする、なめらかで熱いもののことしか考えられなくなった。

「解き放つんだ」タイラーは同じ言葉を重ねると、さらに深く激しく突き入れた。

耐えがたいほどの快感に思わずうめきがもれたが、そのときまたひらめくものがあった。それは彼女のなかに深く埋められた彼に匹敵するほど強烈な感覚だった。解き放つ？　わたしはとっくに自分を解き放っていた。それと気づかないうちに。たぶん数週間前、念入りに準備したカリキュラムをタイラーに一蹴されて彼のバイクで連れだされたときに。数日前、アダルトグッズみたいな馬鹿げたものを買うためにわざわざレキシントンまで連れていかれたときに。そして昨夜、道路脇で彼の腕に抱かれて、泣きたいだけ泣かせてもらったときも。そのどこかでエリーは、身体よりもっと大切なものをこの男性に手渡していた。その衝撃的な事実に抗っているとき、タイラーが「いまだ」と囁き、彼女をぐっと抱き寄せて、最後の強烈なひと突きでクライマックスへと導いた。

エリーは自分を解き放った。タイラーは持ちこたえた。そしてふたりは同時に高みへ舞いあがった。

「あなたを愛してる」エリーの唇から言葉がこぼれ落ちた。

薄雲の合間から顔をのぞかせている星を見あげながら、エリーはぶるっと身を震わせた。おおいかぶさっているタイラーの身体は大きくて重く、とってもあたたかいのに。雨は通りすぎたけれど、いまでは雨粒のかわりにエリーの心臓が激しいリズムを刻んでいた。

〝あなたを愛してる〟わたしは本当にそんな言葉を口走ったのだろうか。それとも、ただの気のせい？　どちらの答えも彼女を心底怯えさせた。タイラーとわたしはおたがいにとってふさわしい相手じゃない。エリーは仲のいい大家族の絆とつながりを、どこかに属しているという感覚を切に求めていた。どれも味わったことがないからだ。それはタイラーも同じだけれど、彼のほうはおとなになってからずっとそうしたものを避けて生きてきた。たとえタイラーが突然、深夜の〈ローリーズ〉や女性たちとの割り切った関係をあきらめて、義務と責任を引き受けることにしたとしても、わたしたちがうまくやっていけるはずがない。だって、どちらも幸せな家庭というものを知らないのよ？　知らないものをつくりだせるはずがないわ。

その点ロジャーは、生まれながらに家族と家庭に恵まれている。あの青い瞳とにこやかな笑顔に恵まれたように。愛情と支えに満ちた彼の家族には、エリーの家族に欠けているものがすべて揃っている。身内に対する情や、レイノルズ家の一員であることとの目的意識と使命感は彼のDNAに組みこまれているといっていい。そのロジャーが月曜の夜にわたしの家にやってくる。セックスの経験が豊富で、自信たっぷりなおとなの女性に会えると思って。間違った男性にうっかり恋して、うろたえている小娘なんかじゃなしに。わたしには計画があったのに。なんだってわたしの心はこんなにも大きくコースをはずれてしまったの？

思わずうめき声がもれていた。タイラーがさっと身体をずらした。「すまない。きみを潰してしまうところだった」彼は手で頭を支えてエリーを見おろしたが、その表情を読むことはできなかった。

「う、ううん。あなたのせいじゃないの。ただわたし……」そこで逃走本能のスイッチが入った。「もう帰らないと」エリーはあわててそう告げた。いまいましい彼女の心は、永遠にここに、タイラーの隣にいたいといっていたからだ。

「幽霊でも見たのか、先生？」

彼はわたしをもてあそんでいるの？　エリーは上体を起こすと、タイラーの広い肩とたくましい胸の筋肉に触れるという誘惑に負けてしまう前に急いで彼から離れた。「まさか」

タイラーはじりじりと彼女に近づいた。エリーはじりじりとうしろに下がった。

「少しぴりぴりしているみたいだな。ちょっと話そうか」

「話す？」ああもう、これじゃまるでオウムだわ。

「そうだ。まずはおれから。少し前にきみはたしか愛――」

「本当にもういかないと！」エリーは必死でもっともらしい逃げ口実をさがした。「父の様子を見にいかなきゃいけないの。仕事のあとで食料品を届けに寄ったら留守だったのよ」

タイラーが眉間にしわを寄せた。「フランクが行方不明なのか？」

「そうじゃなくて」しどろもどろなのがいやでたまらなかった。「例会に出かけてくるとメモがあったわ」

「だったらなにを確認しにいくんだ？　彼は例会に出かけているんだろう」およそ信憑性に欠けているとばかりに片方の眉をあげた。

エリーは急いで立ちあがると首を横にふった。「父に〝例会〟なんてないからよ。彼にあるのは〈ローリーズ〉と――お酒を出してくれればだけど――家のソファだけ。だからあのメモはわけがわからない。ひとつもわけがわからない」なによりわからないのは自分のこと。彼女はまた一歩うしろに下がった。さらに一歩。「火曜日の銀行へのプレゼン、うまくいくことを祈っているわ。じゃあ……また」


タイラーはぼうっと浮かびあがる大きな白い月を見あげた。ごつごつした顔は彼のことを笑っているようで、なにもかもがジョークのように思えた。後腐れのない自由な関係の第一人者ともいえるこの自分が、心から大切に思っているただひとりの女性の口から「あなたを愛してる」という言葉を引きだしたと思ったら、その女性は白い雲の尾だけを残して一目散に逃げだした。

それでも、その滑稽さを笑うことはできなかった。心が血を流していては無理だ。あの言葉はいずれ自分のほうからいうつもりだった。それにふさわしい状況で、しかるべき段取りを踏んで。そのあとで彼女の疑いを取り去るつもりでいた。エリーが疑念を抱いているのは、わかりすぎるほどにわかる。愛を知らない自分たちのような人間が、どうやって永遠につづく愛を築いていけるのか、と。

タイラーは愛を感じていながら愛の言葉を口にしなかった。ところがエリーはそれを言葉にしたのだ。だから天にも昇る心地になっていいはずなのに、なぜか最低の気分だった。あれが意図せずに出た言葉だったというのはもちろん、いったあとにエリーが見せた表情が……。まるで、ちょっとまわり道をしたら間違って行き止まりにはまりこんでしまった、というような顔だった。案の定、エリーはギアをバックに入れ、猛スピードでUターンした。頭のどこかでそんな声がした。つまりおまえは女性たちが一緒にいたい、この人になら人生をあずけてもいい、生涯をともにしたいと思うような男ではないってことだ。

しかしもうひとりの自分は、おまえはだめなやつだといっているその声がビッグ・ジョーのものであることに気づいていた。生きていたときだって父親のことはできるかぎり無視してきたのだ。死人のいうことなんかに耳を貸すんじゃない。

自分の直感に従うんだ。そしてタイラーの直感は、エリーは彼を愛していると告げていた。そのことに気づいて動揺したのだ、と。無理もない、エリーは自分の計画を大いに気に入っていたのだから。綿密な計画を立てて安心していたのに、タイラーを愛することで地図に載っていない領域に放りこまれてしまった。だからちょっと自分の位置を確かめて、気持ちの整理をする必要があるのだ。いや、〝ちょっと〟ではすまないか。要するに、エリーには時間が必要だということだ。

月曜まで待とう。月曜がきたら、準備ができていようがいまいが彼女と話すのだ。

16

エリーは寝室の鏡をのぞきこみ、ロジャーを悩殺するための勝負服に選んだ赤いスカーフみたいなミニ丈のストラップレスドレスの胸元をなおした。このドレスもまた、入念に練りあげられた今夜の計画の一部だった。この四十八時間でエリーは、雑念を払いのけてなにがなんでも計画どおりに突き進む自分の能力を再確認していた。もちろん、今夜のために準備しなければいけないことが山ほどあったせいでもあるのだが。

土曜の夕方にエリーが立ち寄ったときにフランクがどこに出かけていたのか心配している暇はなかった。数時間後にタイラーの家から自宅に向かう途中で通りかかったときも父の家に明かりはついていなかった。けれど、父の問題はあとまわしにして、ロジャーとのデートの戦略をことこまかに立てていった。食事のメニューはどうするか、どんな服を着るか、そしてなによりエリーが理想の相手であることをロジャーに証明するにはどの章を採用すればいいのか。

それはそうと、土曜の夜にわたしが熱に浮かされて口走ったあの言葉をタイラーはどう思っただろう。頭のなかで無為な議論がはじまるたびに、エリーは容赦なくそうした声を封じた。そのことは今夜のデートとなんの関係もないでしょう。いまはタイラーのことを考えてはだめ。〝ロジャーの愛を勝ち取るための計画〟に全神経を集中させなければ。今夜のデートはわたしの人生を決める正念場なのだから。

化粧なおしをしながら頭のなかのリストにチェックを入れていった。男心をそそるヘアスタイル。よし。わざと乱れた感じにまとめたアップスタイルは、たったいまベッドから出てきたばかりだから同じ場所に戻るよう説得するのはいたって簡単よ、と告げている。セクシーな服装。よし。生地をほんの少ししか使っていないドレスは、風のひと吹きで飛んでいってしまいそうだ。ドレスに合わせて購入した赤のウルトラハイヒールは〝いますぐわたしを奪って！〟と叫んでいる。要するに、これ以上ないほどセクシーな装いだということ。

あいにく、気分のほうはセクシーとはほど遠く、むしろいまにも吐きそうだった。緊張なのかなんなのか……冷たい不安のかたまりが胃のなかに居座っている。そのかたまりは、ロジャーがこの家にやってきて彼女の寝室に入り、エリーがマスターした章のどれかをふたりして深く掘り下げることを考えるたびにそわそわと動きまわるのだ。大舞台を前にあがっているのかしら？　たぶんそうよ。額の汗を押さえながら、落ち着きなさいと自分にいい聞かせた。

そのとき玄関のチャイムが鳴り、〝落ち着き〟はどこかへいってしまった。エリーは無理やり口元に笑みをつくると、急いで玄関へ向かった。

玄関先に立つロジャーは小麦色に灼けた肌が青ざめ、カーキ色のパンツの上に羽織った白い麻のシャツの裾を両手で撫でつけていた。

「いらっしゃい、ロジャー。どうぞ入って」ああもう。葬儀屋みたいな声じゃないの。

「ありがとう。えっ、あっ」ロジャーは額の生え際まで真っ赤になった。「きみはすごく
……ええと、なんていったらいいのか」

しどろもどろのロジャーを見ても、なぜだかエリーの緊張は高まるばかりだった。まるでジェットコースターが最初の下り坂にさしかかったところで、本当は乗りたくなかったのだと不意に気づいたような感じだった。今日までずっと自分の計画に従い、目標を達成することばかりに夢中になって、どんどん間違った方向へ進んでいるわよと警告する心の声をことごとく無視してきた。エリーがほしかったロジャーは彼女がつくりあげた幻想で、実在の人物ではなかったのだ。考えてみると、わたしは目の前に立っているこの男性のことをほとんど知らない。まして、愛してもいなかった。

「エリー、どうやらきみはなにか誤解して――」

「ロジャー、本当にごめんなさい、でもわたし――」言葉が重なり、ふたりが同時に口をつぐむと、気まずい空気が流れた。ロジャーの弱々しい笑い声がその沈黙を破った。「ごめん。まずはレディファーストで」

「ううん、謝らなきゃいけないのはわたしのほう」エリーは溜めていた息を長々と吐きだした。「あなたが今夜〈スラップ&ティックル〉的なセックスを期待してきたのは知っている

し、わたしとしてもそれにうってつけのセクシーな女性だとあなたに思ってほしかったんだけど、やっぱりわたしには無理だわ、ごめんなさい、あなたの理想の女性になりすまそうだなんて、馬鹿よね、わたし」

上目遣いでちらりとロジャーを見あげたエリーは、こわばっていた彼の口元がゆるんで小さな笑みが浮かぶのを見て驚いた。「なりすましに関しては、ぼくのほうが一枚上手みたいだな」

「どういうことかわからないんだけど」

「だろうね。いまから説明するよ。座って話せるかな？」

おもてなし大賞の夢もここまでね。「もちろんよ」エリーはあわてて彼をリビングに通して明かりのスイッチを入れると、部屋じゅうに灯したキャンドルの火を吹き消していった。それからふたりはソファに座って向かいあった。部屋にはサックスがむせび泣くムードミュージックが低く流れ、サイドテーブルの上には氷で冷やしたシャンパンボトルと二脚のフルートグラスがおかれていることに気づいたとしても、ロジャーはなにもいわなかった。

彼はただエリーの手を取り、彼女の目をじっとのぞきこんだ。「今夜会ってほしいと頼んだのは、きみと深い関係になりたかったからじゃないんだ。ぼくは……」息を吐きだし、すっと目をそらした。「思っていた以上にむずかしいな」

エリーは彼の腕に手をおいた。「なんでもいって」

ロジャーはふたたび彼女と目を合わせた。「ぼくはゲイなんだ」

ゲイ？　ロジャーがゲイ？　頭のなかが真っ白になり、それからいくつかの光景が新たな意味を伴ってよみがえってきた。指に刺さったとげを抜いてあげたとき、ロジャーはニューヨークから訪ねてくる友人のことを切なそうな顔で話していた。〈スラップ&ティックル〉でダグのことを紹介するときは、そわそわしてひどく落ち着きがなかった。なんてこと、わたしはなんにもわかっていなかったんだわ。

「じゃ、ダグとあなたは？」

ロジャーはうなずいた。「そうなんだ。ごめん。〈スラップ&ティックル〉にいるぼくらを見て、てっきりきみは真相に気づいたものと思った。ダグは心配ないといったけど、ぼくは気が気じゃなかった。タイラーに知られたのはたしかだったし、きっと彼の口からきみに伝わると思ったんだ。馬鹿だったよ、彼はそんな人間じゃないのにね。でも翌朝、〈ジフィー・ジャワ〉で話をしたときの反応で、きみは知っていると思いこんでしまったんだ。ふたりきりで話せないかと訊いたのはだからなんだ。説明したかったんだ——この性的指向のことはなんとしても秘密にしておきたいんだってことを。町の人たちはほとんど知らないんだ」

「だけど……メロディは？」

ロジャーは引きつった笑みを浮かべた。「もちろん知ってる。というか、彼女はぼくより前に気づいていた。もしかしたらゲイなんじゃないかと二年前に訊かれたからね。ぼくは自分がゲイだと信じたくなかったし、彼女のことを失うのもいやだった。だから違うと答えた。だけど今年の初めにこの町に戻ったら、もう自分をごまかせなくなった。ダグに会えないのがつらくてたまらなくて。当時ぼくらはまだ……そういうことにはなっていなかったんだけど。ぼくはメロディと婚約していたし、彼女を裏切ったことは一度もない――心はともかく身体のほうはね。でも彼女はぼくの苦悩を見て取った。それにこんな関係をつづけていたら彼女まで不幸にしてしまうのは目に見えていた。だから結局すべてを打ち明けた。ぼくらは話しあい、泣いて、一生友だちでいようと誓った。そして婚約を破棄したんだ」

話しながらロジャーは目を潤ませ、彼がこの数カ月いかに苦しんできたかをエリーはたちどころに理解した。苦しんだのはメロディも同じはず。誤解してごめんなさい、と彼女に謝らなくては。メロディはわたしに恥をかかせまいとしてくれただけなのに。

盗み聞きなんかするからこういうことになるのよ、という良心の声に、あの突拍子もない計画を立てたそもそもの理由を思いだした。「この町に帰ってきて最初に聞いたのが、ええと、厳密には盗み聞きしたんだけど、あなたたちが別れたという話だったの。あなたはスリルに富んだ性生活を求めていたけどメロディがそれを望まなかったことが原因で」

「ああ、あれはメロディが考えたことなんだ。婚約解消の知らせが伝われば、あれこれ噂が立つのはわかっていた。十年間も婚約しておいて、〝うまくいかなかったから〟という説明では誰も納得しないからね。それでメロディが、ワイルドなセックスを求める飽くなきぼくの性欲についての噂を広めれば、町の噂製造機はそちらに気を取られて、真相を知られずにすむんじゃないかと考えたんだ。本当にごめんよ、エリー。きみがぼくにロマンチックな関心を持っているなんて夢にも思わなかったんだ。もしも知っていたら、すぐに事実を打ち明けていた」

「謝ったりしないで。真実は目の前にあったのに、おとぎ話を追いかけるのに忙しくて見ないようにしていたのはわたしなんだから」

「今度はぼくがよくわからないんだけど」

「自分でもうまく説明できないんだけど、たぶんわたしは頭のなかでつくりあげた勝手な理想像にあなたを当てはめて、そこに現実というささいなものが入りこむのを許さなかったのよ。あなたとわたしが恋に落ちれば、すべてはめでたしめでたしのハッピーエンドを迎えて……これまでの人生に対する不満やいらだちは魔法みたいに、ぱっと消えてなくなると思いこんでいたの。あなたは愛にあふれるすばらしいご家族のなかで育ったでしょう。わたしはそんな家族の一員になりたくてたまらなかった。それであなたの愛を勝ち得るための周到な計画を立てたの。あなたの理想の女性に変身しようとしたのよ」

「スウィーティ」ロジャーは彼女の腕をさすった。「ぼくの家族はすばらしくなんかないよ。そんな立派なものじゃない。ゲイであることをばらされたらどうしようとびくびくしていた理由のひとつは、父さんがショックで心臓発作を起こすと思ったからだ。母さんは教会へ直行して息子を元どおりにしてくださいと祈るだろうし。ぼくは本当のことを家族に打ち明けられない腰抜けで、そのくせここに残ってべつの誰かのふりをしつづけることにも耐えられない身勝手な人間なんだ。ぼくがニューヨークに戻れば家族は失望するだろうし、理由がわからなくて悩むはずだ。ぼくに注いだ愛情や、苦労してぼくに与えてくれたさまざまなことをはねつけられたと考えるだろう。実際、彼らに愛される資格なんてぼくにはないんだ」

エリーはロジャーの両手を取り、苦しげな表情を浮かべた彼の目がこちらを向くのを待った。「ご家族があなたにいろいろ与えてあげたいと思うのは当然よ。愛情はいうまでもなく。あなたはいい息子で、有能な弁護士で、思いやりのある人だもの。だけど自分自身の人生を生きていい一人前のおとなでもあるのよ。あるがままに、胸を張って生きなくちゃ。ご家族に話しなさい。案外、彼らの反応に驚かされるかもしれないわよ。でも肝心なのは、あなたが自分を大切にすることだと思う」

ロジャーはせわしなくまばたきすると、ごくりと唾を飲んだ。「メロディにも同じことをいわれたよ」

「メロディはとんでもなく聡明な人だもの」エリーは彼の腕をぎゅっと握ってから立ちあがった。

ロジャーも立ちあがり、玄関へ向かう彼女のあとについてきた。そして戸口のところで立ち止まった。「ちょっと知りたいことがあるんだけど」

「なあに？」

「きみはメロディとぼくが別れたのは、ぼくがきみのいうところの〝スリルに富んだ性生活〟を求めたからだと考えて、そのスリルを与えられる女性に変身しようと決心したんだよね。具体的にはどうやったのかなと思って」

エリーはたじろいだ。「正直、簡単にはいかなかったわ。学ばないといけないことが山ほどあって」タイラーのセクシーな笑みが、ぱっと頭に浮かんだ。

「ひょっとしてタイラーと〈スラップ&ティックル〉へ出かけたのも授業の一環？」

頬にさっと血がのぼった。「そうなの。気の毒なのはタイラーよ。男の人を虜にする方法を教えてほしいと彼に頼んだの」

ロジャーは目を丸くし、それから手で顔を扇いだ。「きみはいったん決めたらやることが早いんだな。町でいちばんセクシーな男のところへいって、〝セックスの手ほどきをして！〟と直談判するなんて」

恐れ入ったとばかりのその顔に、エリーは思わず笑いだした。「まあね、わたしはできる女だから」

「それに一流の策士でもある。ぼくだってつきあっている相手がいなくて、タイラーを説得してぼくにセックスの手ほどきをさせる方法を思いついたら、迷わず実行に移しているよ。

もっとも、残念なことに彼はぼくに気がないから、なにか口実を見つけてそれとなく断るだろうけどね。男っぽい外見によらず、タイラーは根本的に思いやりのある立派な人間だから」

そのとおりだし、それ以上だ。わたしはタイラーを愛してる……その事実をエリーはもう否定できなかった。それなのに、こみあげた感情が言葉となってあふれだした土曜の晩、わたしは怯えた少女のように逃げだした。一か八かで現実のハッピーエンドに賭けてみるかわりに、しゃにむにおとぎ話を追いかけたのだ。

「興味深いことに」とロジャーはつづけた。「タイラーはきみの申し出を断らなかった。だから彼はきみに気があるんだと思うな」

「さあ、どうかしら」タイラーの真意についてあれこれ考えると、罪悪感と不安が胸にこみあげた。話をしようといってくれたあの言葉がまだ有効であることをエリーは祈った。

ロジャーがいたずらっぽく、にっと笑った。「でも彼はきみに手ほどきしたんだよね？」

エリーは口元がゆるむのを抑えられなかった。「それはもう」

「さてと、のろけ話がはじまったようだから、そろそろ退散するよ。わかってくれてありがとう。これからも友だちでいられるといいんだけど」

「もちろんよ」エリーは戸口を額縁にし、背伸びをしてロジャーを強く抱きしめた。ロジャーは抱擁に応え、たくましい腕を彼女の身体にまわして抱き寄せた。

「その〝手ほどきを受けた〟キスをひとつぼくにしてくれないかな、スパーキー」ロジャーが囁いた。「ぼくにとってはそれがタイラーとキスするのにかぎりなく近いことだから」

エリーは笑いながら両手でロジャーの頬を挟み、うっとりするほどきれいなブルーの瞳をまっすぐ見つめて、唇に情熱的なキスをした。さようなら、ハンサムな王子様。するとロジャーが彼女の腰を抱え、ダンスのキメのポーズよろしく、ドラマチックにうしろにのけぞらせた。エリーは悲鳴をあげて彼にしがみついた。

ロジャーが顔をあげ、エリーにウインクした。「ワオ。きみは幸せ者だな。うまくやればタイラーも幸せ者になれる気がするけどね」

エンジンを吹かす音がエリーの返事を邪魔した。ロジャーの腕のなかでのけぞった姿勢からでも、猛スピードで走り去るバイクの残像は見て取れた。

「うわ、まずい」ロジャーはゆっくり身体を起こした。「ミスター幸せ者が夜のなかへ走り去ってしまった。きっとぼくらのことを誤解したんだ。追いかけて説明しようか？」

まずい、まずい、まずい！　パニックに喉がつまりそうになりながらも、エリーはなんとか首を横に振った。「ううん、どのみち彼とは話をしなくちゃいけないから……いろいろと。これはわたしが解決しないといけない問題だもの」

「わかった」ロジャーは彼女の頬にそっと触れてから、うしろに下がった。「どうなったか、あとで教えてくれよ。きみを応援してる」

「わたしも。わたしもあなたを応援してる。あなたがどんな決断をしようとも」

ロジャーはにっこり笑うと、おだやかな夏の夜へと出ていった。家のなかでベートーヴェンの交響曲第五番が鳴りだした。エリーは最後にもう一度手を振ると、電話に出るために室内に戻った。

夜に電話がかかってくることはめったになかった。急患を除いて。ところがディスプレイには〝非通知〟とあった。通話ボタンを押したとたん、ためらいがちな女性の声がした。

「ドクター・スワン？」

「はい、そうですが」

「どうも、ドクター・スワン。シャロン・グリーンといいます。あなたのお父さまの友人です。突然の電話でごめんなさい。お父さまがレキシントン記念病院に入院されたことをお知らせしたくて。今夜の例会の最中にぐあいが悪くなられたんです」

「ええっ！ それで父は大丈夫なんですか？ 医師の診断は？」エリーは昨日父に電話しなかった自分を罵った。父さんはたぶん電話に出なかっただろうけど、それでもかけるべきだった。

「わたしにはわかりません、ドクター・スワン。救急車で運ばれる前に彼からあなたの名前と電話番号を知らされて、連絡してくれと頼まれたんです。きていただけますか？」

「すぐにいきます」

17

「女のことをわかろうなんてするな、タイラー」ジュニアがアドバイスした。「たとえおまえのかわいい女医さんのことでもな。考えたところで偏頭痛になるだけだ。おれに頭を蹴飛ばされるほうがまだましだ。それなら少なくとも頭が痛む原因はわかるからな」ジュニアはこの珠玉（しゅぎょく）のごとき知恵に満足すると、ビールの残りを飲み干して空いたボトルをカウンターにおき、身ぶりでアールにお代わりを頼んだ。

タイラーは片手で顔をこすった。とっくに頭を蹴飛ばされたような気分だった。エリーの自宅の玄関ポーチで彼女とロジャーがキスしているのを見たときから、ずっとそんなふうに感じていた。あの光景がいまも頭に焼きついている。身体（からだ）をほんのちょっぴりしかおおっていない、赤い布切れみたいな悩殺的なドレスを着たエリー。ブロンドで筋骨たくましいロジャーはそんな彼女の魅力に抗えずにいた。

「あの〝かわいい女医さん〟はおれのものじゃない。今夜、彼女の家に寄ったんだ。バイクでドライブでもどうかと思って。どこかロマンチックな場所で話をするつもりでいたんだが、いざ彼女の家に着いたらそこにはロジャーがいて、たったいま戦地から帰還したというようなキスを彼女としていた」ああくそ、ヒステリーを起こした女子高生みたいな口ぶりじゃないか。タイラーはビールのボトルを手に取ると一気にあおった。

「ロジャー・レイノルズとか？」ジュニアの両眉が吊りあがった。「おいおい、あの野郎、ずいぶんと手広くやっているじゃないか。メロディとのことをなしにしたのは、男ばかりのチームでバットを振ることにしたからだと思っていたが」

「おれもだ。だが、どうやらスイッチヒッターだったらしいな」

「そいつは欲張りってもんだろうが」

「同感だ。なにがいちばん頭にくるかわかるか？　あいつは十年間町を離れていて、戻ってきて真っ先にしたのはメロディを捨てることだった。それなのに町の連中はいまだにあいつのことを非の打ちどころのないゴールデンボーイだという。おれは生まれてこのかた町を出たことがなく、まっとうな商売を営むことに人生の大半を費やし、できる範囲で慈善活動にも参加している。そりゃまあ、はめをはずすことがないとはいわないが。それなのに女性たちと楽しむことしか考えていない、いいかげんなトラブルメーカーと見なされるんだ」

ジュニアが首をめぐらせ、タイラーの顔をまともに見た。「それは違うぞ、タイラー」

「違わない。誰にでも訊いてみろ」

アール・ローリーがジュニアの前にビールのお代わりをおいた。「なあ、アール」ジュニアは呼びかけた。「あんたはタイラーのことをいいかげんなトラブルメーカーだと思うか？」

アールは眉根を寄せ、品定めするようにタイラーを見た。「いいや、それはないな。若いころはそんなところもあったかもしれんが、おれの店で酒を飲める年齢になってからは違う。払いをつけにすることはないし、チップも気前がいい。深酒をすることもない。面倒を起こしたこともない」そこでジュニアをひとにらみしてからタイラーに視線を戻した。「それどころか面倒が起きそうなときには真っ先に仲裁に入る。ほかの常連たちにも同じことがいえるといいんだがね」アールはもう一度ジュニアに鋭い視線を向けて話を終えると、空いたボトルをさっとつかみ、べつの客の相手をするべく離れていった。

「ほらな？　アールはおまえのことをいい加減なトラブルメーカーだと思っちゃいないぞ」

「アールがおれに好意的なのは、おれが勘定をきちんと払ってこの店で暴れることがないからだ。おれの人柄の熱烈な支持者ってわけじゃない」

「そうか、わかった。じゃ、べつのやつに訊いてみよう。おーい、レッド――」

「おい、やめろって」ジュニアが大声で赤毛のジニーを呼ぶのを見てタイラーはあわてて止めたが、ジュニアはそれを無視した。

「ちょっとこっちへきてくれ。訊きたいことがあるんだ」

身体に張りつく赤いタンクドレスを着たジニーは、ミサイルよろしく腰をくねらせながら歩いてきた。セクシーな赤いドレスでロジャーにぴったり張りついていたエリーのことがたちまち頭に浮かび、タイラーは歯ぎしりした。

「なあに、ハンサムさんたち？」

「きみたちレディがここにいるタイラーのことを、ひとつのことしか能のない男だと考えているというのは本当か？」

ジニーは思わせぶりな目つきでタイラーを見た。「そうねえ。ほら、あたしは直接に体験しているわけじゃないからよくはわからないけど、タイラーは最高級のおとなのおもちゃだという評判はそのとおりなんじゃないかしら。彼が〝一フィート（フットロング）のモノを持つロングフット〟と呼ばれるのにはそれなりのわけがあるはずだしね」

「ひどいいわれようだな」タイラーはつぶやいた。「恩に着るよ」彼はカウンターにビールを押しやり、スツールからおりようとした。

ジニーがそれを止めた。「ちょっと待って、話はまだ終わっていないわ。このあたりの女性の多くは大きな悪いオオカミのタイラー・ロングフットをなんとか丸めこんで、一時（いっとき）のスリルを求めるだけの関係を一歩先に進めたいと思っているわよ。だけどこれまでのあなたは明らかにそういう関係しか求めていなかった。非難しているわけじゃないのよ。ビッグ・ジョーみたいな父親のもとで育ったんだもの、少しぐらい楽しい思いをしたってばちはあたらないわ」

「ふーっ、それを聞いてすっかり気分がよくなったよ。女性たちがおれと寝たのはおれを憐れに思ったからだとはね」

「もう、やめてよ。誰も同情心からあなたと寝たりしていないって。あたしがいっているのは、あなたのバイクに乗った女たちはそれがどういう類のドライブかちゃんとわかったうえで気楽に景色を楽しむことにしたんだってこと。あなたはとんでもなくセクシーな男だし、あなたの魅力にかかれば八十歳になるあたしの伯母さんもイチコロだろうけど、あなたはどんなときも自分の気持ちを偽らなかったわ。守るつもりのない約束はけっしてしないし、ドアから出ていくときにわだかまりを残すこともない。でも残念ながら――」ジニーは目をぱちぱちさせながらため息をついた。「そういう自由な日々は終わったみたいね。一度もバイクに乗らなかったことが悔やまれるわ」

「あきらめるのはまだ早いぞ、レッド」タイラーが目で〝黙れ〟というより早く、ジュニアが横から口を出した。「おれの相棒はいまも一時のスリルを求めているんだ」

ジニーはジュニアに向かって首を振ると、どきっとするような視線をタイラーに向けた。「男ってときどき救いようのない馬鹿になるわよね。この人が近ごろ興味を持っているスリルは、小柄な某ドクターに関係していることだけよ。でしょう？」彼女はタイラーの額にかかる前髪をやさしく払ったが、それは妙に心を打つしぐさだった。「あら、ショックを受けたような顔をして。いつかこういう日がくることはわかっていたけど、それでもね。耳を澄ませば町じゅうの女たちの胸が張り裂ける音が聞こえるはずよ。だって心の奥底ではみんなあなたを一生のパートナーにしたいと思っていたんだから」

「ありがとう」タイラーはすっかり恐縮してぽつりといった。

ジニーは彼の頬をぽんぽんと叩いた。「もしかしたら町の女たちが嘆いているのは、そこにいるまぬけがあなたのあそこを銃で吹き飛ばしたことかもしれないけど」

ジュニアが鼻からビールを吹き、ジニーは立ち去った。「うそだろう」彼はおどおどした目でタイラーのことをちらりと見た。「正気の人間なら、おれがおまえのあそこを銃で吹き飛ばしたなんて思いやしないよ。それともおまえのニックネームはいまも健在だってことを吹聴しようか？　いいよ、おれはちっともかまわない」

「あー、遠慮しておく。おれのあそこのことをあまり話題にされたくないからな」

「あのな、ほかの連中はどうか知らないが、おれは一度もおまえのことをいいかげんだとか、役立たずだとか思ったことはないぞ。おまえは信義に厚い男だ。友だちを裏切ったこともなければ、恨みを抱いたこともない。その友人が酒に酔って嫉妬に駆られ、馬鹿なことをやらかしてもだ。もしもエリーにおまえのよさが見えていないんなら、彼女の目を開かせる方法をさがすんだ」

タイラーは自分のブーツを見つめた。ジュニアには友だち贔屓のところがあるが、やつのいうことにも一理あった。これまでいろいわれてきたタイラーだが、根気のない男と呼ばれたことは一度もない。だから今度もそうなるつもりはなかった。エリーのことをあきらめてたまるか。

「宝くじを買うべきですね」救急治療室の若きドクターはエリーに向かってやけに真剣にいった。「なにしろあなたのお父さんは今夜、間違いなく〝つき〟に恵まれていますから。お父さんが脱力感と喉の渇きを訴えたとき、彼の意識の混乱と眠気に気づいた人がすぐに通報してくれたんです。血糖値コントロールを無視した偏った食生活に加え、インフルエンザにかかったことで、糖尿病性ケトアシドーシスを発症したんです。幸い、治療によって改善が見られましたが。ただし、もっと真剣に血糖値管理に取り組まなければ、いつかはつきもなくなって昏睡状態に陥ることになりますよ」

病院のどぎついほどに白い廊下と、鼻にツンとくるにおい、抑制のきいたカオスな状態ともいえる雰囲気、ふつうならなんということのないそれらのものに今夜は吐き気をもよおした。エリーはドクターの疲れた灰色の目に意識を集中した。「わかっています、ドクター・ペンドルトン。努力はしているんですが」

いたわりに似た表情がドクターの目をちらりとよぎった。「あなたが頑張っているのはよくわかります、ドクター・スワン。ただし、彼にはもっと努力が必要だ。帰宅する前にもう一度、容体を確認しにいくので、いまお話ししたのと同じことを本人にも伝えるつもりです。そのあとでなら面会してかまいませんから」

「ありがとうございます。感謝しています……」なにに対して？　父さんの命を救ってくれたうえに、わたしのアドバイスをすべて無視した父に親切にも説教してくれることに？

「なにもかも」

ドクターの笑みは思いやりに満ちていた。「いいんですよ」彼はきびすを返して立ち去ろうとしたが、そこで足を止めてエリーを振り返った。「そうそう、お父さんのご友人のミズ・グリーンは廊下の突き当たりの待合室にいらっしゃいます。ご家族ではないので、お父さんの状態についてあまりお話しすることができなくて。あなたの口から説明してさしあげれば、きっと喜ばれると思いますよ」

驚愕が顔に出ていなければいいのだけれど。父の容体を知りたいと待合室で待っているだなんて、そんなまともな友人がいつのまにできたの？　エリーは会釈すると待合室へ足を向けた。家を飛びだす前に三分でセクシーな赤のドレスからTシャツとジーンズに着替えてきてよかった。待合室で、エリーはとび色の髪をした魅力的な女性に目を留めた。年のころは四十から五十。発泡スチロールのカップを両手で包みこみ、じっと宙を見据えている。

「ミズ・グリーン？」

その女性が顔をめぐらせた。彼女は口元に弱々しい笑みを浮かべると、手入れの行き届いた手を差しだした。「そうです。ではあなたがドクター・スワンね。こんなかたちでお会いすることになってしまって」

「そんな。連絡してくださって感謝しています」エリーは彼女の手を握った。「今夜、父になにがあったのか教えていただけますか？」

「ええ」

ふたりは待合室によくある黒いビニールシートのパイプ椅子に腰をおろした。「フランクはひどく疲れた様子で、喉が渇いて死にそうだとしきりにこぼしていました。それに簡単な質問にも混乱しているようで。それで心配になって救急車を呼んだんです。救急車に運びこまれる直前、娘に連絡してほしいといってあなたの名刺を渡してきたの。それ以来彼の容体について具体的なことはなにも聞いていなくて」シャロン・グリーンはかぶりを振った。

「もしかして彼は――？」

「ええ、糖尿病なんです」エリーは空白を埋めた。「ですがドクターたちのおかげで血糖値は安定しました。経過観察のために入院することになるでしょうが、それも数日のことだと思います」フランクの強情ぶりに手厳しい言葉をぶつけたくなるのをぐっとこらえた。「退院したら、父にはもっと節制した生活を心がけてもらわないと」それでも疑う気持ちを抑えきれず、つい訊いてしまった。「あの、ミズ・グリーン、ぐあいが悪くなったとき父はお酒を飲んでいたんでしょうか？」

「どうかシャロンと呼んでちょうだい。いいえ、お酒は飲んでいませんでした。じつは、わたしも最初はそれを疑ったの。フランクはわたしたちの話についてくるのに難儀していたし、吐く息も甘いにおいがしていた。ラムパンチみたいなね。でも彼がビールしか飲まないのは知っているし、それでおかしいと思ったわけ。フランクはまったくのしらふだったと、いまならはっきりいえます、ドクター・スワン」

「エリーです」そう訂正した。「父のことを説明するのに〝まったくのしらふ〟という言葉が使われることはまずないんですけど」声に皮肉がまじるのを抑えることができなかった。

シャロンはエリーの手をやさしく撫でた。「彼は変わろうとしているのよ」

その声は自信と希望に満ちていた。そのふたつの感情も、フランクが他人に抱かせることはまずないものだった。だいたいこんな上品で感じのいい女性と父のあいだに共通点があるとは思えない。しかも彼女の左手の薬指にはダイヤモンドをちりばめた結婚指輪が見えた。

「父とはどこで知りあったとおっしゃっていましたっけ？」

「いいえ、それについては本人から説明してもらったほうがいいかと――」

ちょうどそのとき、帰りがけのドクター・ペンドルトンがナースステーションの奥に手を振っているのがエリーの目に留まった。「あなたがいらしていることを父に伝えてきます」

年上の女性は、ぱっと顔を輝かせた。「ありがとう。もしも会えそうならでかまわないから」

エリーは椅子から腰をあげた。「わかりました。すぐに戻りますから」

病室のドアに伸ばした手が震えていた。熱いものがこみあげ、胸が押しつぶされそうだった。安堵の気持ちがさまざまなかたちを取ることは知っているし、怒りもそのうちのひとつだけれど、ここで父を怒鳴りつけてもなんの役にも立たない。だからエリーは怒りを抑えこみ、気持ちを引き締めてから病室に足を踏み入れた。父はベッドに横たわり目を閉じていた。土気色の顔をしている。腕に点滴を受けていた。モニターがブーンと小さくうなりながら心拍数や酸素飽和度、血糖値などを記録している。エリーはベッドの足元に近づいてカルテを確認した。ベッドに視線を戻したとき父の目が開き、まっすぐに彼女を見た。

「気分はどう？」無難なすべりだしだ。なんといってもここは病院なのだから。

「喉が渇いた」

エリーは看護師がベッド脇のカートにおいていったピッチャーの水をカップに注いで、手渡した。

父が水を飲んでいるあいだに、エリーはいわずもがなの話題に移った。「あなたの友人のシャロンから電話をもらったの」ほかになにを話せばいいのかわからなかった。いったでしょう、もっと自分の身体に気をつけないといつかこういうことになるって。これまで千回は口にした言葉だけれど、糖尿病についての講義はすでにドクター・ペンドルトンがしてくれたはずだし、いまさらなんになる？「彼女はいま待合室にいるわ、もしも面会できるようなら呼んでくる」

「あとでな。その前におまえに話がある」父はベッドに身体を起こそうとした。エリーはベッドフレームに巻きつけてあるリモコンを手に取り、ボタンを押して背もたれをあげた。

「これでいい」目と目を合わせるのが楽になると彼はいった。

「話ってなに？」またなにかうるさいことをいいだすようなら、さっさと退散しよう。いま大事なのはタイラーを見つけて、ロジャーのために立てた馬鹿げた計画のことを洗いざらい打ち明けて許しを請うこと。それからそう、祈ることも。わたしに腹を立てるか愛想をつかしたタイラーから、二度とおれにかまうなといわれませんように、と。

「おまえに謝らなきゃならないようだ」

エリーは目をしばたたいた。謝る？　父さんが？「なにを謝るの？」

「金曜の晩のことだ」父の視線がエリーの肩先にすっとそれた。「タイラーの話だと、おれは酒に酔っておまえのところへいき、玄関を叩いて大声でわめいたらしいな。あまりよくおぼえていないんだが」

「叩いたのはドアだけじゃない。タイラーの顔もよ。謝るのなら彼に謝って」

「もう謝った。その、なんだ」視線がエリーの顔に戻った。「この前の晩のことは氷山の一角で、謝ってほしいことはほかにもごまんとあるとおまえはいいたいだろうが、まずはどこかからはじめないといけないわけだし」

たぶん、わたしは耳がおかしくなったんだわ。それとも頭が。「なにをはじめるの？」

「償いだよ」

あなたは誰？　わたしの父になにをしたの？　そう訊きたかったが言葉が出てこなかった。

「どうして？」なんとかそれだけいった。

「おれが参加しているプログラムでは、〝過去の過ちを認め、償いをする〟が十二のステップの九番目なんだ。実際にはまだその段階までたどり着いていないんだが、いまおまえはここにいるわけだし、金曜におれが起こした騒ぎは記憶に新しいだろうから」

心臓の鼓動が速くなりはじめた。「フランク、あなたが参加しているプログラムってなんなの？」

「シャロンに会ったんだろう？」

「ええ」

「彼女はおれの後見人だ——断酒会の後見人ということだが。糖尿病と闘うんなら、しらふでなけりゃいけない。今日のところはたいして役に立たなかったが、一般的にはそういうことなんだろう」

「ええ、ええ。一般的にはそのとおりよ」喉がつまったようになり、エリーは髪をかきあげて気を静めようとした。「お酒を断つのは、とっても、とってもいいことよ」わたしが何度いっても、いっさい聞こうとしなかったのに。

「車でおれを家まで送っていったときロングフットにいわれたんだ。生活を改めないなら、おれと縁を切るようおまえにいうってな。今度おれがどこかで怒鳴り散らして、またやつに一発食らわすようなことがあれば、そのときは警察に通報してブタ箱に放りこむと釘も刺された」

エリーは信じがたい思いで首を振った。「タイラーがそんなことを？」

父はうなずいた。「酒をやめて頭を冷やすか、逮捕されて二度とおまえに会えなくなるか。〝ふたつにひとつだ〟とやつはいった。これまではったりをかまされたことは何度もあるが、やつの顔を見れば一言一句本気でいっているのはわかったよ。それで土曜の晩に初めて例会ってやつに出かけて、そこでシャロンが後見人になってくれることになったんだ。それから酒は一滴も飲んでいない」ベッドのむかいの壁に掛かった時計にちらりと目をやった。

「ほぼ三日になるか」

「すごいわ」本気でそう思った。ただし、タイラーについて知らされたことにも、父がしらふでいることに負けないくらいびっくりしていた。エリーと父の関係を取りなそうとしてくれた人はこれまでひとりもいなかった。エリーが子どものころでさえも。もっとも、彼女のほうから助けを求めたこともなかったが。助けを求めることは、悲惨な家庭環境を知られてしまうことであって、破綻した親子関係そのものより、それを人に知られてしまうことのほうがずっと恥ずかしかったからだ。ところがタイラーはそれを知ってしまった。そして、くちばしを挟んできた。よけいなお世話だと彼を怒鳴りつけたかったが、できなかった。父が自分の健康に責任を持とうと考えだしたのはタイラーのおかげなのだから。むしろ感謝しなくては。

「じゃ、土曜の夜にわたしが食料品を届けにいったときは最初の例会に出ていたの？」

「ああ。メモを残しておいただろう」

「そうね。日曜の午後九時ごろに車で家の前を通りかかったの。そのときも明かりが全部消えていたけど」

「その日も例会に出ていた。終わったあとにシャロンとコーヒーを飲みにいったんだ。もう少し話がしたくてね。シャロンは自分の体験談を話してくれた。十年前にご主人を亡くしたあと、長いこと酒びたりだったとね。酒を断って五年になるが、当時のことはよくおぼえているし、彼女はいった。おれがいまいる状態のことは」

「ふたりしてずいぶんたくさん話をしたみたいね」

「このプログラムでは話をすることがきわめて重要なんだ。ここ何日かは、生まれて初めてというくらいよくしゃべったよ」

「でしょうね」頑固でむっつり屋の父が、親身になって話を聞いてくれる人々の輪のなかで、自分の気持ちについて話している姿を想像してエリーは笑いを嚙み殺した。でも、それこそフランクに必要なことだったのだし、父が健康への第一歩を危なっかしいながらも踏みだせたと知って、目の前が少し明るくなった気がした。「もっとしゃべっても大丈夫そうなら、シャロンが会いたがっているわよ」

「ああ、あとひとつだけ。その、なんだ……ロングフットとはよく会っているのか？」

うそでしょう、父さんとこんな話をするなんて。「父さん――」

「あの男はおまえのことを気にかけているといいたかっただけだ。おれのせいでおまえたちがおかしなことになっていなきゃいいんだが」

急に熱い涙がこみあげ、エリーは床を見つめて激しくまばたきをした。「ううん。全部わたしが悪いの」

「何度でもやりなおしはきく。おまえはいつもそういってるじゃないか、エリー。あきらめないでやってごらん」

18

「背広なんかくそだ。ネクタイもくそだ。なにからなにまでくそだらけだ。なんだっておれはこんなことに〝うん〟といっちまったんだろうな。見た目もまぬけなら、たぶんしゃべっていることもまぬけだったと思うぞ」ジュニアは声をひそめていた。さもないとカーペット敷きの廊下の先にある会議室の閉じたドアのむこうに聞こえてしまうとでもいうように。会議室ではいま〈ブルーリック貯蓄貸付組合〉の融資委員会による審議がおこなわれている。タイラーは胸の前で腕を組み――そわそわとネクタイをいじらないようにするのが主な目的だった――不安が顔に出ていなければいいがと思いながらジュニアのほうを見た。

「おまえはよくやったよ、どの質問にも明快に答えて――」

「タイラー、おれは意味もわからずに答えていたんだぞ」

タイラーはにやつきそうになるのをこらえた。「なんの話をしているのかわかってしゃべっているように聞こえた、という意味だ。おれもおまえもな。仮に審査に通らなかったとしても、それはおれたちがとんちんかんなまねをしたからじゃない」

会議室からグレイディ・ランドリーが出てきた。彼は廊下の先にいるふたりのほうをちらりと見てからいったん視線をはずすと、腹をくくったようにあごを引いてこちらに足を向けた。タイラーは悪い知らせを覚悟した。ところがふたりの前まできたところで、苦虫を嚙みつぶしたようなグレイディの顔がほころんで満面の笑みが浮かんだ。彼はジュニアの肩を叩き、タイラーの手を握って大きく上下に振った。「おめでとう、おふたりさん。融資を受けられることになったぞ」

ジュニアが歓喜の叫びをあげ、グレディの肩をタイラーもひるむくらいの強さでバンバンと叩き返してから、タイラーにも同じことをした。「ちくしょう、グレイディ。てっきりおれたちを追い払いにきたんだと思ったぞ」

グレイディの笑みがさらに大きくなった。「たまには少しばかり楽しんでも、ばちはあたらないと思ってな」彼はふたりをロビーまで送っていった。「あんたらは申し分のないプレゼンでプロジェクトの内容とチームの安定した力量と、収益を裏づけるデータを委員会にはっきり示した。要するに、連中から〝ノー〟という理由を奪い去ったってことだ。祝杯を挙げにいけ、タイラー。書類の準備ができたら連絡する」

ふたたび握手が交わされ、タイラーはジュニアにつづいてドアを抜けて真昼の日射しのなかに出た。そこでまたジュニアがタイラーの肩にパンチをお見舞いした。「これでもまだ町のみんながおまえのことを、ひとつのことしか能のない、いい加減なトラブルメーカーと見なしていると思うか？」

「いい加減なトラブルメーカーという部分はなくなったかもしれないが、残念なことにおれが誰より大事に思っている女性は、いまだにおれをひとつのことしか能のない男だと考えているよ」

「なぅ、それは間違いだってことを示さないとな。彼女のところへいって、〈ブルーリック貯蓄貸付組合〉がおまえに一か八か賭けてみることを決めたから、彼女もそうすべきだといってこい。ああそれと、フランクが早く元気になるよう祈っていると伝えてくれ」

「フランクなら金曜の晩に会ったばかりだ。元気だったよ」

ジュニアは妙な顔つきでタイラーを見たかと思うと、ゆっくり首を振った。「オーケイ、悪い知らせだ。エリーは実際おまえのことを、ひとつのことしか能のない男だと思っているのかもしれない。彼女はゆうべレキシントン記念病院から呼び出しを食らった。フランクが救急車であそこのERに運びこまれたんだ。糖尿病の合併症かなにからしい。おれも今朝ルー・アンから聞いて知ったんだ。彼女のいとこが受付で働いていて、フランクが運びこまれたときにたまたま勤務に就いていたらしい。そのいとこの仕事が終わるころには容体は安定していたらしいが、それでも何日か入院するようだといっていたそうだ」

タイラーはたっぷり一分ほどジュニアの顔を見つめたまま、父親が入院したことをエリーが知らせてこなかったという事実をのみこもうとした。エリーはなにひとつタイラーに求めなかった——励ましも、病院までの足も、涙を受け止める肩も。

「あ、タイラー、ちょっと待ってくれ」背後で誰かの声がした。タイラーが振り向くと、ロジャーが通りを渡ってくるのが見えた。

ちくしょう、完璧じゃないか。タイラーは汗が背中を伝い落ちるのを感じた。

ジュニアが肩を揺するようにして背広を脱ぎ、ネクタイをゆるめて額の汗を腕で拭った。

「ふう。キンと冷えたスウィート・ティが飲みたい。〈ジフィー・ジャワ〉までひとっ走りして買ってくる。おまえもいるか？」

「ああ」タイラーはなんとか言葉を絞りだした。「すぐに追いかける」

広場を横切ってゆっくり走っていくジュニアと入れ違いにロジャーが近づいてきた。

「やあ、タイラー。会えないかなと思っていたところだったんだ。ちょっといいかな？」

タイラーはわざとらしく腕時計に目をやった。「一分ぐらいなら」

ブロンドの男はにっこり笑い――タイラーはその顔を殴りつけてやりたいと心底思った。

「ゆうべきみが見たことについてエリーから説明はあったかい？」

組合の真ん前でトラブルメーカーの衝動に屈するのを回避すべくタイラーは歩きだした。

「エリーとは話していないが、ゆうべおれが見たことに説明は不要だと思う」

ロジャーがあわててついてきた。「うわっ。やっぱり説明が必要みたいだ」彼はタイラーの腕をつかんだ。「待ってくれ」

タイラーはかっとなった。「その手を離したほうが身のためだぞ、ロジャー。おれはいま〝おめでとう、きみの勝ちだ〟といえるような気分じゃないんだ」

ロジャーはぱっと彼の腕を離して手を上にあげた。「わかった。その必要はないよ、だってぼくは勝っていないんだから」彼は髪をかきあげ、ふーっと息を吐きだした。「どうやらいいかたを間違ったみたいだ。聞いてくれ、タイラー。エリーとぼくはただの友だちだ」

「そうだな、ゆうべはかなり仲がよさそうに見えたよ」タイラーは口をきつく引き結び、その先の言葉をのみこんだ。どんな〝友だち〟を選ぼうと、それはエリーの勝手だ。タイラーが約束したのは五回の〝デートごっこ〟だけだし、エリーにも約束を求めはしなかった。それを変えなかった自分が悪いのだ。

「ゆうべきみが見たのは情熱的な場面じゃなく、ちょっとしたおふざけだったんだ。あのときぼくは……」ロジャーはそこで言葉を切ると、周囲に目をやってから声をひそめた。「自分はゲイだとエリーに打ち明けたところだったんだ」

なるほど。いまの言葉でタイラーが抱いていた疑念は裏づけられたが、それでもふたりがキスしていた事実は消せない。「で、エリーはきみがどんなにすばらしいものを手放そうとしているか態度で示そうとしたわけか？」

ロジャーは笑った。「まあね。きみが考えているようなこととは違うけど。本当だよ、タイラー。エリーはぼくの気持ちを変えさせようとしていたんじゃないんだ。あれはさよならのキスで、幸運を祈るおまじないみたいなものだった」

タイラーは大きく息を吸いこみ、ゆっくり吐きだした。「じゃ、きみとエリーは――？」

「なんにもなかったよ」ロジャーは首を振った。

「つまり彼女はきみに魅力を感じていないと？」

「何度もいってくれてありがとう。でも、うん、そういうことだ。エリーはぼくのことを好きになるべきだと自分に思いこませようとしていたんだ。だけど本当にほしいのはぼくじゃないと気がついた。ぼくが自分についての真実を明かす前にね。たとえぼくが町でいちばんストレートな男だったとしても、彼女の気持ちは変わらないと思うよ。ぼくにいわせれば、エリーの心はすでに決まっている、ただ心の声に従うのが怖いんだ」ロジャーはにっこり笑うと、一歩うしろに下がった。「でも、もしも誰かさんがジュニアに吹き飛ばされた〝タマ〟を取り戻して、男らしく自分の気持ちを彼女に伝えれば――」

「なあ、このあたりの連中がおれの持ちものについて好き勝手なことをいうのには、ほとほとうんざりなんだが」

ロジャーはにやりとして、さらに一歩うしろに下がった。「なら、ここで一発大胆な行動に出て、噂は全部うそだってことをみんなに見せつけるべきじゃないかな」

「ああ、そうだな」タイラーは広場の反対側にあるエリーの診療所へ足を向けたが、そこでロジャーを振り返った。「ゆうべのあれがなんだったのか、はっきりさせてくれてありがとう」

「いいんだよ。こっちこそ、ぶん殴らずにいてくれてありがとう」ロジャーは短く手を振ると去っていった。

タイラーは携帯電話を取りだし、診療所の番号をプッシュした。そして電話に出たメロディにこういった。「フランクのぐあいはどうだ?」

「あら、タイラー。経過は良好みたい。エリーが午後に様子を見にいくって。あなたが知っていて安心した。エリーは誰にも話していないんじゃないかと思ったから。ほら、彼女ってどこまでも感情を封じこめてしまう人でしょう」

「よくわかるよ」乾いた声で彼はいった。「エリーはどうしてる?」

「疲れているし、ぴりぴりしてる。もっと話せることがあるといいんだけど、今日は朝から患者さんが立てこんでいて。エリーと話をする暇がほとんどないのよ。この電話もつないであげたいけど、ちょうどいまも患者さんを診ているところで、もうそろそろ終わらないと落ち着いてお昼を食べる時間が十分しかなくなっちゃう。あなたから電話があったと伝えましょうか?」

「いや、いいんだ」エリーにいわなければならないことを、診察と診察の合間や、父親を見舞いにレキシントンへ出かける前に無理やり押しこむようなまねはしたくなかった。「かけなおすよ」

「エリーは六時過ぎにはレキシントンから戻るはずよ。よければそのころ連絡してみて」

「ありがとう、メル」腕時計に目を落とし、頭のなかで素早く計算した。とっととやれば、六時には電話よりもっとましなことができるかもしれない。

エリーはどさりと椅子に座りこみ、院長室の机の上の診察スケジュールを見て押し殺したうめき声をもらした。忙しいのはいいことよ、そう自分にいい聞かせるけれど、五分遅れで入った十五分間のランチ休憩では、この頭痛にも、切れかかっているエネルギーにも、してやれることはあまりない。あるいはこの空腹にも。なにか食べなくては。彼女は選択肢をじっくり吟味(ぎんみ)した。机の抽斗にしまってあるキャンディ・バーか、袋入りのプレッツェルか――そのときメロディが開いているドアをノックし、〈デシャイズ〉の持ち帰り用バッグを抱えて部屋に入ってきた。

メロディは机の真ん中にバッグをおいた。「勝手にターキーとスイスチーズのサンドイッチを買っておいた」

エリーのお腹が、ぐうと賛同の声をあげた。「あなたのお給料を引きあげることにした」

エリーはバッグのなかに手を突っこんだ。「たっぷりとね。いくらほしいか、いって」

ブロンド女性は笑いながら机の端にひょいと腰かけた。「それは今月の売上を見てから話しましょう。話といえば、ゆうべロジャーと話したわ」

なんといったらいいかわからず、エリーはサンドイッチの包み紙を開けて即席のランチョンマットにすることに集中した。

「あなたに打ち明けたと彼はいってた。あなたはものすごく理解があって、応援してくれたって」

「ロジャーがそういってくれるのはうれしいけど、わたしは友だちとして当然のことをしたまでよ」

「当然だとロジャーは考えていないわ。本当のことを知られたらみんなに嫌われるとすっかり思いこんじゃってて、誰にも打ち明けようとしないの。そんなことないって何度も説得しようとしたんだけど、聞く耳を持たなくて」そこで言葉を切り、大きく息を吸いこんだ。

「ロジャーのことを黙っていたわたしを許してもらえる？　誰にもいわないって約束していたものだから」

「許すもなにもないわ。目の前にぶら下がっていたいくつもの大きなヒントを見ないようにしていたのはわたしだもの」

メロディは手のひと振りでそれを払いのけた。「真実の愛への旅路にでこぼこやまわり道はつきものよ、ゲイの元婚約者を持つ女がいうんだから間違いない。でもね、なだらかな道かどうかはさほど重要じゃないことがわかった。要はそこにたどり着きさえすればいいのよ」

「あなたはたどり着いたの？」

メロディはにっこり笑ってうなずいた。「ええ、たどり着きそうよ、ついにね。ジョシュは最高に腕のいいツアーガイドでね。わたしをしっかり導いてくれているわ」

「よかった」エリーは本心からいった。「ハッピーエンドの国に着いたら絵はがきを送って。わたしはまだ当分たどり着けそうにないから」

メロディは机から降りると戸口のほうへゆっくり向かった。そしてドアのところで振り返り、思わせぶりな視線を投げてよこした。「なんとなく、あなたが思っているほど遠くない気がするけどね」

エリーが返事をするより早く待合室のチャイムが鳴って、次の患者の到着を知らせた。エリーは椅子から立ちあがろうとしたがメロディに止められた。「食べちゃって。どうせ患者さんの保険の種類と自己負担額を確認しなきゃならないし。心配しないで、ちゃんと時間どおりにここを出られるようにするから」

「昇給のこと、もういったかしら？」

メロディは笑い声をたてると部屋から出ていった。「ええ、聞いたわ」


午後はひたすらふたつの診察室のあいだをピンボールみたいにいったりきたりして、患者を診て、処方箋を出し、カルテに記入しつづけたが……それでもまだタイラーのことでくよくよと思い悩む暇はあった。タイラーに電話して弁明すべきだろうか。それとも彼の家に立ち寄って、面と向かって話したほうがいい？　だけど、いったいなにを話せばいいの？

〝ベッドのなかでもっとセクシーにふるまうやりかたを教えてほしいとあなたに頼んだのは、ロジャーの理想の女性に変身したかったからなの。それなのにあなたを愛してしまうなんて夢にも思わなかった〟とか。土曜の夜にわたしの口から飛びだした〝あなたを愛してる〟のひと言に、もしもタイラーが怖じ気づかなかったとしても、〝ロジャーの理想の女性に変身したかった〟のくだりを聞いたら、間違いなく一目散に逃げだすはずだ。まったくもう。エリーは疲れた目をこすりながら、すすり泣きともうめきともつかない声を押し殺した。あなた、いったいなにを考えていたの？

タイラーと過ごす時間がこれほど気楽でリラックスできて、こんなにも〝くせ〟になるものだと考えていなかったことだけはたしかだ。彼には最初から肉体的に惹かれていたけれど、そのセクシーな笑顔や気さくな魅力に気を取られて、芯の強さや懐の深さに目がいかなかった。信頼のおける友人、ソウルメイトが見つかるなんて思ってもみなかった。愛が見つかるとは思わなかった。

父の様子を見にレキシントンへ向かう三十分間のドライブのあいだもタイラーになんと説明しようか考えつづけたが、答えは見つからなかった。見舞いも、考えをまとめる役には立たなかった。なにしろ、まずい病院食とヒルみたいな看護師のことで父さんが文句たらたらだったからだ。それでもそう、ふたりが言葉を交わしているのはたしかだった。

エリーがいるあいだにシャロンがお見舞い――糖尿病食の料理本――を持って訪ねてきた。

シャロンと父は並んでベッドに腰かけて本のページをぱらぱらめくった。父さんはどの料理も〝くそみたいに見える〟といい張ったが、シャロンは根気強く説得をつづけ、しまいには退院したら一緒にメニューのひとつをつくってみることを約束させてしまった。エリーはふたりにさよならをいって病室をあとにした。父さんのことはシャロンに任せておけば大丈夫だ。いまのわたしには解決すべき問題がある。まずはこの手でめちゃくちゃにしてしまったタイラーとの関係を修復しなくては。

タイラーになんというか、帰りの車内でリハーサルした。まずはゆうべロジャーにキスしていた理由を説明しないと。この部分は比較的簡単だ。厄介なのは、そのあとにつづく告白のほう。タイラーは気にしないかもしれない。なにしろ、ほかの相手とデートはしない、といった取り決めをしたわけではないのだから。それでもエリーにとっては大事なことだった。タイラーにありのままの真実を知ってほしかった。知る権利があると思った。エリーがセックスの手ほどきを求めた本当の理由も、それがどんなに見当違いなことだったかも。ロジャーのことを説明してから、そんな下劣で狡猾な企みに引っぱりこんでしまったことを謝らなければ。洗いざらい話してしまえば、わたしが彼に本物の愛情を抱いていることはおろか、抱けるだけの心があることすら信じてもらえなくなるだろう。〝この数週間、ほかの男性の心を射止めるためにあなたのことを利用していたんだけど、いまになってその男性を愛していないことに気づいたの――あなたを愛しているわ〟。タイラーはたぶんお腹の皮がよじれるほどわたしのことを笑うはずだ。

自宅の私道に車を停め、物思いに沈みながら玄関のほうへ向かったところで、エリーははっと足を止めた。玄関ポーチにあがるステップにタイラーが座っていた。

エリーはつかのま彼の姿に見とれたが、次の瞬間には胸の奥で心臓が跳ねまわりはじめた。家屋とガレージのあいだの私道にタイラーのトラックが停まっていることに、いまさらながら気がついた。

「タイラー……ここでなにをしているの？」

彼はゆっくりと立ちあがったが、そのあいだもエリーの顔から目を離さなかった。「お父さんのぐあいはどうだ？」

「どうしてそれを――？」

「ここは小さな町だから。噂はすぐに広がる」

それはそうだ。そのためにタイラーはやってきたの？　父のぐあいを尋ねるために？　エリーはポーチに近づきながらタイラーの気分を探ろうとしたがうまくいかなかった。彼はいつものように落ち着き払い、その表情からはなにも読み取れなかった。

「父ならもう大丈夫。血糖値コントロールができずに救急治療室に運びこまれたけど、ひと晩入院したおかげで病気のことを真剣に考えはじめたようだから、結果オーライというところね。しかも、断酒会にも参加したんですって」

声は落ち着いていたけれど、鼓動のほうは落ち着くそぶりもなかった。タイラーにいいたいあれやこれやが肩に重くのしかかって押し潰されてしまいそう。

「よかった。彼が最後までやり遂げられるよう祈っているよ」

「わたしもよ」まっすぐにこちらを見つめるタイラーの澄んだ瞳を見つめ返しているうちに、気がつくとエリーはリハーサルに入っていなかった話題にええいとばかりに飛びこんでいた。

「あなたが突きつけた〝選択肢〟のことを父から聞いたわ」

緑の瞳が強い光を放った。「立ち入ったまねをして悪かったと謝るつもりはないぞ」

「謝ってほしいなんていってない。お酒をやめないとだめだって、何年も父を説得しようとしたけど、なんの成果もあげられなかった。それなのにあなたはたった一度のやりとりで父を断酒会に参加させてしまった。たぶんわたしは――」涙で目がちくちくし、エリーはごくりと唾を飲むと玄関の鍵を開けることに専念した。「ずっと前に助けを求めるべきだったんだわ」

タイラーは彼女の腕に手をかけた。「おれの脅しが彼の痛いところをついただけの話だ。といっても、警察に突きだすというくだりじゃないぞ。フランクが心底震えあがったのは、もしも生活を改めなければ、親子の縁を切るようおれが本当にきみを説得するだろうと考えたからだ。フランクはきみにそばにいてほしいんだ。プライドが邪魔をして、口に出していえないだけで」

二十四時間前だったら、そんなことはないと否定していただろうけれど、昨夜の謝罪と償いたいという言葉からして、父さんが娘との関係を修復しようとしていることは認めざるをえなかった。ありがとう、と声をつまらせずにいえるかどうかわからなかったのでエリーはただうなずき、どうぞ入ってと手ぶりで示した。タイラーはポーチのステップにおいていたPCバッグを取りあげ、エリーのあとから家に入った。

「助けを求めるといえば、ゆうべも電話をくれればレキシントンまで車で送っていったのに。きみには伝わっていなかったようだが、おれがきみの力になれるのはセックスの個人授業だけじゃないんだよ。なんでもかんでも自分でやろうとしなくていいんだ」

エリーはうなずき、タイラーに向きなおった。彼のこうした一面にも、もう驚きはしなかった。周囲の人々を気遣い、友人を支える、それがタイラーだから。「突然のことだったから、正直いって誰かに連絡するところまで頭がまわらなかったの。それに、あなたは銀行へのプレゼンの準備があったし。うまくいったのならいいんだけど」

「うまくいった。ジュニアが委員会に好印象を与えてくれたおかげで融資を受けられることになった」

エリーは思わず彼の両手を握っていた。「おめでとう。あなたがあのプロジェクトにかけていたのは知っているし、銀行が正しい判断をしてくれてうれしいわ」でもそこで、タイラーが訪ねてきたのにはフランクのこと以外にも理由があるのかもしれないと気がつき、しぶしぶ彼の手を放した。「ブラウニング邸のプロジェクトが予定表に加わるとなると、あなたはこれから……かなり忙しくなるんでしょうね」

「そうなんだ」タイラーは認めた。「じつはブラウニング邸修復のほかにもうひとつ、火急の問題が持ちあがってね。まったく予期していなかったことなんだが。それで、ただちにそちらに注意を向ける必要があるんだ」

エリーは泣きたかった。それでも喉にこみあげてきたものを飲みこんでうなずいた。次になにがくるかはわかっている。予想していたとおりだ。「最後の授業はなしにしたいというなら、わたしはまったくかまわないから」

タイラーは、ふっと笑った。「そうしてもらえると助かるよ。どのみちおれに教えられることはないし。男を虜にするには、いまのままのきみでじゅうぶんだ。それにさっきもいったように、いまのおれには優先すべき問題がある」

彼の言葉にエリーの喉から押し殺した笑い声がもれた。わたしが虜にしたいただひとりの男性は目の前にいて、いまにも逃げだそうとしている。「わたしたちの契約期間は終了よ――そもそもあんなことをいいだしたわたしがいけないの。友だちを大事に思うあなたの気持ちにつけこんだりして。医師と患者の関係を悪用したことはいうまでもなく。ごめんなさい」震える息をひとつつくと、タイラーの目を見あげてこういい添えた。「いつか許してもらえるといいんだけど」

「まいったな、先生。そんなふうにいわれると切りだしにくくなる。じつはきみの助けを借りたいことがあるんだが」口元にはまだ笑みが浮かんでいたが、その目は暗く真剣な色をたたえていた。

エリーは両手の指をしきりとからみあわせた。「わたしにできることならなんでもいって」

「さっき話した火急の問題というのは、おれの心(ハート)に関わることなんだ。それできみの意見を聞けたらと思ってね。五回に分けて講義をしてはもらえないだろうか」

エリーの肺から空気が一気に押しだされた。ああ、大変。心臓になにか問題があるんだわ。考えるより先にタイラーの胸に手を当てると、規則正しい鼓動が手のひらに伝わってきた。力強く生き生きとリズムを刻んでいる。「心臓(ハート)がどうかしたの?」その問いは、しわがれた囁きになった。

「ちょっと説明がむずかしいんだ。どんな助けが必要かもはっきりとはわからないものだから、最近似たような状況にあった知りあいの女性を見習うことにした。専門家に相談したんだ」どこの専門医に診てもらったのかとエリーが訊くより早く、タイラーはPCバッグのなかから一冊の本を取りだした。小口の部分に緑色の付箋が五枚、きれいに並んでいる。「これだ」彼はその本をエリーに渡した。

エリーは本の向きを変え、読むともなしに表紙に目を落としてから、視線をタイラーに戻した。「どんな診断を受けたとしても、ふたりで力を合わせて……」ちょっと待って。本のタイトルはなんだった？　エリーは表紙にふたたび目をやった。『永遠に愛される男性になるための一〇一の方法』。「どういうことかわからないんだけど」

「簡単な話だよ、先生。男を虜にする方法を学びたいと考えたとき、きみはマニュアル本と個人教師に頼った。おれはある女性の心を射止め、永遠に愛される男になる方法を知る必要がある。それできみにコーチを頼みたいんだ。というか、きみの関与が不可欠なんだ」

エリーの心臓が鉛に変わり、お腹の底にどすんと落ちた。ほらね、ばちがあたった。こんな皮肉なしっぺ返しを食らった運命だか業（カルマ）だかに、エリーは心のなかで喝采（かっさい）を送った。彼を愛していることをタイラーに納得させることもこれまでだ。自分の気持ちに気づかないふりをしてわたしが時間を無駄にしているあいだに、タイラーはべつの誰かを好きになっていた。因果応報とはいえ、悪いけれど彼の要望には応えられない。絶対に無理。

彼女はやみくもに本を突き返した。「できないわ。ごめんなさい。ほかの人に頼んで。わたしにできることならなんでもするといったけど、ハートに問題を抱えているというのは健康上のことだと思ったの」タイラーの白いシャツのボタンを見つめながら気持ちが落ち着くのを待って、さらにつづけた。「それに女性の心を射止めることに関して、あなたに助けは必要ない。あなたにならどんな女性も喜んで心を差しだすもの」

タイラーは彼女のあごに指を当てて上を向かせ、視線を合わせた。そして口の片側だけで小さく笑った。「それがそうでもないんだ。なにせ、ここしばらくきみの心を射止めようと頑張ってきたが、うまくいっているとはとても思えないからね」

エリーの頭は声帯に協力することを拒んだ。タイラーは笑顔で彼女を見おろし、辛抱強く待っている。

「わたしの？」消え入るような声でようやくいった。

「そう、きみのだ。だから……」彼は廊下の小卓に本をおくと、エリーの手首をつかんで引き寄せた。「ほかの女性と練習するのでは意味がないんだ」

喜びがこみあげ、不安と疑念を押し流した。エリーは彼を強く抱きしめ、身体にまわされたたくましい腕の感触と、頬に触れる胸のあたたかさに酔いしれた。それから身体を引いて彼の目をまっすぐに見た。

「たしかに意味はないわ。だって、あなたには練習なんかこれっぽっちも必要ないもの。あなたはとっくにわたしの心を手に入れてる――たぶんTシャツに口紅をつけてお尻に銃弾をめりこませたあなたがここにやってきた最初の晩からずっと。それなのにわたしは幸せな結末のためのくだらない計画のことで頭がいっぱいで、目の前にある真実に気づかなかった。わたしがほしいのはあなた。わたしが愛しているのはあなたよ。あなたがわたしのハッピーエンド――」

タイラーはエリーの本の第二章に書かれていたキスが、ただの握手に思えるほど情熱的な口づけで彼女の言葉を封じた。視界の隅がぼやけ――キスの効力か、酸欠のどちらかで――

頭がくらくらしはじめたところで、タイラーの唇が離れた。

「愛しているよ、エリー。おれはきみが夢見てきた白馬の王子（プリンス・チャーミング）とは違うが——」

「白馬の王子についてひとついえるのはね、そんな人は存在しないってこと。あれは小さい女の子の夢なの」そこでエリーは涙との戦いに敗れた。涙はとめどなくあふれ、頬を伝って、たぶんマスカラの黒い筋ができているだろうけれど、そんなことはどうでもよかった。タイラーにいいたいことのほうが、はるかに大事だったから。「でもあなたは本物の男性——おとなの女の夢そのもの。セクシーで、予測がつかなくて、やんちゃなところもちょっぴりあるけど、じつは根っから誠実な人。わたしがほしいのはあなただけ。わたしに必要なのはあなただけ。もうおとぎ話からは卒業よ」

タイラーは彼女を強く抱き寄せ、片方の眉をあげた。「セクシーな女性になるためのマニュアルは？　あれも卒業かい？」

「うーん、どうかしら。どうして？」その問いの最後は悲鳴になった。タイラーが彼女をさっと抱きあげ、寝室に通じる廊下を大またで歩きだしたからだ。

「まだ九章をやっつけてないだろう。九章はおれの個人的なお気に入りのひとつだと、いっておいたはずだよ」

エリーは精いっぱい色っぽいまなざしをタイラーに向けたが、涙とマスカラでたぶんアライグマみたいな顔になっているはずだった。「それをしたら、あなたを虜にできる？」

「き、き、きみがおれを虜にするんだ。なにをしようとね」

タイラーは彼女をベッドに降ろすとふたたびキスした。「一生かけてそれを証明するつもりだよ」唇を重ねたままそういった。

エリーは声をあげて笑い、タイラーを引き寄せた。「さっそくはじめて」

謝辞

作家にとって、デビュー作というのは一生に一度きりのものです。そういう意味ではヴァージンを失うこととちょっと似ているけれど、必要なのは大量のテキーラではなく、たくさんの方々の助けです。わたしの〝初体験〟（本書のことですよ）をスリルに満ちたすばらしいものにしてくださったみなさんへ、この場をお借りてお礼を申しあげます。熱烈な感謝のキスを贈りたいのは……。

「いまの仕事を辞めて作家になる」とわたしがいいだしたときに弁護士にも精神科医にも電話しないでいてくれた夫。

母であることの喜びと……手抜きお弁当〝ランチャブルズ〟をわたしの人生にもたらしてくれた息子。

ぞっとするほどへたくそな本書の草稿に目を通して、「書き進めるべき！」といってくれたシェイラ・テノルド。

いけないクスリに頼らなくてもつねに明るくポジティブでいられるマギー・ケリー。わたしも見習いたいわ。

創作という旅路の次の段階へいつもさりげなく導いてくれる、よき師リン・マーシャルと、作家仲間のロビン・ビルマン、ヘイソン・マニング。

ケリー・クインには、①つねにケリー・クインでいてくれること、②本書の表紙を褒めてくれたこと、の二点にお礼をいいます。

徹夜でページをめくる読者であり、仕事の早い編集者、論理的かつ〝現実的〟な校閲者でもある、疲れ知らずのスー・ワインガードナー。

「いいじゃない！」といってくれたヘザー・ハウランド。どんな質問をすべきか教えたあとで、その質問にみずから答えてくれてありがとう。そうそう、わたしがこれまでに見た、最高にセクシーな夢から抜けだしてきたみたいな表紙を考えてくれたことにもお礼をいわないと。悪いけど、あなた――わたしの頭のなかに住んでいるんじゃない？

そして最後になってしまったけれど、大好きなお母さんへ。心からありがとう。

訳者あとがき

本作が日本デビューとなるサマンサ・ベックの『間違いだらけの愛のレッスン』(原題：*Private Practice*)をお届けしました。楽しんでいただけましたでしょうか?

診療所を開くため故郷の町ブルーリックに戻ったドクター・エリー・スワンは、帰って早々にある噂を耳にします。なんと、町いちばんのカップル、ロジャー・レイノルズとメロディ・メリットが、十年に及ぶ長すぎる春に終止符を打ってついに結婚——ではなく、破局したというのです。理由は「性格の不一致」ならぬ「性の不一致」。なんでも、弁護士になるべくニューヨークとワシントンで修行しているあいだに「都会の味」をおぼえたロジャーが求めてくる、かなりマニアックなセックスにメロディが応えられなかったとか。

チャンス到来! エリーは色めきます。ロジャーはハイスクール時代からの憧れの人。彼が理想とするセクシーな女性に変身すれば、わたしに目を向けてくれるかも。とはいえ、これまで勉強ひと筋だったエリーは、お世辞にも恋愛経験が豊富とはいえません。そんな彼女が編みだした秘策は、ブルーリックきってのプレイボーイ、セクシーでハンサムなタイラー・ロングフットからセックスの〝個人授業〟を受けること……。

すてきな女性に変身して憧れの人を振り向かせたい。恋する女性なら一度は経験があるのではないでしょうか。ただし、ふつうはダイエットに励(はげ)んだり、ファッション雑誌と首っ引きでヘアメイクを研究したりするもの。愛する男性の心を射止めるために、べつの男性にセックスの手ほどきをしてもらうというのは——さすがにぶっ飛んでいます。ところがエリーはいたって真面目。「なにかを学ぶには、その道の権威に教えを乞うのが最善」と、町でいちばんセクシーなタイラーに取引を持ちかけます。

ひょんなことからエリーに弱みを握られたタイラーは、やむなく取引に応じますが、エリーが求めているのは彼の身体(からだ)だけだという事実に、なぜがいらだちをおぼえます。これまでずっと後腐れのない気楽な関係しか女性に求めてこなかったタイラーですが、エリーとは身体だけの関係で終わりたくないと思いはじめ……。

空想の世界の王子様は自分の思いどおりに動かせるけれど、現実世界のタイラーはエリーの思いもよらないことばかり。間違いだらけのレッスンで、はたしてエリーは本物の愛を学ぶことができるのでしょうか？

本書『間違いだらけの愛のレッスン』は、アメリカ・ロマンス小説界の最高峰であるＲＩＴＡ賞の二〇一四年度「ベスト・ファーストブック」「ベスト・エロティックロマンス」の二部門でファイナリストに選ばれています。つまり、おもしろさ、セクシーさはお墨付きというわけです。テーマがテーマだけにホットなシーン満載ですが、研究熱心なエリーに百戦錬磨のタイラーがたじたじとなるところなどはユーモラスで、かわいらしささえ感じられます。

二〇一三年に本作でデビューを果たしたサマンサですが、本国ではすでに七冊目（！）が上梓され、どの作品も人気を博しています。これらの作品も引きつづきご紹介できればと願ってやみません。

二〇一五年一月　阿尾正子

間違いだらけの愛のレッスン

2015年2月17日　初版第一刷発行

著 ……………………………… サマンサ・ベック
訳 …………………………………… 阿尾正子
カバーデザイン ………………… 小関加奈子
編集協力 ………………………… アトリエ・ロマンス

発行人 ……………………………… 後藤明信
発行所 ………………………… 株式会社竹書房
〒102-0072 東京都千代田区飯田橋2-7-3
電話：03-3264-1576(代表)
03-3234-6383(編集)
http://www.takeshobo.co.jp
振替：00170-2-179210
印刷所 ……………………… 凸版印刷株式会社

ISBN978-4-8019-0196-4 C0197
Printed in Japan